KB242583

Don DeLillo

포스트모던 사회와 네트워크의 세계:
현대 사회를 향한 돈 데릴로의 시선

"후학 양성에 평생을 보내신 서영철 교수님께 이 책을 바칩니다."

포스트모던 사회와 네트워크의 세계:
현대 사회를 향한 돈 데릴로의 시선

Don DeLillo

박선정 지음

한국학술정보㈜

　내가 돈 데릴로(Don DeLillo)를 알게 된 지 정확히 10년째다. 석사논문을 쓰기 위해 작가를 찾고 있던 와중에 지도교수님의 추천으로 인연을 맺게 된 데릴로는 당시 문학과 비평 분야에서 새내기였던 내게 강한 인상을 심어 주었다.

　당시 내가 처음으로 접했던 책이 『화이트 노이즈』(1984)였는데, 그 당시 이 소설 속에 펼쳐졌던 미국의 사회상들은 여러 면에서 우리 사회의 모습과는 거리가 멀어 보였다. 우선적으로 손꼽을 수 있는 것으로 소설 속에 펼쳐지는 주인공의 가족 형태를 들 수 있는데, 그 속에서 가족 개개인은 완전히 파편처럼 소외되고 분열되어 있음을 느낄 수 있었다. 여러 번의 이혼과 재혼을 통해 이루어진 새로운 형태의 가족 모습은 전통과 혈통을 중시하는 우리 사회와는 너무도 동떨어진 다른 나라의 이야기였다. 그러나 10여 년의 세월 동안 우리 사회도 많은 변화를 겪으면서 점점 이런 형태의 가족 모습이 완전히 낯설지만은 않게 되었다.

　데릴로는 또한 현대 사회를 장악해 가고 있는 전자제품의 중요성과 미디어의 역할을 날카롭게 묘사하면서, 나아가 현대 자본주의와 과학기술의 발전이 가져오는 환경적인 문제들까지도 예언하고 있다. 특히 『화이트 노이즈』에서 묘사되는 소비주의의 모습은 현대의 우리 사회 모습을 그대로 담은 듯한데, 데릴로는 소비주의의 의미와 이러한 풍토가 초래할 수 있는 문제점들을 자신의 초기 소설에서부터 이미 암시하고 있다.

데릴로는 『화이트 노이즈』의 여러 주제들을 1997년 작인 『언더월드』에서 더욱 심도 있게 다루고 있다. 『화이트 노이즈』에서 우려하고 예언했던 문제들은 시대가 흐름에 따라 점차 현실로 다가오고, 이러한 현대 사회에 대한 우려감은 『언더월드』에서 여실히 드러나고 있다. 특히 그는 현대 사회의 다각적인 발전이 가져오는 환경적인 문제를 심도 있게 그려 내고 있는데, 이것은 현시대가 함께 고민하고 있는 생태학적인 과제와도 의미를 함께한다. 또한 그가 소설에서 다루고 있는 과도한 생산과 소비가 초래한 쓰레기 문제 및 핵 시설에 대한 의혹 등은 현대 세계가 공통적으로 고민하고 풀어 가야 할 과제이기도 하다.

본서는 본 저자의 박사논문을 수정 보완한 것으로서, 대표적인 포스트모던 작가라고 인정받는 데릴로의 대표 작품인 『화이트 노이즈』와 『언더월드』를 거대 허브로 삼은 채, 다른 두 작품인 『리브라』와 『마오2』를 네트워크로 연결하면서 현 사회의 특징이라 할 수 있는 여러 주제를 다루고 있다. 네트워크라는 주제에 맞추어 연구의 전체 구조 역시, 개인에서 시작하여 사회적인 특징으로 확대해 나가면서 결국에는 지구와 우주 전체의 문제로 연계시켜

보았다. 이러한 과정에서 '모든 것이 서로 연결되어 있다'는 데릴
로의 메시지가 주는 의미를 고민해 보고자 하였다.

　최근 들어 데릴로 소설에 대한 연구와 논의가 활발해지고 있는
가운데, 본 연구서가 데릴로를 연구하는 학자와 학생들 및 일반인
들이 그의 작품 세계와 그가 묘사하는 현대 사회를 이해하는 데
작은 도움이라도 될 수 있기를 희망해 본다.

　마지막으로 이 연구서가 나오기까지 제자에 대한 지도와 격려를
아낌없이 베풀어 주신 서영철 교수님을 비롯한 경성대학교 영문학
과 교수님들과 서울대 장경렬 교수님께 감사드리며, 항상 희생을
강요받아 왔던 가족 모두에게도 이 책으로 사랑을 전하고 싶다.
논문을 읽어 주시고 책으로 나올 수 있도록 도와주신 김은선 선생
님을 비롯한 한국학술정보(주) 여러분들에게도 감사를 전한다.

2009년 2월
박선정

목 차

Ⅰ. 포스트모던 네트워크의 세계

피터 나이트(Peter Knight)는 '세상 참 좁다'라는 말로 대표되는 인간 상호간의 네트워크를 설명하기 위해서 1967년 하버드대학 교수인 스탠리 밀그램(Stanley Milgram)이 실시했던 사회학적 실험을 예로 들고 있다. 밀그램의 실험 결과에 의하면 "전 세계 사람은 최소 여섯 단계의 인과관계를 거치면 모두 연계되어 있다"(people ······ are all connected by no more than six degrees of separation)(Knight, *Conspiracy* 205)고 한다. 이 시대의 개인 상호간의 연계성[1]은 1993년 영화 <5번가의 폴포이티어>(Six Degrees of Separation)를 통해서도 잘 드러난다.

> 나는 어디선가 지구상의 모든 사람들은 아무리 많아도 여섯 사람을 거치면 다 아는 사람이라는 내용을 읽은 적이 있어. 여섯 사람을 거치면 말이야. 지구상의 우리와 다른 모든 사람들의 관계가 말이지.
>
> I read somewhere that everybody on this planet is separated by only six other people. Six degrees of separation. Between us and everybody else on this planet. (*Six Degrees of Separation*)

우리 시대[2]의 이러한 연계성은 국가라는 경계선 안에서만 이루어지는 현상이 아니라 지구 전체로 확대되며, 지구는 '지구촌'이라는 단어가 과장된 것이 아님을 말해 주듯 서로 밀접하게 연계되어

---

1) 세포와 세포, 인간과 인간, 인간과 자연, 그리고 그 외 모든 대상들이 서로 연계되는 현상을 '연계성(connectivity)'이라는 용어로 통일시켜 설명하고자 한다.
2) 시기적으로 1945년 이전을 모던 시대로 분류하고 이 시대를 모던 또는 근대라 명하며, 이후의 포스트모던적 시기를 '현 시대' 또는 '우리 시대'라는 명칭으로 구분하고자 한다. 하지만 문맥의 자연스러운 연결을 위해서 때로는 '포스트모던 시대' 또는 '현대'라는 용어를 사용하기도 하는데 모두 같은 의미로 해석할 필요가 있다. 이러한 용어들이 갖는 의미는 영어의 'contemporary'를 옮긴 것으로서, 지금 우리가 살고 있는 시대를 의미한다.

있다. 우리는 테크놀로지로, 소비상품으로, 그리고 인터넷으로 서로 복잡하게 얽혀 있는 세상에 살고 있다.

현시대에 이르러 테크놀로지가 두드러지게 발달할 수 있게 된 요인에 대해 어네스트 만델(Ernest Mandel)은 크게 세 가지 단계의 기술혁명으로 요약하고 있다. 즉, 1848년 이후의 증기기관차의 생산, 1890년대 이후의 전기와 연소에 의한 기계장치들의 생산, 그리고 1940년대 이후의 전자공학과 원자력의 발달이 그것이다(Mandel 118). 이 중에서도 특히 세 번째 단계인 전자공학과 원자력의 발달이 포스트모더니즘으로 일컬어지는 시대적 현상들과 직접적으로 연관된다고 볼 수 있다. 산업기술의 급격한 발달로 인해 산업 전반에 걸쳐 생산량이 눈에 띄게 증가하였고, 과학기술의 발달 및 생산과 이윤이라는 자본주의 논리에 힘입어 발달하게 된 전자기술의 발전으로 인해 세계는 '지구촌'이라는 시공적인 네트워크로 연계되고 있다.

세계를 네트워크의 시대로 이끄는 데 중요한 역할을 하는 것으로서 전화의 발명과 인공위성의 출현, 그리고 이전의 시공적 개념을 변화시키면서 세계의 지붕 위를 날아다니는 비행기의 발달 및 유선 인터넷, 나아가 무선 인터넷의 발달을 들 수 있다. 특히 무선 인터넷의 발달로 인해 '눈에 보이는 선(wire)에 따른 연계'를 넘어서서 '눈에 보이지 않는 무제한의 연계'가 가능해졌다. 이런 맥락에서 마뉴엘 카스텔스(Manuel Castells)는 네트워크에 대한 자신의 저서에서, 이러한 연계성이 "사회의 모든 단위들을 …… 어떤 장소에서든지 그리고 어느 시간에서든지 서로 상호 작용할 수 있도록 해 주었다"([This] enables social units …… to interact anywhere, anytime)(Castells, *The Network Society* 6)고 밝힌다. 이제 네트워크는 단순히 인간과 인간을 둘러싼 환경을 연계해 주는 정도에 그치는 것이 아니라, 인간과 자연, 나아가서 인간이 만들어 낸 모든 기계에 이르기까지, 그리고 인간의 내부와 외부를 이어 주면서 시간과 공간의 개념마저도 뛰어넘어 모든 것을 하나로 묶고 있다. 그러나 우리 시대가 형성하고 있는 네트워크의 개념 속에는 반드시 '연계'의 개념만 내포되어 있지는 않다. 어느 시대보다도 서로 긴밀하게 연계되어 있는 듯한 우리 시대의 연계망 속에서 우리는 더 한층 고립과 소외를 느끼고 있음을 인정할 수밖에 없다.

우리 시대의 개인과 사회는 각각의 요소에 연계됨으로써 다양한 네트워크를 형성하고 있지만, 또 한편으로는 각각의 파편으로 떠돌고 있다. 다시 말하자면 하나의 노드(node)가 다른 노드와 허브(hub)에 의해 다각적인 영향을 받으면서도, 그 각각의 노드는 결국 하나의 노드로 남는다. 이것은 네트워크 조직이 영구적인 것이 아니라 그 허브나 커넥터의 움직임에 따라 항상 가변적이기 때문에 일어나는 현상이기도 하다.

이런 점에서 '포스트모던 네트워크'(postmodern network)라는 용어는 그 자체로서 이율배반적인 의미를 담고 있다. 우선 포스트모더니즘은 이전의 모더니즘이 갖고 있던 균형과 정확성의 파괴, 즉 불확실성과 애매 모호성, 그리고 파편화 등으로 특징지어진다. 이에 비해 '네트워크'라는 용어는 포스트모더니즘의 파편화와는 다소 상충되는 개념으로서, 이러한 파편들의 결합이라 할 수 있다. 또한 네트워크라는 용어 자체가 '서로 연관된 노드들의 결합'(a set of interconnected nodes)(Castells, *The Network Society* 3)을 의미하기도 한다. 네트워크의 개념 속에서 각각의 노드는 독립성을 가진다기보다는 그 전체 네트워크의 한 부속품에 지나지 않는다. 따라서 노드가 지나치게 많거나 쓸모없을 경우 네트워크는 이러한 노드를 변형하기도 하고 그것들을 없애거나 새로운 노드로 대체하기도 한다. 모던 네트워크와 노드의 상호 관계에 대해서 카스텔스는 "노드들이 전체 네트워크의 부속품으로 존재하고 기능할 뿐"(nodes only exist and function as components of networks)(Castells, *The Network Society* 3)이라고 설명한다.

모던 네트워크에서는 네트워크에 속하느냐 속하지 않느냐라는 이항대립적인 개념만이 존재하였다. 그러나 모던 네트워크와는 달리 포스트모던 네트워크는 포스트모던 사회의 특성에 맞춰 변화된 모습을 보여 준다. 카스텔스는 포스트모던 네트워크의 특성을 '유연가능성, 측정가능성, 생존가능성'(flexibility, scalability, survivability)(Castells, *The Network Society* 5)으로 요약하고 있다. 특히 그는 포스트모던 네트워크에는 중심이 없기 때문에 네트워크 전체가 생존하는 데 오히려 도움이 된다는 점을 지적하고 있다. 중심을 공격하면 전체 네트워크가 붕괴되어 버리는 모던 네트워크의 허약성과는 달리, 포스트모던 네트워크는 중심이 없이 서로 끝없는 노드와 허브로 연계되어 있기 때문에 외부의 공격을 받는다 하더라도 네트워크 전체의 생존에는 별다른 영향을 받지 않는다.

네트워크의 개념이 변화하면서 세계는 서로 우호관계를 유지하면서도 또 한편으로는 언제든지 그 관계를 파기할 준비를 갖춘 채, 더 많은 자본을 축적하는 데 온 힘을 기울인다. 이러한 노력에 덧붙여 과학기술이 발달하고 소비 자본주의가 성장함으로써 편리하고 풍요로운 생활이라는 긍정적인 면이 생겨나기도 했지만 여러 가지 부정적인 문제들이 생겨난 것도 사실이다. 정체성의 변화, 사회적 네트워크의 변화, 그리고 쓰레기 문제를 포함하여 핵폭탄의 개발로 인한 환경파괴 및 죽음에 대한 공포가 그것이다.

미국 작가 돈 데릴로(Don DeLillo)는 이제까지 논의한 바의 포스트모던 사회가 갖고 있는 다양한 문제들과 더불어 네트워크화된 사회 자체를 극명하게 보여 주는 작가로서, 새로운 형태의 네트워크 지배를 받고 있는 현대 사회를 입체적으로 이해하고자 할 때 결코 간과할 수 없는 존재다. 이런 점에서 데이비드 톰슨(David Thomson)은 자신의 박사논문에서 네트워크 세계와 연관된 데릴로의 현대 사회에 대한 시각을 다음과 같이 피력한다.

> 텔레비전으로 방영된 이미지들이 요즘 들어 방송 네트워크를 통해 자유로이 돌아다닐 수 있게 되었는데, 실질적으로 이러한 방식을 통해 전 세계적인 내러티브가 즉각적으로 발생할 수 있게 되었다. 그러나 전후(post‒war)의 시대에는 데이터가 아닌 사람의 순환을 포함하는 획일화된 제2의 전 지구적 네트워크가 생겨났다. …… 시간당 1,000킬로미터로 정기적으로 이웃 나라를 여행하는 것이 가능해짐으로써 나라 간의 경계선이 붕괴되고 '지구촌'이라는 개념이 만들어지긴 했지만, 아늑해 보이는 이러한 세계는 데릴로의 소설 속에서 자세히 파헤쳐지고 있다.

> Televised images can now circulate among the broadcast networks in a way that enables an effectively instantaneous global narrative, but the post ‒ war years saw the rise of a second form of unified global network which involved the circulation of people, not data. …… Though the collapsed boundaries of the globe inaugurated by routine, accessible travel at speeds in the neighborhood of 1000km/h led the idea of a "global village", that cozy formation is scrutinized in the fiction of DeLillo. (23 ‒ 24)

데릴로는 『화이트 노이즈』(*White Noise*, 1985)를 비롯하여 『리브라』(*Libra*, 1988)와 『마오2』(*Mao II*, 1992) 그리고 『언더월드』(*Underworld*, 1997)[3]에 걸쳐서 전반적으로 포스트모던 사회에서 변화하고 있는 개

---

3) 원제 『Underworld』는 '지하세계', 또는 '음지세계' 등으로 번역될 수 있으나, 작품 속에서

인 정체성의 문제를 심도 깊게 다루고 있다.

『화이트 노이즈』에서 그는 잭 글래드니(Jack Gladney)라는 한 대학 교수를 중심으로 그의 가족 이야기를 다룸으로써 변화하는 현시대의 개인 및 가족의 개념에 대해 잘 보여 주고 있다. 우리 시대 개인의 불안정한 자아는 『리브라』에 이르러 더 한층 심화된다. 이 소설에서 데릴로는 외형적으로는 존 케네디 대통령의 암살 사건을 다루면서도 실질적으로는 케네디 암살범인 리 오스월드(Lee Oswald)를 비롯한 여러 인물들의 혼란스러운 자아를 통해 현대인들이 겪는 정체성의 변화를 잘 보여 주고 있다. 현시대와 거기에서 살고 있는 개인들의 모습에 대한 데릴로의 예리한 글쓰기는 여기에서 끝나지 않고 『마오2』로 이어진다. 이 소설에서 그는 폭탄이나 무기에서부터 시작하여 일상생활 용품에 이르기까지의 다양한 물질에 의해서 순수한 문학의 세계마저도 그 자리를 상실하고 있는 현 세태를 빌 그레이(Bill Gray)라는 작중 소설가를 통해서 잘 묘사하고 있다. 동시에 그는 이러한 물질세계 안에서 철저히 고립되어 가는 인간의 모습을 보여 준다. 나아가서 데릴로는 『언더월드』를 통해 다시 한 번 이 시대 개인과 사회의 불안정한 변화 모습들을 보여 주면서 더 나아가 지구와 우주 전체의 현재와 미래에 대한 날카로운 예지를 보여 준다.

데릴로가 지속적으로 다루고 있는 우리 시대의 개인 정체성은 그 개념 정의에서부터 상당한 혼란을 겪어 왔는데 이러한 변화 자체가

의 'underworld'의 의미는 지상과 반대되는 개념으로서 쓰레기나 핵폐기물 등이 매립되어 있는 지하세계를 의미함과 동시에, 작품 속의 '벽'이 의미하는 것과 같이 사회로부터 버려지거나 무시되고 있는 우리 시대의 음지세계를 의미하고 있기도 하다. 따라서 본 연구서에서는 이러한 다양한 의미를 포괄하는 개념으로서 소설 제목을 '언더월드'라는 원제 그대로를 사용하기로 한다. 그러나 내용에 있어서의 'underworld'는 문맥의 자연스러운 연결을 위해서 종종 '지하세계'라는 용어로 해석되고 있는데, 그 의미에서는 '언더월드'의 의미를 그대로 내포하고 있다.

포스트모더니즘의 특징을 말해 주기도 한다. 인간의 본질적인 존재로서의 정체성은 사라지고 차츰 인간은 자신이 만들어 내고 조종해 왔던 기계에 의존하고 그것에 지배당하면서, 자신의 정체성을 기계나 그것들이 만들어 내는 서류(dossiers)[4]를 통해 결정하기에 이른다. 이로써 이 시대에는 본질적이고 실재하는 '나'의 의미는 그리 중요하지 않다. 오히려 컴퓨터나 대중 네트워크 속에서 어떤 위치를 차지하고 있는가에 의해 '나'의 정체성을 논할 수 있다.

데릴로는 이러한 개인 정체성의 변화와 더불어 이전 시대와는 다르게 변화하고 있는 사회 전반에 걸친 특징과 양상들에 대해서도 잘 보여 준다. 특히 대중매체 및 전자 매체의 발달과 더불어 광고 산업과 수송기관이 발달함으로써 우리 시대는 소비주의에서 또 다른 특징적인 현상을 초래하였다. 언제나 존재해 왔던 '소비'의 개념은 우리 시대에 접어들면서 마치 새로운 사회적 현상으로 인식될 만큼 현대 자본주의에서 중요한 위치와 의미를 차지하게 되었다. 인간은 단순히 필요한 것을 생산하고 소비하는 것이 아니라 소비를 위해서 과잉생산을 하고 다시 그것을 과잉 소비하는 사회를 만들기에 이르렀다. 이러한 시대적인 변화를 보여 줌으로써 데릴로는 우리 시대의 '소비'가 단순히 '어떤 물건을 구입하는 것'이라는 의미를 넘어, 그러한 소비 행위를 통해 대중 속의 한 인간이 자신을 확인하고 결국 존재 자체를 확인하기 위한 것임을 상기시킨다. 나아가 그는 과잉 소비주의가 또다시 쓰레기 문제 및 생태계 파괴라는 문제를 불러일으키면서 인류의 미래를 위협하는 심각한 결과를 초래하고 있음을 염려한다. 인간은 자신이 만들어 낸

---

4) '서류'라는 용어는 영어에서의 'dossiers'를 옮긴 것으로서, 개인에 대한 신상기록들과 문서들을 총괄하는 의미를 내포한다. 이것은 전자 매체에서의 '데이터'와 비교되는 개념으로서 종이로 된 기록들을 의미한다.

테크놀로지의 역습을 받게 된 것이다.

본서는 데릴로의 소설을 포스트모던 네트워크의 개념으로 해석해 봄으로써, 우리 시대의 개인 정체성이 어떤 변화를 겪고 있는지, 그리고 이러한 변화가 기술 자본주의와 소비문화에서의 발달과 어떤 연계성을 갖고 있는지, 나아가서 포스트모던 생태학적 관점[5]을 통해 이러한 네트워크의 의미와 그것이 가져오는 결과를 어떻게 해석할 수 있는지를 검토하고 있다. 이러한 논의를 위해 본문을 개인으로부터 시작하여 현 사회로 확대하고 거기에서 더 나아가 지구와 우주 전체의 문제로 연계시키는 네트워크의 형태로 구성해 보았다. 이러한 구조 속에서 모든 것이 결국에는 서로 연계되어 있다는 데릴로의 메시지가 주는 진정한 의미가 무엇인가에 대한 논의를 이어가고 있다.

본론 1장에서는 데릴로가 각각의 소설 속 인물들을 통해 이 시대 개인의 모습을 어떻게 묘사하고 있는가를 살펴보고 이로써 현 시대 개인 정체성의 의미를 짚어 보고 있다. 그리고 이러한 개인들의 동요 속에서 우리 시대 가족의 개념에는 어떤 변화가 일어나고 있는가를 살펴보고 가족 사이의 연계성에 대해 데릴로는 무엇을 암시하고자 하는지를 고찰한다.

---

5) 우리가 일반적으로 말하는 생태학을 모더니즘적인 개념으로 보고, 이에 대해 포스트모던 이론이 접목된 변화된 생태학을 포스트모던 생태학이라고 분류하고 있으며, 이러한 변화된 생태학의 관점으로 소설에 나타난 현 시대를 분석해 보려는 것이다. 이러한 개념적 차이는 화이트의 개념 정의에서 잘 드러나는데, 즉, 그는 모던 시대를 '권력의 시대'(power of age)로 정의내리고 이를 자연(nature)에 반대되는 의미로서의 문화(culture)와 남성의 시대로 보고 있으며, 이와 대립적으로 포스트모던을 '의사소통'(communication)의 시대로 정의내리면서 문화보다는 자연에 그리고 남성보다는 여성에 초점을 맞추면서 이들 간의 대립이 아닌 상호 간의 공존을 강조하는 것을 포스트모던 생태학으로 이해한다(White 11). 다시 말하자면, 포스트모던 생태학은 자연을 하나의 적이나 공포의 대상으로 보는 이항대립적인 이해가 아니라, 자연을 함께 공존해야 할 대상으로 보면서 자본주의가 가져온 환경파괴와 생태학적 위기에 대해 재고하려 한다.

　　본론 2장에서는 테크놀로지와 대중매체의 발달 및 소비주의로 대표되는 현 사회의 변화에 대해 데릴로는 어떤 견해를 보이고 있는지를 살펴보고 그 변화들이 무엇을 의미하는가에 대해 검토하고 있다. 나아가 이러한 사회의 변화가 개인과 어떤 연계성을 갖고 있는가에 대해서도 논의해 봄으로써 개인과 사회는 서로 복잡한 네트워크를 형성하고 있음을 재확인한다.

　　본론 3장에서는 데릴로가 쓰레기와 핵폭탄 그리고 인터넷을 시대적 네트워크가 만들어 내는 대표적인 부산물로 정의하고 있음을 그의 소설을 통해 확인하고 있다. 특히 우리 시대가 만들어 낸 대표적인 무기라고 할 수 있는 핵폭탄과 전 지구적 네트워크라고 할 수 있는 인터넷에 대한 데릴로의 해석을 생태학적이고 포스트모던 네트워크적인 개념으로 이해하고 있다. 이러한 논의를 통해 개인과 사회 그리고 그것들이 만들어 내는 부산물에 이르기까지의 모든 것들은 또다시 거대하면서도 복잡한 네트워크를 통해 서로 연계되어 있음을 확인한다. 그리고 이러한 포스트모던 네트워크의 개념을 통해 데릴로 소설이 우리에게 가져다주는 진정한 의미는 무엇인가에 대해서 고심해 본다.

Ⅱ. 네트워크 사회와 데릴로의 소설

1. 사회 구성원의 파편화와 네트워크

모던 사회에서 '중심을 이루던 이성'(centered ego)은 포스트모던 사회에 이르러 '탈중심화'(decentered) 현상을 통해 공격을 당하기 시작했고(Dunn 6), 이로써 자아는 중심을 잃은 채 떠돌기 시작했다. 매이던 새럽(Madan Sarup)은 정체성의 개념에서 생겨나기 시작한 다양한 변화에 대해 '홈'(home)의 개념을 통해 설명하고 있다. 그는 '가정'이나 '고향'이나 '고국'과 같은 다양한 의미로 해석될 수 있는 '홈'의 개념 속에서 개인의 정체성의 의미를 찾을 수 있다고 제시한다(Sarup 7 - 8). 그는 이러한 '홈'의 테두리 안에서 개인의 행동 양식이 영향을 받으며, 여기에서 생기는 '경계선'(boundary)에 의해 정체성이 결정된다고 주장한다(Sarup 11).

이러한 새럽의 주장은 정체성이란 결국 자신이 속해 있는 사회나 기관의 영향을 받는다는 로버트 던(Robert Dunn)의 이론과 일맥상통하기도 하지만, 그가 주장하고 있는 '경계선'은 우리 시대의 변모된 정체성의 개념을 이해하는 데 다소 부족한 점이 있다. 새럽도 인정하고 있듯이, 과학과 교통의 발달 및 자본주의의 발달로 인해 서구 사회의 여러 국가나 기관들 간의 경계선이라는 것이 모호해지고 있기 때문이다. 오히려 그가 주장하는 개인이나 민족의 '홈' 개념에 변화가 생겨남으로써 정체성의 개념도 혼란을 겪고 있다.

『정체성의 힘』(The Power of Identity)에서 네트워크와 정체성을 결부시켜 설명하면서, 카스텔스는 "네트워크 사회가 시작됨으로써 이 시기 동안의 정체성의 형성 과정에 문제가 제기되고 있는데, 이로써 새로운 형태의 사회 변화를 유도하고 있다"(the rise of the network society calls into question the processes of the construction of identity during that period, thus inducing new forms of social change)(Castells, *The Power of Identity* 11)고 서술하였다. 이와 더불어 그는 "정체성이란 사람들이 의미와 경험을 가질 수 있는 근원이라"(Identity is people's source of meaning and experience)(Castells, *The Power of Identity* 6)고 정의 내리면서, 여기에서의 '의미'를 사회와 동일화(identification)되는 과정으로 규정하고 있다.[6] 그러나 개인이 동일시하는 사회 자체가 많은 개념에서 불확실하고 애매모호해짐으로써 개인의 정체성 역시 불안정하고 불확정적으로 변모하고 있다.

정체성의 변화에 영향을 미치고 있는 시대적 요소에는 여러 가지가 있을 수 있다. 그중에서도 데이비드 곤틀레트(David Gauntlett)는 성차(sexual differnce)가 여전히 우리 시대의 정체성을 이해하는 핵심 개념으로 남아 있다는 것을 인정하면서도, 또 다른 핵심 요소로서 미디어와 커뮤니케이션을 강조한다. 이 시대에서는 인간 정체성의 상당히 많은 부분이 성차만큼이나 미디어로부터 영향을 받고 있다고 보면서, 이 두 가지 요소로 인해 현대인들의 정체성이 어떤 변화를 겪고 있는가에 대해 서술하고 있다(Gauntlett 1). 그러

---

6) 정체성(identity)의 개념은 동일시(identification)의 개념에서 출발하였다고 볼 수 있다. 그러나 포스트모던 사회에 접어들면서 이러한 동일시의 개념만으로는 정체성의 개념을 설명하기에 역부족이 되었다. 오히려 이 시대 정체성의 개념에는 동일시와 상반되는 차별화(differentiation)의 개념이 내포되어 있기 때문이다. 따라서 본 연구서에서의 정체성은 동일시와 구별되는 개념으로서, 즉 보다 복잡한 의미로서 이해할 필요가 있겠다.

나 그가 말하고 있는 것처럼 "정체성이란 복잡한 구조물이므로"(Identities …… are complex constructions)(Gauntlett 13), 단지 미디어나 성차만이 정체성의 형성에 개입되는 것은 물론 아니다. 특히 우리 시대에 이르러 사회가 점점 더 복잡해지면서 정체성에 영향을 주는 요소들도 더욱 복잡해지고 있다.

　사회가 복잡해진 만큼 정체성에 영향을 미치는 요인들도 증가할 수밖에 없는데, 본 연구서에서는 소비주의 및 기술주의로 대표되는 사회적 현상들과 미디어의 보급, 그리고 개인의 정체성을 대신하게 된 서류의 의미 등으로 그 요인들을 요약하고자 한다. 그리고 이러한 요인들이 개인과 사회의 변화에 다각적으로 영향을 미치고 있음을 확인함으로써 개인의 변화와 사회의 변화가 서로 밀접하게 연계되어 있음을 재확인할 수 있겠다.

　사회적인 변화가 개인의 정체성을 변화시켰다고 한다면, 역으로 개인의 정체성이 변화함으로써 이들로 구성되어 있는 사회 역시 변화하였다. 우선 최소의 사회라 할 수 있는 가족의 경우를 살펴보면, 1960년대를 지나면서 가부장제가 붕괴되고 여성운동이 본격화되면서 여성의 사회 진출이 활발해지고 여성의 가정 내에서의 위치가 변화하게 되었다. 전통적인 가족의 개념 속에 확고히 자리잡고 있었던 위계질서 개념이 무너지면서 불변의 개념으로서 인간 사회를 지배해 오던 많은 개념들이 위기를 맞고 있다. 게다가 수면 아래 잠재되어 있던 동성애의 감정마저 밖으로 표출되면서 가족 개념은 더 큰 혼란을 겪고 있다.

　따라서 본론 1장에서는 정체성 및 가족 변화에 대한 몇몇 비평가들의 견해들을 비교해 보면서, 우리 시대의 전체 네트워크를 이해하는 데 있어서 기본이라 할 수 있는 개인과 가족 개념의 변화에 대한 데릴로의 견해를 고찰해 보고자 한다. 이를 통해 데릴로가 말하고자 하는 이러한 변화의 문제점은 무엇인지, 그리고 이들 사이의 연계성은 무엇인지에 대해서도 연구해 보고자 한다.

(1) 개인 정체성의 변화

포스트모던 사회로 접어들면서 이전 시대까지는 명확해 보이던 다양한 개념들에 혼란이 생겨났다. 이러한 혼란은 정체성의 개념에서도 유사한 혼란을 불러일으켰다.

우선 던의 이론에 따르면 전통적 의미에서의 정체성의 개념은 "그룹이나 지역사회를 통해 이미 주어진 것"(identity is largely pregiven through membership in the group and community)(52 – 53)으로서 태어나면서부터 부과되는 것이면서 또한 자신이 속해 있는 문화권에 속하는 것이다. 새럽은 이러한 정체성을 "사람과 기관들과 관행들 사이의 상호 작용에서 생겨나는 결과물"(a consequence of a process of interaction between people, institutions and practices)(11)이라고 정의 내리고 있다.

전통적 개념에서의 정체성이 외부적인 요소에 의해 결정된 것이라고 본다면, 던은 모던 사회에서 정체성의 개념을 지속성(continuity), 통합성(integration), 동일화(identification), 차별화(differentiation)의 개념으로 설명할 수 있다(58 – 59)고 밝힌다. 즉, 사회적인 요소뿐 아니라 안과 밖, 자아와 타자와 같은 뚜렷한 경계에 따라서 명확하게 정의 내릴 수 있는 개념이다. 이에 비해 포스트모던 사회의 정체성은 파편화와 불연속성이 개인 정체성을 특징지으면서 안과 밖과 같은 경계를 모호하게 만든 것을 의미한다(Dunn 64).

이전에는 명확한 경계를 가진 것으로 인정받아 왔던 개념들에 의문을 제기하면서 우리가 정체성으로 이해해 왔던 개념들도 해체되기에 이르렀다. 이와 유사한 맥락에서 던은 "정체성이란 형성되는 것이며 따라서 이것은 본질적으로 변화하며 역동적이다"(identity is constructed and therefore processual and dynamic in nature)(30)라고 밝히고 있다. 이러한 의미에서 정체성이란 고정된 어떤 의미라기보다는 영향을 받아 변화하는 어떤 것이라고 이해된다. 그는 또한 차이와 정체성의 개념을 상호 연관된 것으로 이해하고 있는데, 정체성이란 단독적으로 생겨나거나 형성되기보다는 사회 속의 여러 상호작용으로 인해 타인에 의해 또는 문화나 환경에 의해 영향을 받아서 형성되는 것으로 이해한다. 던의 이러한 해석은 정체성을 동일화의 개념으로 보고 있다는 점에서 "자아는 어디에나 존재한다고 할 수 있으며, 따라서 어떤 특정한 곳에 존재하는 것이 아니다"(the self is everywhere and thus nowhere in particular)(3)라는 홀스타인(Holstein)의 해석과도 일맥상통한다.

따라서 던은 정체성이 형성되는 과정을 '진행'(process) 중에 있는 것으로 보고 있으며, 이러한 변화 속에서의 차이가 정체성을 만들어 낸다고 이해한다. 그는 "정체성이란 자아와 타자라는 관계를 만들어 내는 '차이 내에서' 만들어 진다"(identity is formed *within the differences* making up the self−other relation)(31)고 주장함으로써 정체성이 타자와 구별되는 의미에서의 자아를 의미한다고 해석한다. 이로써 그는 정체성이 갖고 있는 차이의 의미를 잊지 않고 있다. 결국 정체성의 과정이란 곧 동일화되는 과정이자 사회화되어 가는 과정이라 할 수 있다. 이러한 차이와 동일화의 관계 속에서 정체성의 개념을 이해해 보면, 정체성이란 사회 구조나 사회 변화와 밀접한 관계를 갖고 있으면서도, 또 한편으로 그러한 배경과 차별되거나 완전히 고립된 개념일 수 있다.

이런 의미에서 정체성은 들뢰즈가 말하는 '되어 가기'(becoming)의 의미와도 일맥상통한다. 들뢰즈와 가타리가 말하고 있는 '존재'(being)라는 개념에 대조되는 의미로서의 '되어 가기'의 개념은 여러 가지 의미로 설명되지만, 정체성이라는 문제와 연관 지어 본다면 그것은 인간의 개념이 하나의 고정된 존재로서보다는 끊임없이 변화하고 있는 존재로서 해석된다. 들뢰즈의 주장을 빌리자면, 모든 '존재'(being)들은 '삶이 되어 가기'(becoming – life)의 과정에 있어서 상대적으로 안정적인 순간일 뿐이다(Colebrook 7). 따라서 삶의 과정에서 확실한 것은 아무것도 없으며 모든 것은 변화하고 있는 순간일 뿐으로 해석된다.

이와 더불어 들뢰즈는 가족이나 사회의 권위가 붕괴되고 있는 우리 시대에는 "새로운 형태의 정체성('개별')이 생성되었다고 주장한다. 그가 말하는 주체성이란 끝없이 조정과 변형의 과정을 겪고 있는 무한히 개방되어 있는 공간의 기초를 이루는 작은 조각으로 해석될 수 있다"(Deleuze conceives of the emergence of new form of identity (the 'di – vidual'), who can be conceived as the elementary particle of an infinitely open space which undergoes an endless process of modulation, or deformation)(Taylor 374). 다시 말하자면, 그는 우리 시대 개인의 정체성을 고정되지 않은 채 끊임없이 변화하고 있는 불안정한 개념으로 이해하며, 이러한 사회 네트워크 속의 작은 일부로서 해석하고 있다.

정체성에 대한 다양한 해석들은 오히려 "'본질적인 정체성'이란

존재하지 않을지도 모른다”(there can be no 'essential' identity)(115)
는 스탠리 아로노비츠(Stanley Aronowitz)의 주장을 연상시킨다. 그
는 이전 시대의 정체성과 우리 시대 정체성의 차이에 대해서 다음
과 같이 정리하고 있다.

> 공간에서 한 물체가 움직이면 다른 것은 정지해 있다는 뉴턴 물리학의
> 가설과 유사하게, 정체성에 대한 이전의 이론에서는 '사회'와 '개인'을 고
> 정된 것으로 가정해 왔다. 즉 하나가 움직이고 있으면 다른 것은 정지해
> 있다. …… 개인이란 타자와의 다각적이고 **구체적인** 관계에 의해 이루어
> 지는 하나의 과정이라고 간주되기도 한다. 여기에서의 타자와의 관계란
> 가족이나 학교나 법률과 같은 사회조직뿐 아니라, 의미 있는 타자와의 관
> 계를 의미한다. 그리고 이러한 모든 것들은 움직이고 있으며 끊임없이 변
> 화하고 있다. …… 새로운 정체성이 생겨나고, (적어도 일시적이나마) 이
> 전의 정체성이 사라진다.

> In a supposition akin to the assumption of Newtonian physics that if
> one object in space is in motion the other is at rest, the older theories of
> identity have tended to posit 'society' and the 'individual' as fixed: when
> one is in motion the other is at rest. …… We may now regard the
> individual as a process constituted by its multiple and *specific* relation, not
> only to the institutions of socialization such as family, school and law, but
> also to significant others, all of whom are in motion and constantly
> changing. …… New identities arise; old ones pass away(at least
> temporarily). (115)

이전에는 개인이나 사회가 고정된 것으로 보면서 그들의 관계
역시 고정적인 것으로 또는 쉽게 정의 내려질 수 있는 것으로 보
았다. 그러나 아로노비츠가 주장한 것처럼 이러한 이전 시대의 개
인과 사회의 관계는 사라져 가고 이와 더불어 이전의 정체성 역시
모호해져 버렸다. 이로써 포스트모던 시대의 정체성은 불확정적이
고 모호해진 사회만큼이나 유동적으로 변하고 있다.

이러한 불확정성과 정체성과의 연계성에 대해서 던은 다음과 같
이 설명한다.

> 시뮬레이션적인 질서가 사회적 관계를 대신해 버린 시대상을 보면 어
> 떤 정체성도 해체될 수 있음을 예측할 수 있다. 왜냐하면, 정체성이 테크
> 놀로지의 의미화 과정 속으로 완전히 흡수됨으로써 자아와 타자, '안'과
> '밖'을 구별하는 경계가 사라져 버렸기 때문이다.

> But the substitution of a simulational order for social relations portends
> the dissolution of any possible identity since the boundary separating self
> and other, 'inside' and 'outside', is eliminated by the total absorption of
> identity into the signifying processes of technology. (104)

우리 시대에 이르러 정체성은 몇 가지의 고정된 축에 의해 결정
된다기보다는 다양한 요소들에 의해서 변모하고 있다. 던은 포스트
모던 시대의 정체성에 영향을 미치는 사회적인 요소들을 크게 다
섯 가지로 요약하고 있다.[7]

던과 유사하게 데릴로 역시 자신의 소설을 통해 이러한 사회현

---

7) 던은 포스트모던 정체성에 영향을 미치는 사회적 요소들을 크게 다섯 가지로 꼽고 있다. 첫
째, 상품과 스타일이 급격하게 다양해짐으로써 소비에 대한 개인적 취향 역시 다양해지면서
개인의 정체성을 혼란시키고 동시에 이를 약화시키고 있다. 둘째, 다양한 환경으로부터 정체
성과 자아가 생성됨으로써 자아는 자신과 타인을 경험하는 데 불연속성을 경험한다. 셋째,
다양한 형태의 미디어 및 테크놀로지에서 경험되는 파편화 현상으로 인해 자아와 타인의 개
념에 의문이 제기된다. 넷째, 소비주의와 미디어의 영향으로 인해 과거나 역사에 대한 개념
을 망각하고 현재에 집중하는 문화를 창조한다. 마지막으로, 대중 속의 생활로부터 개인적인
자아로 범위가 축소됨으로써 개인의 자아는 타인과 지역사회에서 스스로를 동일화하고 차별
화할 수 있는 기회를 박탈당한다(104–5).
이러한 변화를 겪으면서 이전의 대중 공간은 '새로운 형태의 대중 공간'(new public
sphere)에 의해 대체된다. 이에 대한 실례로서 던은 텔레비전 토크쇼와 쇼핑몰을 거론한다
(104–5). 이곳은 소비주의에 의해 생성된 새로운 공간으로서 미디어에 의해 형성되는 개인
들이 각기 자신만의 공간을 소유한 채 모여 있다. 그러나 이러한 새로운 형태의 대중 공간에
서 생성되는 개인과 타자와의 차별화나 동일화는 이전과 다르며 자아로서의 개인이라는 개념
자체도 모호할 뿐이다. 즉 미디어에 노출되거나 쇼핑을 하고 있는 개개인은 분명 개별적 존
재로서 따로 분리되어 있지만 또 다른 한편으로 그들은 자신의 무리에 속해 있으므로, 차이
와 동일화를 함께 갖고 있다고 볼 수 있다.

상을 보여 주면서 그 속에서의 개인 정체성의 변화를 보여 주고 있다. 본 연구서에서는 데릴로 소설을 근거로 하여 포스트모던 정체성과 서로 영향을 주고받는 요인들을 크게 네 가지로 요약하고 그 각각에 대해 살펴보고자 한다. 첫째로 소비주의의 영향하에서 개인의 정체성이 상품소비에 의해 형성되고 있는 현상, 둘째로 미디어와 인터넷의 발전과 더불어 현실과 가상의 세계에 대한 경계가 불분명해지면서 생겨난 정체성의 변화, 셋째로 테크놀로지의 발전에 의해 기계가 인간의 영역을 대신하면서 초래된 인간의 정체성에 있어서의 변화, 그리고 마지막으로 우리 시대에 있어서 생활 전반에 걸쳐 중요한 역할을 하고 있는 전자 매체들의 영향으로서 서류 또는 데이터에 의해 정체성이 결정되고 있는 현상이 그것이다.

포스트모던 사회에 접어들면서 이전의 시대에서는 절대적이던 가치관이나 개념들에서마저도 혼란을 겪으면서 개인은 점차 '나'의 존재에 대해서도 의문을 갖기 시작했다. 데릴로는 우리 시대 개인이 자신의 정체성을 찾기 위한 첫 번째 시도로서 소비행위를 들고 있다. 그의 소설 속에서 자아를 잃어버린 개인들은 슈퍼마켓에서 그것을 찾으려 한다. 이런 맥락에서 폴 엘리(Paul Elie)는 "슈퍼마켓은 …… 우리가 누구인지를 말해 줄 수 있는 …… 기호들의 세계"(supermarket …… is a world of signs which …… can tell us who we are)(Elie)[8]라고 말하고 있다. 또한 사람들은 이곳 슈퍼마켓에서 "그들의 가치관과 정체성을 자유롭게 쇼핑한다"(free to shop around for their values and identities)(Cantor 41)고 폴 켄터(Paul

---

8) 자료의 출처가 인터넷 웹 사이트인 경우, 인용 부분의 페이지가 드러나지 않아 페이지를 표시하지 못하였다. 자료를 찾은 웹 주소는 인용문헌에서 표기하고, 본문에서는 인용 페이지 대신 인용된 저자명만 그대로 표기하였다. 이하, 페이지 없이 인용 저자만 기록된 것은 동일한 경우이다.

Cantor)고 말하고 있다. 그리고 데릴로와 이들 비평가들이 말하는 슈퍼마켓은 우리 시대의 소비주의를 상징한다.

가정에서와 마찬가지로 사회에서도 자신의 정체성을 찾지 못한 개인들은 소비행위를 통해 자신의 정체성을 찾으려 한다. 데릴로는 이러한 모습을 슈퍼마켓에서 물건을 만지고 구경하면서 잭9)이 "자신의 가치와 자존심이 커지는"(grow in value and self – regard)(*White Noise* 84) 것을 느끼는 것으로 묘사한다. 소비를 통해서 그는 "새로운 모습의 자신을 발견하였다"(found new aspects of myself)(*White Noise* 84).

소설 속에서 잭이 쇼핑을 하는 모습은 정상적으로 물건을 구입하는 모습으로 보이지 않는다. 그는 마치 채워지지 않는 욕구를 해소하기 위해 몸부림치는 것처럼 자신의 정체성에 결핍되어 있는 부분들을 채우기 위해 상품을 구매한다. 그리고 이러한 소비행위를 함으로써 자신이 중요한 존재인 것처럼 느끼고 자신의 새로운 면을 발견한다. 이러한 잭의 모습은 소비가 현대인들에게 주는 의미를 잘 보여 주는데, 소비란 상품에 대한 구매가 아니라 채워지지 않는 자아를 채우는 과정이다. 그러나 소비를 통한 '채우기' 과정은 또 다른 허탈감을 가져올 뿐인데, 이것은 "혼자가 되기만을 바라면서 그들은 …… 침묵 속에서 집으로 돌아왔다"(drove home in silence …… wishing only to be alone)(*White Noise* 84)라고 표현되는, 쇼핑을 마치고 집으로 돌아오는 잭 가족의 모습을 통해 잘 드러난다. 결과적으로 소비를 통해 어떠한 만족감도 얻지 못하

---

9) 데릴로 소설에 나오는 인물들의 명칭은 소설 속에서 주로 불리는 이름에 입각하여 지칭하였다. 때로는 이름(first name)이기도 하고 때로는 성(last name)이기도 하다. 명확하게 구분이 되지 않은 경우에서는 이름 위주로 기록하였다. 소설 속 인물이 아닌 인용문헌의 저자들이나 연구가의 경우에서는 성(last name) 위주로 인용하였다.

고 자신만의 세계로 돌아가고 싶은 또 다른 욕구만을 가진 채 집으로 돌아가는 잭 가족의 모습은 소비를 통하여 진정한 정체성의 발견을 꿈꾸면서 살아가는 이 시대 사람들의 고독과 고립감을 암시한다.

데릴로는 정체성을 확인하기 위한 두 번째 방법으로 사람들이 미디어에 의존하고 있음을 그의 소설을 통해 보여 준다. 그러나 미디어에 대한 인간의 기대와는 달리 오히려 미디어가 인간의 사고와 영혼을 세뇌시키고 지배할 뿐이다. 미디어에 의존할수록 우리는 "우리의 뇌가 차츰 희미해져 가는 것을 경험한다"(we're suffering from brain fade)(*White Noise* 66). 우리의 뇌는 더 이상 스스로의 판단에 의해서 움직이기보다는 수많은 미디어에 의해 주입된 정보들에 의해서 수동적인 판단과 결정을 내릴 뿐이다. 『화이트 노이즈』에서 잭의 대화는 종종 '파나소닉', '도요타'와 같은 상업적인 광고 용어나 미디어에서 나오는 말에 의해서 방해를 받는데, 이러한 잭의 모습은 미디어에 의해서 개인이 사고마저도 방해받고 지배당하는 동시대의 한 모습을 보여 준다. 그리고 인간이 이러한 미디어에 의해 방해를 받는다는 것은 장 보드리야르(Jean Baudrillard)가 주장하는 것처럼, "미디어에 의해 식민화되고 다국어로 된 담론들과 전자 네트워크에 의해서 탈중심화된 새로운 형태의 주체성이 출현했음을 의미한다"([This] impl{ies} the emergence of a new form of subjectivity colonized by the media and decentered by its polyglot discourses and electronic network)(Wilcox, *Baudrillard* 99).

세 번째로, 데릴로는 이 시대의 개인의 정체성이 인간의 테크놀로지에 의해 변형되고 있음을 지적한다. 우선 과학기술의 발달은 인간 사회에 있어서의 많은 부분에서 변화를 가져왔다. 생산 기계

에 있어서의 발달이 인간의 영역을 대신하였으며 이로 인해 인간
은 노동으로부터의 해방이나 자유로움을 느끼기도 하지만 한편으
로는 자신의 위치를 빼앗겨 버린 데서 오는 위기감을 느끼기도 한
다. 데릴로는 『화이트 노이즈』에서 뚜렷한 정체도 갖고 있지 않은
채 현대인들의 생활을 끊임없이 방해하는 많은 전자 매체의 소음
으로부터 『언더월드』의 핵폭탄의 위협에 이르기까지 인간에게 도
움을 주기 위해 개발된 테크놀로지에 의해 인간이 자신의 자리를
위협받고 있는 모습을 잘 보여 준다.

이와 같은 동시대적 경향에 대해 이아인 챔버스(Iain Chambers)
는 "우리의 육체가 테크놀로지에 의해 침략당하기"(Our bodies are
invaded by technology)(56)기 시작하고, 이러한 테크놀로지에 의해
"감염되고 번식되기 시작했다"(Each is contaminated and pollinated)(56)
고 묘사하고 있다. 이로써 테크놀로지의 발달과 더불어 인간의 고유한
영역이 침범당하고 오히려 그것이 미치는 영향으로 인간의 정체성
마저도 잃어 가면서 그것을 대물림하고 있는 시대상을 설명하고 있
다. 테크놀로지가 인간을 닮아 가고 그 자리를 빼앗으면서 인간을
모방하려는 이러한 시대적인 변화에 대해 데릴로는 급기야 "인간의
얼굴을 한 테크놀로지"(Technology with a human face)(*White Noise*
211)라고 표현함으로써 불안감을 표출하고 있다.

"시스템이 복잡해지면 질수록 사람에 대한 신뢰는 더 약해진
다"(The more complex the systems, the less conviction in people)(*Libra*
77)는 『리브라』에서의 국가 비밀 요원인 윈 에버리트(Win Everett)의
주장처럼 테크놀로지가 발달하면 할수록 오히려 인간에 대한 신뢰
감은 더욱 감소되고 있다. 컴퓨터의 발달과 더불어 사회의 많은
부분을 이러한 기계가 차지하게 되었는데, 마크 스티븐 스필마처

(Mark Stephen Spielmacher)는 그 예로서 은행에서의 자동입출기와 비디오 게임, 그리고 개인 컴퓨터를 들고 있다(4). 이러한 컴퓨터화된 기계들이 인간을 대신하면서 인간에게 편리함을 가져다주기도 하였지만, 또 한편으로 인간을 한층 더 외로운 존재로 만들기도 하였다. 아이러니하게도 이러한 기계들은 인간을 더욱 고립되고 파편화된 개개인으로 분리시키면서도 또 한편으로는 거대한 컴퓨터망 안에서 서로 연계시키고 있다.

데릴로는 우리 시대 은행의 모습을 그 예로 제시한다. 은행 업무를 처리할 때 사람들은 이제 직접 은행원을 대하지 않아도 된다. 기계의 녹음된 목소리에 따라 기계와 더불어 이야기를 나눈다. 인간은 기계를 두려움의 대상으로 인식하거나 경계하기보다는 오히려 한 걸음 더 나아가 이러한 기계를 통해 자신의 존재를 인정받음으로써 스스로의 정체성마저도 확인하려 한다.

> 다음 날 아침, 나는 걸어서 은행에 갔다. 잔액을 확인해 보려고 자동지급기에 다가갔다. 카드를 밀어 넣고 비밀번호를 입력한 후 원하는 항목을 눌렀다. …… 안도와 감사의 물결이 나를 압도했다. 이 시스템이 내 삶에 축복을 내렸다. 나는 시스템이 나를 지지하고 인정한다는 것을 느꼈다. …… 돈이 아니라, 전혀 그런 것이 아니라, 심오한 개인적 가치의 무언가가 인증되고 확인받았다는 것을 느꼈다.

> In the morning I walked to the bank. I went to the automated teller machine to check my balance. I inserted my card, entered my secret code, tapped out my request. …… Waves of relief and gratitude flowed over me. The system blessed my life. I felt its support and approval. …… I sensed that something of deep personal value, but not money, not that at all, had been authenticated and confirmed. (*White Noise* 46)

잭은 기계의 데이터 속에 여전히 자신의 정체성이 존재함을 확인함으로써 자신의 존재를 확인한다. 은행 자동 지급기를 통해 그가 알고자 하는 것은 통장에 남아 있는 잔액이 아니라 아직도 자신의 존재가 기계 속에 입력되어 있다는 것이다. 만일 기계가 자신의 이름을 기억하고 있지 않다면 자신의 존재는 사라져 버렸음을 의미한다. 그리고 여기에서의 기계는 수많은 다른 기계와 네트워크 되어 있다. 이러한 네트워크 속에 아직 자신의 이름이 존재한다는 것은 그 네트워크가 자신의 존재를 지지해 주고 인정해 준다는 것을 의미한다. 따라서 잭이 은행에서 확인하려 하는 것은 네트워크 속에서의 자신의 존재 여부인 것이다.

이처럼 포스트모던 네트워크는 개인으로 하여금 다른 사람이 아닌 기계를 상대하게 함으로써 고립감과 소외감으로부터 벗어나는 것이 아니라 오히려 더욱 심화되도록 만들면서도 또 한편으로는 고립된 개인을 전체 네트워크 속에 가입시킴으로써 이들을 연계시켜 준다. 그러나 이러한 네트워크 속에서 진정한 의미에서의 자신의 정체성을 찾기란 불가능하다. 그것은 기계가 말해 주는 데이터나 통계에 불과하기 때문이다.

이런 이유로 데릴로는 현시대의 "우리는 우리에 대한 데이터의 총합"(We are the sum total of our data)(*White Noise* 202)일 뿐이라고 밝히고 있다. '나'라는 존재의 진정한 자아는 더 이상 의미가 없으며, 단지 컴퓨터나 서류상으로 '나'를 어떻게 기록하고 있는가가 더 중요한 의미를 차지하고 있다. 그리고 이러한 서류에 의해서 '나'의 정체성도 결정됨을 의미한다. 스필마처는 컴퓨터 세대에 서류의 역할과 정체성의 변화에 대해서 다음과 같이 정리하고 있다.

컴퓨터 시대에서는 데이터베이스와 서류가 갖고 있는 효과적이지만 폐쇄적인 시스템에 근거를 둔 채 지배적인 인식론적 전제를 바탕에 두고 있다. 주체에 대한 서류는 주체의 행동 양식과 위반 행위, 그리고 '선호도'에 대한 기록이다. 이 서류는 영구적으로 디지털 코드들에 각인되어 있다. 따라서 개인의 자아에 대한 '현실'은 '편집된다' 즉 한 주체의 이미지는 그 주체의 공식적인 정체성으로서 성립된다.

In the computer age, the dominant epistemological premise is founded on as efficient but closed system of databases and dossiers. The dossier on the subject, which is a record of the subject's behavior patterns, transgressions, and 'preferences', is permanently inscribed in digital codes. The 'reality' of the individual self is thus 'edited'; an image of the subject is established as that subject's official identity. (1)

스필마처는 "개인의 자아에 대한 현실이 이러한 서류에 의해서 편집된다."고 주장함으로써 개인에 대한 실재가 서류에 의해서 변화되거나 왜곡될 수도 있음을 시사한다. 어떻게 편집하고 어떻게 해석하느냐에 따라서 개인의 정체성은 얼마든지 달리 해석될 수 있다. 이것은 이름, 나이, 직업, 성별, 그리고 전과 기록과 같은 서류상의 데이터가 개인의 정체성을 우선적으로 결정짓는 것을 통해 설명된다.

데릴로는 정체성과 서류의 관계에 대해서 "서류를 갖고 있는 사람만이 실체이다"(Documents are supposed to provide substantial)(*Libra* 357)라고 요약하고 있다. 더욱이 테크놀로지의 발달에 힘입어 컴퓨터를 비롯한 전산망을 통한 커뮤니케이션이 발달함으로써, 이 전산망을 타고 개인에 대한 엄청난 데이터가 끊임없이 연계될 수 있게 되었다. 컴퓨터의 발전은 더 많은 개인 정보를 담을 수 있게 해주었고, 그 결과 개인의 정보는 더 많은 커넥터를 매개로 수많은 허브들에 접속되고 있다. 스필마처가 밝히고 있듯이 동시대에 있어서 이러한 정보의 분실이나 파괴는 그 주체의 소멸을 의미한다.

자크 라캉(Jacques Lacan)의 개념을 빌려, 우리 시대의 이러한 정보와 데이터를 기표라고 한다면, 그것의 기의인 실체는 사라지고 이러한 기표들만이 끊임없이 떠돌고 있다. 이런 의미에서 데이터나 정보 및 서류는 한 주체에 대한 또 다른 시뮬라크라(Simulacra)라고 볼 수 있다.

데릴로나 스필마처의 주장대로 우리 시대의 정체성이 공식적으로 또는 서류상으로 이미 정해진 대로 기록되고 입력되어 있다면 그것을 바꾼다는 것은 거의 불가능한 일일 것이다. 게다가 정체성은 그것이 속해 있는 네트워크 안에서 아주 고정되고 확정적인 것으로 보인다. 그러나 아이러니하게도 이러한 정체성은 또 한편으로는 아주 쉽게 수정이 가능하기도 하다. 『리브라』의 리를 통해 알 수 있듯이, 데이터를 수정하거나 또는 이름이나 신분증이나 자신에 대한 기록을 바꾸는 작업을 통해 얼마든지 개인의 정체성을 바꿀 수 있다. 특히 오늘날과 같은 컴퓨터 시대에는 그 안에 담겨 있는 자신에 대한 기록을 전환함으로써 완전히 다른 인물로 변신할 수도 있다.

이상에서 살펴본 것처럼 산업화되고 기계화된 사회 안에서 우리 시대의 정체성은 이전과는 달리 상당히 복잡하고 혼란스러울 뿐 아니라 인간적인 관계나 사회와의 유대감을 잃어 가고 있다. 이런 이유로 던은 인간의 네트워크적 상호 관계를 '사회적 관계'와 '소비적 관계'로 구별하여 이 둘을 비교하고 있다.

> 사회적 상호 관계는 내적으로 공유된 일반적이고 절충된 의미를 통해서 자아를 타자의 행위와 반응들에 연계시킨다. …… 이와는 반대로 소비적 상호 관계는 이러한 결속을 약화시키고 붕괴시킨다.
>
> Social interaction connects the self to others' actions and responses by

means of an internally shared set of common and negotiated meanings.
…… The consumption relationship, in contrast, weakens and ruptures
these ties. (75)

던은 사회적 관계를 인간 사회에서 태초부터 존재해 왔던 인간 상호 관계로 해석하고 있으며, 소비적 관계를 우리 시대의 한 특징으로서 기계와 소비 및 정보 중심 매개체를 중심으로 하는 사회와의 상호 관계로 해석한다. 그리고 인간이 원래부터 갖고 있었던 인간 상호간의 사회관계는 인간 개개인을 서로 강하게 결속시켜 주는 역할을 하지만, 자연스러운 관계가 아니라 인위적이고 인공적인 기계와 소비 및 정보를 통한 네트워크는 오히려 이러한 결속을 붕괴시킬 수 있다.

우리 시대 네트워크 속의 자아에 대한 연구 논문에서 윌콕스(Wilcox)는 "자아가 '영향력을 가진 네트워크'에 완전히 복종하고 있으며 …… 이러한 네트워크 속에서 분열증적 자아들은 하나의 노드로서 또는 '변화하는 중심'으로서만 존재할 뿐이다. 이러한 가운데 개인의 정신적 육체적 경계선들도 정보의 흐름 속에서 분해되어 버린다"(the self succumbs utterly to 'networks of influence.' …… the schizophrenic exists only as a nodal point or "switching center"; his mental and physical boundaries dissolve in the flow of information)(*Baudrillard* 106)고 밝히고 있다. 또한 그는 "데릴로가 묘사하고 있는 포스트모던 세계는 떠돌아다니는 끊임없는 시뮬라크라 중 하나"(DeLillo's postmodern world is one of free−floating and endless simulacra)(*Baudrillard* 108)라고 주장하는데, 포스트모던 세계 속의 정체성 역시 진정한 의미에서의 사회적 네트워크와는 상관없이 그것이 만들어 내는 시뮬라크라에 의해서 끊임없이 변화

생성되는 불안정한 것일 뿐임을 의미한다. 결국 이러한 네트워크 속에서 주체들은 마치 정신분열증을 앓는 것처럼 제각기 분열된 채 서로 다양한 허브들로 연계되어 있음을 느낄 뿐이며, 전체 "시스템 속에서 제로일"(a zero in the system)(*Libra* 40, 357) 뿐이다.

전체 네트워크에 속하는 것이 결국 아무런 의미도 없는 것임을 알기 때문인지, 『리브라』의 리는 스스로가 유명해지기를 열망하면서도 또 다른 마음 한쪽에서는 이러한 사회 속에서 더 깊이 숨어 지내기를 열망한다. 그의 이러한 본능은 자신의 이름을 바꾸는 과정에서 드러나는데, '하이델'(Hidell)이라는 이름이 그 일례이다.

> 알파벳 이(e) 두 개를 리(Lee)에서 떼내고,
> 엘(l) 두 개를 하이델(Hidell) 속에 숨기자.
> 하이델(Hidell)은 엘(L)을 숨기라는 의미.
> 아무한테도 말하지 마.
>
> Take the double‐e from Lee.
> Hide the double‐l in Hidell.
> Hidell means hide the L.
> Don't tell. (*Libra* 90)

리는 이 글을 통해서 자신이 사회로부터 숨어 지내고 싶어 하는 마음을 드러냄과 동시에, 사회에 대한 막연한 두려움을 드러내고 있다. 이것은 자신의 사회로부터 이방인처럼 고립된 채 살아가면서도 또 한편으로는 사회라는 네트워크 속에 연계된 채 살아가는 우리 모두의 마음이기도 하다. 이러한 불안정한 심리에 대해 제스 카바들로(Jesse Kavadlo)는 "개개인들은 홀로 고립된 채 필사적으로 드러나기를 갈망하면서도, 또 한편으로는 눈에 띄지 않기를 열망한다"(each is isolated, alone, desperate to be seen but anxious not to be found out)(*Balance and Belief* 81)고 표현하고 있다.

이처럼 고립된 채 두려움에 떨고 있는 모습만이 리의 전부는 아니다. 그는 한 여인의 아들이고 또 다른 한 여인의 남편이며 한 아이의 아버지이다. 그는 아내를 위해서 설거지를 하고 아기와 놀아 주는 자상한 가장의 모습을 갖고 있기도 하다. 결국 "그가 갖고 있는 문제는 그가 끊임없이 자신을 만들어 내야만 했다는 것이다"(Oswald's problem is that he must continually create himself)(Yehnert). 그의 다양한 이름들과 신분증들, 그리고 그가 갖고 있었던 직업들은 리가 갖지 못했던 정체성에 명확한 해답을 가져다준 듯하지만, 실질적으로 외부의 기관들이 제공해 준 이러한 모든 것들은 오히려 그의 정체성에 더한 혼란을 가져다줄 뿐이었다. 우리가 그가 누구인지를 정확히 알지 못하듯이 그 역시 스스로를 정확하게 알지 못했던 것이다.

데릴로는 동일인물로 보이지 않을 만큼 완벽하게 변화하는 리의 다중적인 모습을 보여 줌으로써 정체성의 혼란을 겪고 있는 이 시대 개인의 모습을 드러내고 있다. "그는 친절했으며 옷을 잘 차려 입었다. 그리고 아름다운 무늬의 옷을 입고 머리를 위로 빗어 올린 그녀의 모습이 얼마나 아름다운가를 속삭"(He was polite and neatly dressed, told her how pretty she was in her brocade dress and upswept hair)(*Libra* 201)이는 다정한 남편으로서의 모습을 보여 준다. 그러면서도 그는 느닷없이 폭력적으로 변함으로써 그의 아내와 독자 모두를 당황하게 만든다. 이것은 "그가 그녀의 머리 한쪽을 때렸고, 그녀가 그에게로 기우뚱 거렸다. 그는 아무 일도 없었다는 듯이 앉아서 잡지를 펼쳤다"(He slapped her on the side of the head and she took half a swing at him. He sat down and opened a magazine)(*Libra* 238)와 같은 장면에서 잘 드러난다.

그렉이라는 이름으로 살아가는 그의 모습 속에는 전혀 포악함이 존재하지 않는다. 그는 다정하고 예의 바르며 자신의 여자를 사랑하는 신사다운 남성의 모습을 하고 있다. 그러나 미국으로 돌아온 후의 그는 본래의 자신으로 돌아온 것처럼 완전히 달라진 모습을 보여 준다. 이러한 그의 변화로 인해 그의 아내 마리안만큼이나 독자들도 혼란을 겪을 수밖에 없다. 아내를 난폭하게 구타하다가도 설거지를 돕는 다정한 남편의 모습으로 변하는 그의 다중인격적인 모습을 통해 데릴로는 그가 어떤 네트워크에 연계되고 어떤 허브에 연계되는가에 따라서 변화한다는 것을 보여 준다.

그는 에릭이라는 이름으로 한 여자의 자상한 남편이라는 허브에 연계될 때는 이에 알맞은 노드로서 생활하였고, 킬러로서의 허브에 연계되고 그러한 사람들과 연계되어 있을 때면 거기에 알맞은 인물로 변하였다. 따라서 독자들은 리라는 인물을 하나로 명확하게 정의 내릴 수 없으며, 오히려 네트워크와의 관계 속에서 끊임없이 변화하는 인물로서 이해할 수밖에 없다. 이런 이유로 그의 아내 마리나(Marina)는 "그가 정말 어떤 사람인지를 확신할 수 없었으며"([she] wasn't sure who he really was)(*Libra* 242), 그의 어머니 역시 러시아에서 돌아온 그를 보면서 "너무 변해서 다른 아이인 것처럼 느꼈다"([I]saw a different boy)(*Libra* 243).

리의 정신분열증적인 자아는 자신조차도 낯설게 느끼도록 만드는데, 이것은 일본에서 어떤 낯선 여성과 성관계를 갖는 장면에서 잘 드러난다.

그는 자신이 그 여자와 섹스를 나누고 있는 것을 지켜보았다. 그는 한

편으로는 그 장면에서 떨어진 바깥 세계에 존재하고 있었다. 그는 자신을
사로잡을 쾌락을 기다리면서, 그녀와 섹스를 나누고 그것을 모니터하고
있었다.

He saw himself having sex with her. He was partly outside the scene.
He had sex with her and monitored the scene, waiting for the pleasure to
grip him, ……. (*Libra* 84 – 85)

여기에서 리는 자신이 성관계를 나누고 있는 모습을 제3자의 입
장에서 지켜보고 있다. 이러한 모습을 통해 마치 자신이 "두 개의
자아로 나뉘는"(split in two)(*Libra* 90) 듯한 느낌을 받는다. 스스로
조차도 자신의 내면을 정의 내리지 못하고 거기에서 떨어져 나와
그것을 지켜보는 모습을 통해, 네트워크에 연계되어 있으면서도 오
히려 각각의 개인으로 파편화되어 있는 우리 시대 개인의 의미를
보여 준다. 나아가서 내면 속의 다양한 자아들은 하나의 주체로
합일을 이루지 못하고 파편으로 남은 채 더욱 고립되고 소외되어
있음을 확인할 수 있다. 이런 이유로 『리브라』의 또 다른 국가적
인물인 워커 장군(General Walker)은 "종종 자신에 대해서 3인칭으
로 말하곤 하는데"(He was used to talking about himself in the
third person)(*Libra* 282), 이 역시 정확한 자아에 대한 자신감이 없
음을 보여 주는 것이라 하겠다. 이처럼 우리 시대 사람들은 '나'로
서 말하는 것보다 차라리 타인이 보는 '나'로서 말하는 것이 훨씬
더 정확해 보이고 안정적이라고 인지한다.

정체성의 혼란은 『언더월드』에서의 닉 셰이(Nick Shay)를 통해서
도 잘 드러난다. 우선 데릴로는 이 소설에서의 화자의 인칭을 3인
칭에서 1인칭으로 그리고 심지어는 2인칭 시점으로 전환시키고 있
는데, 이를 통해 시간 배열의 불규칙성과 더불어 화자의 정신분열

증적인 증상을 암시한다고 볼 수 있다. 이로써 독자들은 안정적이고 보편적인 이야기 전개를 느낄 수 없고, 화자의 정신적 상태에서의 불안정함을 그대로 느낀다.

게다가 리 역시 『화이트 노이즈』의 잭이나 『리브라』의 리와 마찬가지로 다양한 정체성을 가진 인물이다. 그는 유년기의 친한 친구이자 아버지와도 같은 존재를 살해한 살인자이며, 동시에 자신의 선생님의 아내와 불륜을 가진 파렴치한이다. 그러나 현재의 그는 사회적으로 인정받는 쓰레기 처리업자이자 한 가정의 가장이다. 겉으로 드러나는 이러한 외형적인 다양성 못지않게 그의 심리적인 다양성은 더욱 복잡하다. 그는 어릴 적 실종된 아버지에 대한 다양한 해석을 통해 사회에 대한 음모론이나 편집증을 보이며, 살인과 불륜이라는 유년 시절의 경험 때문에 혼란을 겪고 있다. 게다가 아내마저도 자신의 친구와 불륜의 관계에 있음을 알게 되면서 이러한 혼란은 더욱 가중된다. 이러한 환경 속에서 닉의 정체성은 누구와 어떤 환경에 처해 있는가에 따라 변화한다.

『화이트 노이즈』의 잭 역시 이러한 정체성의 분열적 모습을 지니고 있다. 그에게는 대학 교수로서의 잭, 그러면서도 정작 히틀러나 독일어에 대해서 잘 알지 못하는 '가짜'로서의 잭이 있다. 그리고 한 가정에서는 아버지라는 위치에 있으면서도, 또 한편으로는 바베트(Babette)와 다른 남자들 사이에서 난 데니스(Denice)와 와일더(Wilder)의 경우에서는 진정한 의미의 아버지로 정의 내리기 어려운 정체성을 갖고 있다. 아내 바베트와의 관계 역시 분열적이다. 그들은 서로의 부부관계에서조차 자신들만의 이야기를 만들지 못하고 성인 잡지 속에서의 다른 사람들의 이야기를 통해 자극을 받고 흥분한다. 이로써 그는 아내와 함께 있는 그 순간에도 다른 누

군가와 함께 있다고 느끼기도 하며, 또 한편으로는 완전히 다른
인물로 변해 있기도 하다.

　이러한 모습은 성인 잡지를 읽으면서 흥분을 느끼는 잭과 바베
트의 모습을 통해 잘 드러난다(*White Noise* 29). 이 순간 잭은 바베
트가 읽고 있는 성인 잡지 속에서 성관계를 나누고 있는 '렉
스'(Rex)라는 인물로 변해 있으며, 교수나 아버지로서의 모습은 갖
고 있지 않다. 이처럼 잭의 정체성은 여러 가지 면에서 다양하게
해석된다. 그의 직업에 의해서, 그의 외모에 의해서, 그의 소비에
따른 신용도에 의해서, 그리고 그에 대한 서류들에 의해서 그의
정체성은 다양하게 변화한다. 따라서 이처럼 다양하게 분열되어 있
는 잭의 정체성을 정의 내리기란 쉽지 않다.

　각 소설의 주인공들은 정신분열증과 같은 분열된 정체성과 자아
의 불안정함을 갖고 있는데, 데릴로는 이러한 주인공들의 불안정함
을 통해 우리 시대와 네트워크의 관련성을 드러내고 있다. 즉 소
설 속의 주인공들의 정체성은 태어나면서 정해지는 어떤 전통적인
의미에서의 정체성도 아니고, 자신이 속해 있는 가정과 사회에 의
해서 주어지는 것도 아니다. 이들의 정체성은 말 그대로 장소와
시간에 따라서 수시로 변화하며 항상 가변적일 수 있다. 왜냐하면
그들은 전체 네트워크 속에서 각각의 노드로서 존재하며, 따라서
그들이 속해 있는 네트워크나 허브가 변화함에 따라 언제든지 유
동적일 수 있기 때문이다. 이 시대가 형성하는 전체 네트워크가
불확정적이고 가변적이기 때문에 그것을 이루고 있는 각 허브와
노드로서의 개인 역시 불완전하고 유동적일 수밖에 없다.

　분열증적 증세는 특정인들에게만 적용되는 것이 아니라 우리 시
대를 살고 있는 사람들이 공통적으로 갖고 있는 증세로서 이해된

다. 종종 우리는 '나' 속에 또 다른 내가 존재하고, "하나의 세계 속에는 또 다른 세계가 존재함"(There is a world inside the world)(*Libra* 47, 153, 277)을 실감한다. 이러한 혼란은 데릴로의 표현대로 "자아가 끊임없이 안으로 돌고 있음"(the inward－spinning self)(*Libra* 37)을 느끼는 것으로 드러나기도 한다. 그 결과 사람들은 『언더월드』의 빈민가 사람들처럼 혼자 자기만의 세계에 틀어박혀서 은둔 생활을 하거나, '텍사스 하이웨이 킬러'처럼 거리로 나와 무관한 사람들에게 총을 발사함으로써 네트워크에 합류하려는 시도를 꾀한다. 또는 텔레비전을 비롯한 미디어 속의 인물과 동일시함으로써 불안한 나의 정체성을 찾으려고 시도한다. 이러한 모든 시도 속에서도 사회는 진정으로 "내가 누구인지를 알아주지 못하며"([You] don't know who I am)(*Libra* 37), '나' 역시 내가 누구인지를 알지 못한다.

그렇다면, 데릴로가 궁극적으로 추구하는 진정한 자아는 어떤 것이며 이러한 자아가 갖고 있는 정체성은 어떤 모습일까? 이 질문에 대해 바우어(Bawer)는 "데릴로에게 인간이 된다는 것은 진심으로 원시적인 야수의 상태로 되돌아가는 것을 의미한다"(To DeLillo, to be human means to be, at heart, a primitive beast)(Bawer)고 답하고 있다. 여기에서 바우어가 말하는 '원시적 야수'의 의미는 '자연'을 의미한다. '자연'은 태초부터 인간이 갖고 있었던 네트워크의 관계, 즉 인간 사회에서의 상호의존성과 같은 자연스러운 의미에서의 네트워크를 의미한다.

인간관계의 원형이라 할 수 있는 자연스러운 상호 관계는 자연스럽게 정체성을 형성하는 데 영향을 미치고 이러한 관계 속에서 형성된 정체성은 지금 우리가 겪고 있는 것처럼 혼란을 가져오지는 않았다. 따라서 기계와 대조되는 의미에서의, 그리고 인간이 만

들어 낸 것과 대조되는 개념으로서의 자연만이 우리가 되찾고자
하는 궁극적인 인간적 정체성의 본질일 것이다. 이런 관점으로 데
릴로는 인간의 나약함 속에서 인간이 다시 돌아가야 할 대상은 기
계와 같은 '인공적인 것'이 아니라 '자연적인 것'임을 상기시킨다.
이것이 인간과 기계 사이의 가장 결정적이고 극명한 차이이다. 인
간이 자연의 일부라는 사실이 기계와 비교되어 인간을 나약하게
만드는 원인이기도 하지만 또 한편으로 인간을 위대하고 아름답게
만드는 원인이기도 하다.

스필마처 역시 자신의 박사논문에서, 기계나 컴퓨터에 의해서
완벽하게 재현된 시뮬라크라의 세계 속에서 주체는 자아를 잃은
채 정체성의 혼란을 겪고 있다고 기술하면서, 이러한 시뮬라크라에
대항할 수 있는 힘으로서 '근원'(original), '특이성'(singularity), 그
리고 자연(nature)이라는 개념을 제시하고 있다(27). 이러한 세 가지
개념은 모두 인위적인 것 또는 복사(copy)라는 개념에 반대되는 개
념이라고 볼 수 있다. 따라서 우리 .시대의 네트워크라고 불리는
많은 것들이 이러한 인위적인 것들로부터 시작된 것임을 인지하고
이러한 네트워크 속에서 자아의 정체성을 찾으려는 현대인들의 노
력이 무의미한 것임을 재확인할 필요가 있다.

데릴로는 진정한 자아 발견에 대한 암시를 『화이트 노이즈』에서
아내의 정부이자 위약(placebo) 판매업자이면서 미스터 그레이(Mr.
Gray)라는 가명으로 불리는 윌리 밍크(Willie Mink)를 살해하는 과
정에서 발생하는 잭의 자각을 통해 잘 보여 준다. 이와 더불어 데
릴로는 바우가 말하는 '자연스러움'과 인간의 정체성의 문제에 대
한 자신의 견해를 분명하게 드러낸다. 즉 스스로조차도 자신의 정
체성을 알지 못한 채 방황하고 있던 잭이 밍크를 살해하려는 순간

처음으로 참된 자아를 발견하는 것이다.

　　나는 그를 보았다. 살아 있었다. 무릎에는 피가 가득 고여 있었다. 이
성과 감각이 정상적으로 질서를 되찾고 보니, 처음으로 그가 하나의 인간
으로 보였다. 이전에 갖고 있던 인간적 혼돈과 변덕이 다시 작동하기 시
작했다. 동정심, 회환, 자비심 같은 것들이. 하지만 밍크를 도우려면 그
전에 나부터 기본적인 치료를 해야만 했다. …… 여긴 뭔가 속죄의 기미
가 있었다. 그의 발을 잡아끌면서 타일을 지나고 약품 먹인 카펫을 가로
지르고 문을 통과해 어두운 밤거리로 나왔다. 뭔가 크고 웅장하고 멋진
느낌이 들었다. …… 중상을 입은 사내를 끌고 어둡고 텅 빈 거리를 가
면서 나는 스스로 선하다고, 피투성이이지만 당당하다고 느꼈다.

　　I looked at him. Alive. His lap a puddle of blood. With the restoration
of the normal order of matter and sensation, I felt I was seeing him for
the first time as a person. The old human muddles and quirks were set
flowing again. Compassion, remorse, mercy. But before I could help Mink,
I had to do some basic repair work on myself. …… There was something
redemptive here. Dragging him foot－first across the tile, across the
medicated carpet, through the door and into the night. Something large
and grand and scenic. …… I felt blood－stained and stately, dragging the
badly wounded man through the dark and empty street. (*White Noise* 313
－314)

　　밍크에 대한 살인을 완전범죄로 끝내려고 했던 잭의 계획은 자
신이 밍크가 쏜 총에 맞게 되면서 빗나가고 만다. 그러나 바로 이
순간 그는 그동안 망각하고 있었던 현실로 돌아온다. 가상의 비디
오 게임 속에서 한 남자를 살해하려 했던 한 인물이 실재 속으로
돌아오듯이 잭 역시 본래의 자아로 돌아온 것이다. 자신이 쏜 총
에 맞아 피를 흘리고 있는 한 남자의 모습은 가상이나 이미지가
아니라 현실이며, 그것을 저지른 자신의 모습도 현실 속에 존재함
을 느낀다. 그리고 그 남자를 돕고 있는 자신의 모습에서 당당함

을 느낀다. 그는 처음으로 현실을 제대로 직시하고 자신의 솔직한 감정에 충실하며 자신의 감정대로 행동한다. 가상이 아닌 실재인 죽음 앞에서 잭은 교수로서의 자신의 위치나 가장으로서의 자신의 위치 또는 죽음에 대한 막연한 불안으로부터 벗어난 진정한 의미에서의 자아를 찾은 듯하다.

이러한 잭의 발견과 대조적으로 『리브라』에서의 리는 케네디 암살과 자신의 죽음 앞에서도 끝내 실재를 발견하지 못하며, 결국 자신의 정체성을 찾지 못한다. 소설 속의 리는 자신의 세계와 미디어 속의 세계를 구별하지 못하며 이로써 자신의 세계를 찾는 데 실패한 인물이다. 데릴로는 나아가서 이러한 자신의 견해를 『언더월드』를 통해 매듭짓고 있다. 죽은 후 인터넷을 떠돌고 있는 에드가 수녀(Sister Edgar)가 진정한 의미의 평화를 갈구하는 모습에서 데릴로는 우리 시대가 누리고 있는 많은 것들이 허상일 수 있으며, 진정한 자유와 평화란 '자연스럽고' '실재하는' 것임을 재확인시키고 있다. 즉 에드가 수녀에게 진정한 평화란 인터넷 속에서의 영원한 부활이 아니라 '자연스러운 죽음'을 의미한다. 이러한 소설 속 인물들의 발견을 통해, 데릴로는 진정한 자아 정체성이란 이처럼 실재 속에서 찾을 수 있는 것이지, 소비 행위나 미디어 또는 기계의 힘이나 서류 속의 기록과 같은 시뮬라크라 속에서 찾아지는 것이 아님을 보여 준다.

지금까지 살펴본 바대로 포스트모던 사회의 정체성은 하나의 주체 안에서도 다양한 정체성이 서로 연관성을 갖고 있거나 또는 서로 상반된 관계를 유지하는 형태를 보이고 있다. 이와 마찬가지로 인물 상호간에 있어서도 서로 공통된 정체성으로 연계되어 있을 수도 있고 그 반대의 경우가 있을 수도 있다. 또한 각 인물이 갖고 있는 다양한 정체성으로 말미암아 각각의 인물은 자신이 갖고 있는 다양한 정체성에 따라 서로 다른 인물들에게 동시에 연계될 수도 있다. 역으로 말하자면, 우리 시대를 살아가는 개인의 정체성이란 그가 어떤 정체성을 가진 인물과 연계되느냐에 따라서 항상 가변적이다. 데릴로는 자신의 소설 속 인물들이 어떤 노드나 허브들에 연계되면서 네트워크를 형성하고 있는지를 보여 줌으로써 이러한 개인과 네트워크의 연관성을 증명해 준다.

따라서 데릴로 소설 속의 인물들 간의 네트워크를 보다 구체적으로 고찰해 봄으로써 이러한 논리를 확인해 볼 필요가 있겠다. 우선 데릴로 소설 속의 인물들은 크게 두 가지 구조로 네트워크화되어 있다고 볼 수 있는데, 이것은 실제 사회에서도 그대로 적용된다. 첫 번째는 직접적인 관계를 중심으로 한 네트워크로서, 서로가 직접적으로 알고 있는 관계이다. 이때는 각 인물이 노드가 되어 서로를 연계해 준다. 두 번째는 서로를 연계해 주는 공통적인 성격이나 특성, 또는 서로를 연계해 주는 어떤 대상이나 사물을 통한 네트워크로서, 이 경우에서는 인물들 간의 연계성이 직접적으로 성립되지는 않을 수 있으며, 여러 가지 주변 특성이나 사물이 각 인물을 연계해 주는 노드나 허브가 된다.

우선 『화이트 노이즈』에서의 인물들 간의 직접적인 네트워크 구조를 살펴보면, 이 소설의 주인공인 잭은 네 번의 결혼과 이혼을 경험한 인물로서 현재 그와 함께 살고 있는 가족은 각각의 결혼 생활에서 태어난 네 명의 아이들로 이루어져 있다. 잭과 그의 아내 바베트는 언제 죽을지 모른다는 막연한 공포를 갖고 있는데, 바베트는 자신의 죽음에 대한 공포를 없애기 위해 딜라(Dylar)라는 가짜 약을 복용한다. 그리고 이 약을 구입하기 위해 그 약의 제조

자이자 실패한 과학자인 밍크와 불륜을 가진다. 한편 잭은 자신을 죽음으로 내몰지도 모르는 유독가스에 노출됨으로써 극심한 죽음에 대한 공포를 느끼고, 질투심과 딜라라는 약물에 대한 긴박한 필요성으로 밍크를 살해하려 한다. 그러나 이 시도는 실패로 끝나고 잭은 자신이 마치 죽어 가는 밍크의 생명을 구해 주는 듯한 자긍심을 느끼면서 그를 병원으로 옮기고는 다시 원래의 생활로 돌아온다.

이러한 이야기 줄거리를 중심으로 소설 속 인물들의 연계성을 살펴보면, 잭은 아내인 바베트와 하인리히(Heinrich), 스테피(Steffie), 데니스, 그리고 와일더와 연계되어 있다. 이 외에도 그는 두 명의 전처 및 그녀들의 현재 남편들과 직접 혹은 간접적으로 연계되어 있으며 그들 사이의 자녀들과도 연계되어 있다. 글래드니 가족 내에서의 복잡한 네트워크는 다음 장에서 자세히 다루어지므로 여기에서는 가족 외의 관계를 중심으로 살펴보겠다.

잭은 자신의 직장 동료인 머레이 시스킨드(Murray Siskind)와 연계되어 있으며, 잭을 허브로 하여 머레이와 바베트 역시 간접적으로 연계되어 있다. 잭의 또 다른 직장 동료인 위니 리차드(Winnie Richard) 역시 젊은 신경 화학자로서 잭과 같은 대학의 연구원이다. 따라서 머레이가 그녀를 알든지 모르든지 간에 그들은 잭을 중심으로 서로 연계되어 있다. 이런 관계 속에서 잭의 대학 동료들을 비롯하여 히틀러를 연구하면서 히틀러 학회에 참석하는 세계 곳곳의 대학 교수들 역시 잭과 이러한 관계 속에서 연계되어 있다. 그리고 바베트는 잭을 커넥터로 하여 머레이를 비롯한 다른 여러 대학 교수들과 연계되어 있다.

바베트는 밍크와 딜러를 거래하고 불륜관계를 맺음으로써 그와 직접적으로 연계되어 있다. 바베트를 커넥터로 하여 잭 역시 밍크와 연계되며, 잭으로부터 딜라에 대한 조사를 의뢰받은 잭의 직장 동료인 위니 역시 밍크와 연계된다. 이러한 네트워크 속에서 밍크와 직접적으로 알지 못하는 사이라 하더라도 잭을 아는 사람은 잭을 커넥터로 하여 두 단계의 과정을 거치면 밍크와 연계된다.

잭의 아들 하인리히는 살인죄로 감옥살이를 하고 있는 토미 로이(Tomy Roy)와 인터넷으로 체스 게임을 해 왔다. 하인리히가 토미와 연계되어 있다는 것은 하인리히를 허브로 삼아 그를 아는 다른 사람들 역시 이 살인범과 간접적으로 연계되어 있음을 의미한다. 잭과 바베트를 비롯한 그의 가족들 역시 한 단계를 지나면 모두 토미와 연계되어 있는 네트워크 구조를 형성하며, 잭과 바베트에 직접적으로 연계되어 있는 인물들은 두 단계의 과정을 지나면 모두 이 죄수와 연계되어 있는 셈이다.

인물들 간의 네트워크를 고려해 보면, 소설 속 인물들은 모두 하나 또는 두 개의 과정을 거치면 서로 연계되어 있음을 확인할 수 있다. 『화이트 노이즈』에 등장하는 이외의 인물들도 모두 이러한 관계 속에서 서로 연계되어 있는데, 각 인물들은 때로는 노드로서 때로는 허브나 커넥터의 역할을 하면서 서로 연계되어 있다. 결국 『화이트 노이즈』라는 소설은 이러한 인물들을 각각의 노드와 허브에 결합함으로써 하나의 소설을 이루고 있다. 이러한 현상을 확인이라도 시켜 주듯이 알버트 라즐로 바라바시(Albert − László Barabási)는 『링크』(The Linked)에서 다음과 같이 피력한다.

지구상의 사람들이 여섯 단계를 거치면 모두 다 아는 사이라는 사실은 참으로 흥미롭다. 왜냐하면 우리 사회의 거대한 규모에도 불구하고, 한

인물에서 다른 인물로의 사회적인 연결을 따라가면 쉽게 우리 사회 전체
를 항해할 수 있다고 제안하기 때문이다.—육십억의 노드들로 된 하나의
네트워크 안에서 한 쌍의 노드는 서로로부터 평균적으로 여섯 단계만 거
치면 서로 연결된다. 우리는 어떠한 두 인물 사이에도 서로를 연결해 주
는 통로가 존재한다는 사실에 놀라지 않을 수 없다.

Six degrees of separation is intriguing because it suggests that, despite
our society's enormous size, it can easily be navigated by following social
links from one person to another—a network of *six billion* nodes in which
any pair of nodes are on average *six* links from each other. Perhaps we
should be surprised that there is a path between any two people. (30)

『화이트 노이즈』에서 드러나는 인물들 상호간의 연계성은 『리브
라』에 이르러 더욱 복잡하게 얽히지만, 이들 역시 최소 여섯 단계
를 거치면 모두 연계되어 있음을 확인할 수 있다. 이와 같은 연계
성은 우선 케네디 암살 사건과 그를 둘러싼 여러 가지 음모를 배
경으로 시작되는데, 이 소설은 케네디 암살 사건이라는 역사적인
사건 자체가 여러 가지 복잡한 이해관계 및 인간관계들이 얽혀서
발생한 것임을 암시하고 있다. 케네디 암살 사건의 범인으로 알려
져 있는 리의 삶을 역추적해 보면서, 케네디 암살은 단지 리 한
사람으로 귀결되는 사건이 아님을 알 수 있다. 최종적으로는 리가
쏜 총알에 맞아 케네디가 살해되었다 하더라도, 이 사건은 소설
속에서 암시하고 있는 것처럼 결국 수많은 이해관계의 네트워크
속에서 복잡하게 얽혀 있다.

『리브라』에 등장하는 많은 비밀 요원들 중 한 명인 니콜라스 브
랜치(Nicholas Branch)는 퇴직한 전직 CIA 분석가로서 케네디 사건
을 극비에 조사하고 있는 인물이다. 그는 리와 케네디를 비롯한
다른 여러 요원들의 알려지거나 숨겨진 이야기들을 독자에게 알려

주는 역할을 함으로써, 소설 속 인물들이 어떻게 연계되어 있는지를 보여 준다. 그렇지만 또 한편으로 그는 자신이 쓴 보고서를 아무도 읽지 않을 것임을 안다. 게다가 소설 속 인물들은 직접적인 인간관계로 서로 연계된 것과는 다소 거리가 있다. 이것은 서류와 정보를 전달해 주는 큐레이터가 브랜치에게는 직접적인 커넥터임에도 불구하고, 실질적으로 그를 본 적이 없고 앞으로도 없을 것이라는 사실을 통해 암시된다(*Libra* 15). 즉 독자들을 비롯하여 『리브라』에 등장하는 많은 인물들은 브랜치와 그의 큐레이터의 관계처럼 직접 아는 사이는 아니지만, 부지불식간에 서로를 통해 정보를 주고받는 관계를 형성하고 있다.

브랜치는 이 외에도 국가 비밀 요원들인 월터 에버레트 주니어(Walter Everett Jr.)와 로렌스 파멘터(Laurence Parmenter), 티 제이 매케이(T. J. Mackey), 가이 바니스터(Guy Banister), 그리고 나아가서 또 다른 음모의 대상인 워커 장군(General Walker)을 이야기 속으로 끌어들이고 있는데, 이들은 직접 혹은 간접적으로 모두 리와 연계되어 있으며, 또한 케네디 암살 사건과도 연계되어 있다.

> 다양한 양상과 연계성이 드러나고, 이 사람이 저 사람과 아는 사이라는 것이 드러났다. 그리고 이 죽음이 다른 죽음과 묘한 병치관계를 갖고 있다는 것이 밝혀졌다. 브랜치는 이 암살사건이 얼마나 강렬하고 지속적인 빛을 발산하고 있는가를 다시 한 번 확인한다.

> Branch sees again how the assassination sheds a powerful and lasting light, exposing patterns and links, revealing this man to have known that one, this death to have occurred in curious juxtaposition to that. (*Libra* 58)

브랜치는 수없이 많은 서류와 정보를 통해서 결국 케네디 사건은 하나의 중심을 가진 문제가 아니라 수많은 이해관계가 얽히면서 리와 연계되어 일어난 일이라는 것을 발견한다. 따라서 브랜치는 차츰 그 많은 서류와 정보들이 "밝혀내려는 것이 정치나 범죄가 아니라 작은 방 안에 각각 갇혀 있는 인간들에 대한 것임"(his subject is not politics or violent crime but men in small rooms)(*Libra* 181)을 깨닫는다. 범죄나 음모와 같은 거대한 문제도 모두 작은 방 안에 갇혀 있는 불안정한 한 개인의 정체성에서 비롯된다. 따라서 이러한 개인의 숨겨져 있는 정체성을 밝혀낸다면, 그 개인이 속해 있는 사건이나 음모도 밝혀질 수 있을 것이다.

그러나 우리는 이 소설을 통해 이러한 작업이 거의 불가능하다는 것을 깨닫는다. 왜냐하면 이 시대의 개인 정체성은 고정되거나 정해진 것이 아니라 불안정한 네트워크 속에서 관계의 흐름에 따라 변화한다는 것을 확인할 뿐이기 때문이다. 게다가 소설 속 인물들은 인간관계에서 가장 기본적인 정보라 할 수 있는 그들의 이름마저도 명확하게 알지 못한다. 이로써 서로에게 알게 모르게 연계되어 있음이 분명하지만 정작 그 속에 속해 있는 개개인의 정체는 베일에 가려져 있다. 결국 데릴로는 이들의 관계를 통해 서로를 아는 듯하지만 모르는 것과 같고 모르는 사이지만 아는 사이와도 같은 우리 시대의 애매모호한 네트워크를 잘 보여 주고 있다.

『리브라』에서 나타난 이러한 인물 상호간의 네트워크는『언더월드』에서 더욱 확대되는데, 이 소설은 소설 속 인물들의 주변 이야기와 그들 사이의 관계를 통하여 이 시대가 갖고 있는 다양한 문제들을 다루고 있다. 인물들 간의 네트워크를 살펴보기 위해서는 우선 이 소설의 전체적인 이야기 전개를 간단하게나마 정리해 볼 필요가 있겠다. 하지만 이 소설의 줄거리를 일목요연하게 정리한다는 것은 거의 불가능하다. 우선 800페이지가 넘는 장편이어서 그러하고, 두 번째로는 이 소설이 어떤 전통적인 서사의 규칙을 따라서 전개되는 소설이 아니기 때문에 그러하다. 말 그대로 데릴로는 이 소설의 구조에서부터 현 사회의 파편화가 어떻게 네트워크로 연결되어 있는지를 보여 주고 있다. 이 소설은 각각의 인물이 각자의 이야기를 가진 채 다양한 연계 고리로 서로 연계된 채 전개되는데, 그것들이 모이고 모여서 827페이지에 이르는 장편소설을 구성하고 있다.

데릴로는 이 소설의 시작을 1951년에 뉴욕 폴로 그라운드에서 있었던 역사적인 야구 경기인 뉴욕 자이언츠와 브룩클린 다저스와의 결승전 경기로 시작하고 있다. 이 경기는 9회 초까지 4:1로 지고 있던 자이언츠가 9회 말 바비 톰슨(Bobby Thomson)의 홈런으로 5:4로 역전승하는 것으로 끝난다. 이것은 이튿날 '세계를 뒤엎은 샷'(the shot around the world)이라는 제목으로 뉴욕 타임즈의 1면을 장식하는데, 공교롭게도 같은 날 소련은 첫 번째 핵실험을 실시하며 이를 다룬 기사가 동일한 제목으로 기사화된다.[10]

야구 경기로 시작되는 프롤로그에서 코터 마틴(Cotter Martin)이라는 흑인 소년이 등장하는데, 그는 학교 수업을 빼먹고 입장료를 내지 않은 채 몰래 경기장 내로 숨어 들어가 야구 경기를 관람한다. 그리고 톰슨이 친 홈런 볼을 손에 쥐게 되는 행운을 얻는다. 이 경기장을 찾은 많은 관객들 중에는 FBI 거물인 에드가 후버(Edgar Hoover)도 자리하고 있다. 이날의 야구 경기는 이 경기를

---

10) 두 사건에서의 '샷'(shot)은 케네디 암살에서 들려오는 '총성'(shot)과, 이 소설에서 등장하는 텍사스 하이웨이 킬러(Texas Highway Killer)의 '총성'(shot), 쓰레기로 버려진 군용기를 예술품으로 만들기 위해 페인트를 뿌릴 때 사용하는 페인트 총(painting gun)의 '발사'(shot), 그리고 닉(Nick)이 조지(George)를 살해하는 순간의 '총성'(shot)을 이어가면서 이야기를 전개시킨다. 이런 점에서 이 소설은 이러한 '샷'이라는 커넥터를 따라 연계된 네트워크 구조로 이해될 수도 있다.

관람하는 관객들과 이 경기를 청취하는 수많은 청취자들을 모두 하나로 연계해 주고 있다.

여기에서 1951년이라는 시간적 배경은 느닷없이 1992년으로 건너뛴다. 이러한 시간을 뛰어넘는 공간적 변화에서 이 소설의 주요 인물이라 볼 수 있는—바라바시의 용어를 빌리자면, 하나의 허브라 할 수 있는—쓰레기 처리 회사의 간부이자 쓰레기 분석가로 소개되는 닉이 등장한다. 프롤로그에서 야구 경기를 청취하고 있는 한 소년으로 잠시 등장하였으며, 이제 성인이 된 그는 이 야구공으로 여겨지는 낡은 공을 약 3만 달러라는 많은 돈을 주고 구입하고는, 과거의 연인이었던 클라라 삭스(Klara Sax)를 찾아 사막으로 차를 달린다. 클라라는 이웃집 아저씨이자 닉의 과학 선생이면서 동시에 남동생 매트 셰이(Matt Shay)의 체스 교사였던 알버트 브론지니(Albert Bronzini)의 아내였다. 그러나 닉이 십대 소년이었을 때 16살 연상이었던 그녀는 닉과 불륜을 저지른 이후 자신의 첫 남편과 이혼한다. 이후 그녀는 버려진 군용기 등의 쓰레기를 예술품으로 바꾸는 유명한 예술가가 되어 있다.

닉에게는 또 다른 비밀이 있는데, 그것은 집을 나간 뒤 소식이 없어진 아버지를 대신하여 아버지처럼 여기고 따랐던 웨이터 조지 맨자(George Manza)를 살해한 사실이다. 이 사건 이후 그는 소년원에서 재활교육을 받게 되며, 이러한 과거를 묻어 둔 채 성인이 된 현재는 쓰레기 처리업체의 간부사원으로 일하면서 이 분야의 전문가가 되어 있다. 또한 그는 한 가정의 남편으로서 매리안(Marian)이라는 이름의 아내와 자녀들과 손자들을 둔 채, 외형상으로는 행복하고 원만해 보이는 한 가정의 가장이다. 그러나 그는 아내에게 자신의 과거를 철저히 숨긴 채 살고 있으며, 그의 아내 역시 닉의 직장 동료이자 절친한 친구인 브라이언 글라식(Brian Glassic)과 불륜 관계인 것을 닉에게 숨긴 채 살아오고 있었다.

이 소설은 시간적으로 복잡하게 구성되어 있는데, 1951년의 시간적 배경은 1992년 현재로 이어졌다가 다시 시간의 흐름과 반대 방향으로 과거로 돌아가면서 이야기를 전개해 간다. 물론 이 또한 일관성 있게 시대의 역순으로 전개되고 있지도 않다. 그러면서도 이러한 진행과는 상관없이 폴로 그라운드의 야구 경기에서 야구공을 거머쥔 소년 코터 마틴(Cotter Martin)과 관계된 이야기는 시간의 흐름에 따라 일종의 물밑 조류처럼 진행된다. 데릴로는 이러한 소설의 복잡한 구조를 통해 조각난 각각의 이야기들이 어떻게 긴 장편소설로 엮일 수 있는지를 보여 주고 있다. 이 외에도 이 소설 속에는 다양하게 많은 인물들이 등장한다. 그중에서도 닉의 남동생 매트와 그의 체스 교사인 알버트, 그리고 FBI 국장인 후버와 에드가 수녀 등은 이 소설에서 중요한 허브들이라 할 수 있으며, 이들은 다른 여러 사건들 및 인물들과 복잡한 연계를 맺고 있다.

데릴로는 전혀 연관성이 없어 보이는 소설 속 인물들과 그들의 이야기를 야구공이라는 중심 허브를 이용하여 잘 연계시키고 있다. 처음 이 공을 갖게 된 인물은 이날 야구 경기에서 홈런을 친 바비 톰슨(Bobby Thomson)이다. 따라서 이야기는 그와 그의 주변 인물들, 즉 그날 야구 경기에서 중요한 역할을 해낸 투수 브랭카(Brancha) 및 야구 경기를 관람하고 있었던 후버와 코터 마틴을 비롯한 많은 관중들의 이야기로 이어진다. 그리고 자신의 집 지붕 위에서 라디오를 통해 그 경기를 듣고 있었던 닉과도 연계된다. 그리고 관중석으로 넘어 온 이 공을 코터가 거머쥠으로써 이야기는 다시 그와 그의 주변 인물들, 즉 그 공을 사이에 두고 싸움을 벌이는 빌 워

터슨(Bill Waterson)이라는 인물 및 코터의 아버지인 맹스 마틴 (Manx Martin)으로 이어진다.

맹스는 찰스(Charles)라는 인물에게 32달러 45센트에 그 공을 팔 아넘기고 그는 이것을 다시 그의 아들 추키(Chukie)에게 선물한다. 그러나 추키는 자신의 독백에서 그 공을 잃어버렸음을 한탄한다. 그러한 공이 어떤 경로에서인지 수집가인 마빈 룬디(Marvin Lundy) 의 손으로 넘어가고 그것을 다시 닉이 구입한다. 그리고 이야기는 다시 닉의 주변 인물들의 이야기로 뻗어 나간다.

> 이 소설의 중심 화자는 닉 셰이지만, 많은 다른 이야기들이 거기에서 뻗어 나오고 있다. 이것은 그가 아는 사람들의 이야기이고 그가 사랑하거 나 미워하는 사람들의 이야기이다. 즉 그의 가족들과 친구들, 그의 동료 들과 우연히 알게 된 사람들의 이야기들인 것이다.
>
> The novel's central narrative is Nick Shay's, but other narratives spin off from it, belonging to those he knows and loves and hates – family and friends, colleagues and casual acquaintances. (Boyd)

이런 맥락에서 우리는 이 소설의 주인공을 닉이라고 간주할 수 도 있을 것이다. 그러나 그가 절대적인 핵은 아니다. 모든 이야기 가 그와 직접적으로 연관된 이야기는 아니기 때문이다. 게다가 닉 과 그를 둘러싼 이야기만을 이해하고서는 이 소설을 다 알지 못한 다. 그것이 바로 닉 역시 하나의 거대 허브일 뿐임을 보여 주는 증거다. 즉, 바라바시의 표현을 빌리자면 그는 여러 노드 중에서 좀 더 큰 '허브', 즉 일종의 '커넥터'에 해당하고, '선호적 선택'에 서 자주 채택된 인물이다.[11]

---

11) 바라바시는 그의 저서 『Linked』에서, 네트워크는 각각의 여러 크고 작은 노드(nod)들이 서로 연계됨으로써 구성되는 데, 이러한 노드를 연결시켜주는 고리를 커넥터(connector)라

이상에서 살펴본 바대로 각 소설의 인물들은 다른 인물들과 다양하게 연계되어 있다. 물론 데릴로는 자신의 소설 속 인물들과 이야기들을 훨씬 더 복잡한 네트워크로 연계시키고 있다. "그러나 이 중 어떤 것도 완전하게 연결되지는 못하는데, 그 이유는 이러한 연계성이 보이지 않는 세계에 존재하기 때문이다"(Yet none of then could trace the entire chain, because the connections lie underground)(Osteen 215). '보이지 않는 세계'를 통한 연계성은 이전의 시대에서는 인간관계에서 중심이 되어 왔던 '직접적인 관계'와 대조를 이룬다고 볼 수 있다. 이에 비해 보이지 않는 세계는 기계나 전자 또는 인터넷상에서의 연계성과 같은 '막연한 관계'이면서 또한 '가상의 관계'이다. 이러한 관계가 완전하지 못함에도 불구하고 분명 이러한 연계성으로 인해 지구는 점점 더 좁은 세상이 된 것만은 틀림이 없다.

> 오늘날 우리는 어떤 사건도 다른 것과 떨어져서 단독으로 발생하지 않는다는 사실을 점점 더 강하게 인식하게 된다. 대부분의 사건이나 현상은 복잡한 우주적 퍼즐 속에 담겨 있는 엄청나게 많은 조각들과 연계되고, 그것들로 인해 생겨나고, 그리고 상호 작용한다. 모든 것이 모든 것에 연계되어 있는 좁은 세상에 우리가 살고 있다는 것을 알게 되었다.

> Today we increasingly recognize that nothing happens in isolation. Most events and phenomena are connected, caused be, and interacting with a huge number of other pieces of a complex universal puzzle. We have come to see that we live in a small world, where everything is linked to everything else. (Barabási 7)

고 부른다. 그 중에서도 더 많은 노드를 연계시키는 중요 커넥터를 허브(hub)라고 명명하였다. 그는 이러한 네트워크의 연계가 무작위로 이루어지는 것이 아니라, '선호적 선택'에 의해서 이루어진다고 밝히고 있다.

이처럼 네트워크화된 세계 안에서는 동일한 인물도 각각의 허브와 노드들에 어떻게 관계하느냐에 따라서 때로는 비밀 공작원이 되기도 하고, 앞잡이가 되기도 하고, 정보제공자가 되기도 한다. 이로 인해 사회 전반에 걸친 불확정성의 특성이 개인의 정체성에도 그대로 적용되고 있음을 알 수 있다. 이와 더불어 정의되지 않는 정체성을 가진 주인공들이 서로 복잡한 네트워크를 형성하고 있는 현상이 포스트모던 사회의 특성임을 인식할 수 있다.

자아나 주체가 극명하게 존재하였던 모던 시대와 비교해 본다면, 데릴로의 소설을 통해 살펴본 것처럼 포스트모던 사회의 개인은 자신의 정체성에 혼란을 겪으면서 거대한 네트워크가 만들어 내는 연계성 속에서 또 다른 자아를 찾으려 한다. 따라서 포스트모던 정체성은 커다란 네트워크 속에 각각의 집단으로 존재하고 있는 것처럼 보이기도 한다. 그러나 이러한 네트워크 속에서 각 개인의 정체성은 안정을 찾지 못한 채 또다시 분열되고 파편화된 채 떠돌고 있다. 그리고 이것이 데릴로가 보여 주고자 하는 포스트모던 정체성의 특징이기도 하다. 포스트모더니티가 개인의 정체성을 불안정하게 만들어 놓고 다시 그것을 거대한 네트워크 속에서 재정립하고 안정시키려 하고 있음에도 불구하고(Dunn 14), 인간은 이러한 포스트모던 네트워크 속에서 또 다른 고립감과 불안정을 경험할 뿐이다.

(2) 가족 개념의 변화

개인이 각각 파편화된 형태로 서로 네트워크를 이루면서 사회를 이루고 있다고 한다면, 가족은 이러한 개인으로 구성된 가장 기본

이 되는 사회라 할 수 있다. 개인 정체성에서의 변화는 그들로 구성되어 있는 가족 개념에도 많은 변화를 가져왔다. 우선, '가족'(family)이라는 단어를 사전에서 찾아보면 "부모와 자식처럼, 서로 연관되어 있는 사람들의 그룹"(a group of people who are related to each other)(Sinclair 559)이라고 정의되어 있다. 그리고 여기에서의 '부모와 자식'이란 개념을 전통적으로 해석해 보면 혈연으로 인한 결합의 의미가 내포되어 있다.

그러나 포스트모던 사회에 접어들면서 이러한 혈연으로 인한 가족의 개념이 붕괴되기 시작한다. 게이나 레즈비언과 같은 성차에 대한 해석이 변화하면서 결혼에 대한 가치관 자체가 변화하였고 이로써 가족과 자녀에 대한 개념도 변화하였다. 한 남자와 한 여자가 사랑과 합의에 따라 결혼을 하고 둘 사이의 자녀를 낳아 양육한다는 기본적인 가족의 개념이나 의미는 우리 시대에 이르러 진부한 이야기가 되고 말았다. 더욱이 부부가 동성이 아닌 이성간에 이뤄지는 결합이라는 근원적인 개념이 흔들리고 일부 사회에서는 동성애가 사회적으로 인정을 받으면서, 부부의 전통적인 개념마저 모호해져 버렸다. 이와 더불어 자녀에 대한 개념이 변화하고, 반드시 아이를 낳아야 한다는 개념이 붕괴되면서 딩크(DINK: Double Income No Kids)족과 같은 새로운 부부 가치관이 확산되고 있다. 이들은 자녀에 대한 책임감 대신 자유롭고 넉넉한 경제력을 유지하겠다는 실리를 추구한다. 이러한 현상들은 포스트모던 사회에서 사회의 중심이 사라져 버린 것처럼 혈연으로 대표되던 가족의 중심축마저도 희미해 져가고 있음을 보여 준다.

가족의 개념이 변화하는 데 결정적 역할을 해 온 것으로 결혼에 대한 가치관의 변화를 들 수 있다. 모든 것에서 실리추구가 우선

이 되고 있는 세태와 더불어 결혼 역시 단순한 육체적인 관계나 애정관계 또는 동거의 형태로 변화하고 있다. 이들은 함께 살기는 하지만 결혼은 하지 않는다. 따라서 자녀 양육에도 관심이 없다. 그러나 자의나 타의에 의해 자녀가 생기기도 하면서 홀로인 부모(single - parent)와 자녀가 또 다른 가정 형태를 만들고 있다. 이러한 가족 형태는 정상적으로 아버지와 어머니가 함께 아이를 양육하는 것이 아니라 부모 중 어느 한쪽만이 아이를 양육하고 있는 형태로서 처음부터 부모가 결혼을 하지 않은 상태에서 아이를 낳아 둘 중 한쪽만이 그 책임을 지고 있는 형태이거나, 부모가 이혼을 한 경우, 또는 결혼을 하지 않은 한쪽 부모가 아이를 입양한 경우 등에서 찾아볼 수 있다.

결혼은 하지 않은 채 동거만을 지속하는 가족의 형태가 증가하고 있는 것도 이 시대의 한 특징이 되고 있다. 이러한 가족 형태는 언제든지 그 형태를 파기할 수 있으며 법적으로나 정신적으로 자유롭다. 그러나 자유로움을 누리는 대신 이러한 가족 형태 속에서 가부장적인 지위를 요구한다는 것은 거의 불가능하다. 가족의 외형적인 변화와 더불어 자녀의 출생 자체도 결혼이라는 테두리를 벗어난 채 태어나는 경우가 증가하고 있으며 이 역시 가족의 새로운 모습 중 하나가 되고 있다. 그리고 요즘 세계적인 문제로 대두되고 있는 저출산율 역시 결혼이나 동거는 하지만 자녀는 낳지 않거나 출산 자체를 미루는 세태에서 비롯된다. 그 결과 1970년대 이후 전 세계적으로 출생률이 점차 감소하고 있으며 정치 경제적으로 발전된 국가일수록 더욱 뚜렷하게 나타난다.[12]

---

12) 세계적인 출산율은 1970년대 4.4명에서 1980년대 3.5명으로 1990년대에는 3.3명으로 감소하고 있다. 이 중 선진국에서의 출산율은 1070년대에서 1990년대에 이르면서 2.2명에서 2.0명, 그리고 1.9명으로 감소하였고, 후진국에서는 5.4명에서 4.1명, 그리고 3.6명

결혼과 가족 개념의 변화에 대해 데릴로는 『화이트 노이즈』의 글래드니 가족의 모습을 통해 잘 보여 준다. 그리고 이것은 잭의 결혼관에서 시작된다.

> 나의 첫 번째와 네 번째 결혼은 다나 브리드러브와의 결혼이었는데, 그녀가 스테피의 생모이다. 우리의 첫 번째 결혼 생활이 좋았기 때문에 서로가 자유로워졌을 때 우리는 다시 한 번 결혼을 하게 되었다.
>
> My first and fourth marriage were to Dana Breedlove, who is Steffie's mother. The first marriage worked well enough to encourage us to try again as soon as it became mutually convenient. (*White Noise* 213)

잭과 다나 브리드러브(Dana Breedlove)는 한 번 헤어진 후 다시 재결합을 하였다가 다시 이혼한 상태다. 감정 변화에 따라 쉽게 결혼과 이혼의 문제를 결정짓는 이들 부부의 모습을 통해 데릴로는 결혼이라는 중대한 문제들이 얼마나 단순하게 치부되고 있는지를 보여 준다. 결혼을 한 남자와 한 여자만의 문제로만 해석하지 않고 그들이 속해 있는 가족 전체뿐 아니라 지역사회 전체의 결합으로까지 확대 해석하던 과거의 결혼관은 사라져 버리고, 우리 시대에서는 그들 사이에서 태어나는 자녀마저도 결혼의 가치관 속에 포함시키지 않는다. 결혼은 두 사람 사이의 결정일 뿐, 더 이상의 어떤 의미도 갖지 않는다. 따라서 데릴로는 이처럼 조각난 가정들이 수없이 서로 엮여 있는 커다란 조직체로서 우리 시대의 가족을 묘사하고 있다.

우리 시대에서 결혼에 대해 변화된 또 다른 관점으로 동성애를

으로 감소하였다. 전체적인 감소율은 후진국에서의 비율이 더 높게 나타나지만 전반적인 출산율 자체는 선진국에서 낮게 나타난다(Castells, The Power of Identity|dentity 214).

들 수 있다. 동성애자들에게 성별의 차이는 별다른 의미가 없다. 이러한 특징은 포스트모던 사회에서 이항 대립의 개념이 붕괴되면서 생겨난 결정적인 변화로 볼 수 있는데, 인류 역사에서 가장 근본적인 이항 대립 중 하나인 남자와 여자라는 뚜렷한 경계가 무너져 버렸음을 의미한다. 이로써 이전 시대에서 가정의 중심을 이루었던 가장의 개념마저도 사라지고 가족 체계는 종적인 조직으로서가 아니라 횡적인 조직으로 변모하였다.

데릴로는 『언더월드』를 통해 남녀 간 성차의 개념이 변모하고 있는 이러한 시대상을 묘사하고 있다. 특히 이러한 동성애의 모습은 후버를 통해 잘 드러나는데, 그는 자신의 부하와 동성애 관계에 있다. 이러한 이유에서인지 그는 결벽증을 앓고 있는데 무의식적으로 에이즈와 같은 질병을 두려워해서인지도 모른다. 『언더월드』에서 동성애자로 그려지고 있는 또 다른 인물로 '문맨 157'(Moonman 157)로 알려져 있는 그라피티(graffiti) 화가 이스마엘(Ismael)을 들 수 있다. 그는 지하철에 그림을 그리기 시작한 십대 때부터 "다른 남성들과 성관계를 갖기 시작한 걸로 묘사되고 있다"(he'd started having sex with men)(*Underworld* 245). "에드가 수녀는 이러한 이스마엘이 에이즈를 앓고 있음에 틀림이 없다고 확신하고 있는데"(she knew in her heart he had AIDS)(*Underworld* 243), 후버의 경우에서와 마찬가지로 이러한 성별에 대한 가치관의 변화에는 필경 에이즈와 같은 불치의 병이 따른다는 것을 예고하고 있는 듯하다. 데릴로는 이러한 질병에 대한 공포가 모든 병원균에 대한 공포이자 나아가서는 눈에 보이지 않는 불확정적인 모든 대상에 대한 공포로 확대되면서 우리에게 편집증을 야기하고 있음을 암시한다. 그는 이러한 편집증을 가장 자연적인 경계마저도

붕괴시켜 버린 현대인들이 겪어야 할 당연한 결과로서 해석하고 있는 듯하다.[13)

동성애적 관계까지 포함하면서 포스트모던 시대의 가족 개념은 모던 사회에서 이해되던 가족의 개념과는 여러 면에서 차이를 가진다. 이러한 변화를 네트워크라는 개념으로 이해하자면, 이전의 가족은 혈육이라는 허브를 중심으로 하나의 네트워크로 연계되어 있었다고 할 수 있다. 그러나 포스트모던 시대의 가족 네트워크는 하나의 중심점을 갖는 것이 아니라 다양한 커넥터들에 의해 복잡하게 연계되어 있다는 점에서는 상당한 차이를 보여 준다. 따라서 우리 시대의 가족이 보여 주는 네트워크의 양상은 포스트모던 사회에서 파편화된 개인이 이루고 있는 네트워크의 양상이 확대된 형태라 할 수 있다. 이 시대의 개인들은 새로운 형태의 가족이라는 네트워크를 이루고 있지만 그것은 진정한 의미의 결속과는 다르다. 그리고 이것이 포스트모던 사회의 가족 네트워크가 갖고 있는 특징이라 할 수 있다.

사회와 세계 전반에 걸친 가족의 변화는 우리에게 가족이라는 개념에 대해 다시 한 번 생각하게 만들어 준다. 가족이란 더 이상 혈연이나 위계질서로 뭉쳐진 강한 결속 단위라기보다는 하나의 작은 사회집단과도 같은 개념으로 변모했다. 가족 개개인을 하나로

---

13) 데릴로는 자신의 소설을 통해 포스트모던적 시대상을 묘사하는 포스트모던 작가임에는 틀림이 없지만, 그의 사고의 일부는 지극히 모던적임을 유추해 볼 수 있다. 남성과 여성의 차이가 불분명하고 중요하지 않다고 여기는 포스트모던적 사고와는 달리, 데릴로는 이러한 동성애적 인물들이 모두 에이즈와 같은 질병에 노출된 채 두려움 속에서 살고 있는 것으로 묘사하고 있다. 그의 견해와는 달리, 이성애가 '자연스러움'이라면 동성애 역시 '자연스러운 것'일 지도 모르기 때문이다. 그리고 옳고 그르다는 이항 대립의 논리 속에서 '다르다'는 것을 '그른 것'으로 해석하는 그의 모던적인 주장을 받아들이기에는 힘이 든다. 그러나 본서는 이러한 동성애의 윤리 문제나 데릴로의 가치관을 다루는 것에 초점을 두고 있지 않으므로, 데릴로가 동성애까지도 가족 개념의 변화로서 보여주고 있음을 확인하는 데서 논의를 접을 필요가 있겠다.

결속시킬 수 있는 이해관계가 불충분함으로써, 『화이트 노이즈』에서의 글래드니 가족처럼 각각의 구성원들은 모래알처럼 흩어진 채 가족이라는 전체 범주 안에 소속되어 있는 것과 같다. 이런 의미에서 글래드니 가족의 구성 모습을 살펴보면 우리 시대의 가족 개념이 어떻게 변모했는지를 쉽게 이해할 수 있다.

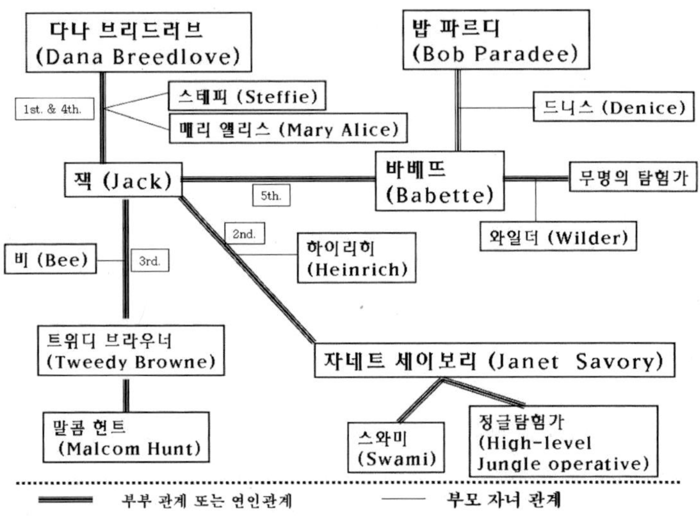

바베트는 잭의 네 번째 부인이지만 결혼 횟수로는 다섯 번째 부인이다. 그리고 둘 사이에서 태어난 아이는 없다. 스테피는 잭의 첫 번째이자 네 번째 부인인 다나와의 사이에서 태어난 아이로서 그들 사이에는 매리 앨리스(Mary Alice)라는 딸이 한 명 더 있다. 하인리히는 14세로 잭과 자네트 세이보리(Janet Savory)라는 여성과의 결혼에서 태어난 아이로서, 그에게는 생모와 살고 있는 누이가 한 명 있다. 데니스는 11세로 바베트와 밥 파르디(Bob Paradee)와의 결혼에서 태어난 아이다. 와일더는 2세이며 오스트레일리아 오지에서 만난 무명의 탐험가와 바베트 사이의 아이로, 친아버지와 살고 있는 형이 한 명 있다. 이 외에도 잭은 세 번째 부인인 트위디 브라우너(Tweedy Browner)와의 사이에 비(Bee)라는 열두 살 된 딸이 하나 더 있다. 잭의 경우에서와 마찬가지로 잭의 전처들 역시 결혼이나 동거에 의해 각자 다른 연계성을 둔 자녀들을 두고 있는데, 그들 역시 또 다른 가족의 네트워크에 함께 소속되어 있으면서 동시에 글래드니 가족의 구성원으로서도 소속되어 있다. 이로써 가족 개개인들이 서로 다른 네트워크에 소속되면서, 동시에 각각의 네트워크를 서로 이어 주는 커넥터의 역할을 함께 하고 있다.

글래드니 가족의 구조도는 어떤 특정한 계층이나 인물의 가족을 대변하는 것이 아니라 다소 과장되기는 했지만 미국의 평범한 한 가정의 모습을 보여 준다. 그리고 이것은 우리 시대의 일반적이고 평범한 한 가정의 모습을 대변하고 있다. 그림에서 알 수 있듯이, 우리 시대의 가족 구조는 수평도로 대표되던 모던 사회에서의 가족 구조와는 확연히 다르다. 부모나 조부모가 상위에 존재하고, 그 하위에 자녀들이 존재하는 모던 시대의 가족 구조는 사라지고, 다양한 허브들에 의해서 가족 구성원들은 서로 복잡하게 얽혀 있는 구조를 나타내고 있다. 그 속에서의 뚜렷한 차이점은 상하의 구별이 존재하지 않고 많은 노드들이 각각의 허브를 중심으로 모여서 작은 네트워크를 이루고 있는 것이라 하겠다. 글래드니 가족의 구조를 살펴보면, 잭과 바베트가 상위를 차지하고 그들 사이의 자녀들이 그 하위를 차지하는 그러한 구조가 아니다. 그들은 현재의 가족들 상호간의 연계관계를 유지하기 위해 불가피한 각각의 허브나 커넥터로서의 위치를 고수할 뿐이다.

앞서 이미 말한 것처럼, 가족에서의 이러한 변화는 우선적으로

모던 사회의 특성이라 할 수 있는 가부장제의 붕괴를 가져왔다. 우선 가부장제라 함은 "가족 단위에 속해 있는 여성들과 아이들에 대해 남성들의 절대적 권위를 부과하는"(enforced authority of males over females and their children in the family unit)(Castells, *The Power of Identity* 192) 사회적 제도를 의미한다. 이전의 사회에서는 가정뿐 아니라 사회와 정치, 그리고 인간관계에 이르기까지의 모든 것에 가부장제가 영향을 미쳤었다. 그러나 오랜 역사를 지켜왔던 가부장제와 아버지의 지위는 포스트모던 사회에 접어들면서 일어난 개인 및 여성의 자의식 발견과 더불어 차츰 붕괴되기 시작했다. 데릴로는 이러한 시대적인 변화를 글래드니 가족의 모습을 통해 잘 묘사하고 있다.

> "오늘 밤에 비가 올 거래요."
> "지금 비가 오고 있어"라고 나는 말했다.
> "라디오에선 오늘 밤에 비가 올 거라고 말했어요." ……
> "유리창 밖을 한번 보렴"이라고 내가 말했다. "비가 내리고 있니, 아니니?"
> "나는 단지 라디오에서 얘기하는 것을 아빠에게 말할 뿐이에요."
>
> "It's going to rain tonight."
> "It's raining now", I said.
> "The radio said tonight." ……
> "Look at the windshield", I said. "Is that rain or isn't it?"
> "I'm only telling you what they said." (*White Noise* 22)

하인리히의 태도를 통해 데릴로는 우리 시대에서 아버지의 자리가 더 이상 아무 의미도 갖지 못함을 보여 주면서, 동시에 미디어가 얼마나 막강한 힘을 갖고 있는가를 보여 준다. 결국 가족에서의 아버지의 권위는 사라지고 이 자리를 우리 시대 기술이 가져온 전자 매체가 차지하기 시작하였다. 차라리 미디어의 힘은 믿을망정 아버지의 힘은 믿을 수 없는 세상이 되었으며, 이것은 단지 아버지 뿐만이 아니라 자신의 정체성마저도 의심하는 세상으로 만들었다.

"라디오에 나왔다는 이유만으로 우리의 감각에 대한 믿음을 의심해야 된다는 것은 아니야."

"우리의 감각이라고요? 우리의 감각은 옳을 때보다 그를 때가 더 많아요. 이것은 실험실에서 검증되었지요. 어떤 것도 겉보기와는 다르다는 원리들에 대해 모르세요? 우리의 정신 바깥에는 과거도 현재도 미래도 존재하지 않아요. 소위 말하는 운동의 법칙이란 거대한 사기지요. 소리조차도 정신을 속일 수 있어요. 소리를 못 들었다고 해서 거기에 소리가 없다고 말할 순 없지요. 개는 그것을 들을 수 있어요. 다른 동물들도요. 그리고 거기에는 개들도 듣지 못하는 어떤 소리들이 존재할 거라고 확신해요. 그것들은 단지 공기 중에만, 파동으로만 존재하죠. 그것들은 결코 멈추지 않을 거예요. 높고 높은 음조. 어딘가로부터 흘러나오고 있죠."

"지금 비가 오고 있니, 아니니?"라고 내가 물었다.

"꼭 대답을 해야만 하는 것 같지는 않은데요."

"Just because it's on the radio doesn't mean we have to suspend belief in the evidence of our senses."

"Our senses? Our senses are wrong a lot more often than they're right. This has been proved in the laboratory. Don't you know about all those theorems that say nothing is what it seems? There's no past, present or future outside our own mind. The so−called laws of motion are a big hoax. Even sound can trick the mind. Just because you don't hear a sound doesn't mean it's not out there. Dogs can hear it. Other animals. And I'm sure there are sounds even dogs can't hear. But they exist in the air, in waves. Maybe they never stop. High, high, high−pitched. Coming from some−where."

"Is it raining", I said, "or isn't it?"

"I wouldn't want to have to say." (*White Noise* 22−23)

이것은 열네 살짜리인 아들 하인리히와 잭과의 대화는 아버지와 아들과의 대화라기보다는 친구 간의 언쟁 정도로 보인다. 그리고

'우리의 감각이란 옳을 때보다는 틀릴 때가 더 많다'는 하인리히의 주장을 통해 불확실성으로 설명되는 우리 시대상을 보여 주고 있다. 그리고 이러한 시대적 불확실성을 극복하기에 아버지의 힘은 충분하지가 않다. 우리 시대는 전자 매체에서 흘러나오는 정보를 얼마나 빨리 접하고 그것을 얼마나 빨리 받아들이느냐는 전자기술과의 상호 관계에 역점을 두고 있지, 가장과의 대화나 그의 주장에 귀 기울이지 않는다. 가정에 있어서의 권위조차도 전자 매체에로 전환되는 순간이다.

가정에서 아버지의 권위가 소멸한 데에는 아이러니하게도 여성을 대표하는 어머니의 힘이 큰 역할을 하였다. 과학기술의 발전과 여성들의 가치관 변화 등으로 여성의 사회 진출이 용이해지고, 의학의 발전으로 여성들은 임신과 출산이라는 문제를 보다 자력으로 조절할 수 있기에 이른다. 즉, 카스텔스가 말하고 있듯이, "피임이 우선이고, 임신은 나중"(contraception first, fertilization later)(*The Power of Identity* 193)이 되면서 아이를 낳아 키우는 데 대한 시기와 빈도를 조절할 수 있도록 도와주었다. 이것은 여성이 임신과 출산이라는 여성 고유의 노동으로부터 자유로워짐을 의미했고 이로써 여성의 사회진출 또한 한결 용이해졌다.

여성들이 일자리를 얻고 돈을 벌기 시작하면서 가정을 박차고 나와 사회로 진출하기 시작했다. 이러한 여성의 사회진출과 사회적인 지위 확보에 큰 역할을 해낸 것이 바로 1960년대 말 이후 본격적으로 전개되어 온 페미니즘운동이다. 이들은 자신들이 남성과 동일하다고 주장하면서 그들과 동일한 권리를 요구하였고, 스스로 자신들의 신체와 삶을 지키고 결정할 권리를 가지고 있다고 주장하였다(Castells, *The Power of Identity* 193 – 194). 이러한 운동은 여성의 자의식 및 여성의 정체성을 새롭게 깨닫도록 하는 데 중요한 역할을 해냈다.

이러한 여성의 사회 진출과 가정에서의 지위 상승이 가부장제의 붕괴를 가져오는 주요 원인이 되기는 했으나, 이로써 여성이 가정에서 아버지의 지위를 대신하게 되었음을 의미하지는 않는다. 이제껏 목소리를 낮추고 몸을 숙여야만 했던 여성이 남성과 대등한 위치에 올랐을 뿐, 남성도 여성도 양쪽 모두 이전의 가부장적인 지위를 차지하지는 못했다. 왜냐하면 우리 시대에서는 아버지의 자리도 어머니의 자리도 따로 정해져 있지 않기 때문이다. 모두가 그저 가정의 한 구성원일 뿐이며 각자 모두 원탁에 둘러 앉아 있는 셈일 뿐이다. 따라서 여성운동과 여성의 사회 진출 및 가정에서의 지위 확보와 같은 우리 시대의 여러 현상들이 여성의 우월성을 보여 주었다기보다는 여성이 포스트모던 사회의 한 파편으로서 동일한 위치를 차지하게 되었음을 의미한다고 보는 것이 더 옳을 것이다.

데릴로는 이러한 여성의 사회적 지위 변화에 대해『언더월드』의 클라라가 이혼과 더불어 가정을 나와 예술가로서 살아가는 모습을 통해 잘 보여 준다. 그녀는 한 가정을 지닌 아내로서의 신분을 저버린 채 불륜을 저지르지만 이를 뉘우치고 가정으로 돌아가는 것을 선택하지 않고 오히려 남편과의 이혼을 통해 가정으로부터 완전히 독립하여 자유로운 삶을 시작하는 쪽을 선택한다. 이러한 과정에서 그녀는 다른 남성과 재혼을 하기도 하지만 마침내 여성으로서의 삶보다는 예술가로서의 입지를 다지며 홀로 생활하고 있다. 클라라의 이러한 선택에서 이전의 아내나 어머니로서의 의무나 책임감을 찾아볼 수는 없다. 데릴로는 클라라의 결혼과 이혼에 이르는 생활을 통해 우리 시대의 여성들이 얼마나 결혼과 이혼에 얽매이지 않고 살 수 있는가를 보여 준다.

클라라의 자유로운 선택은 노드와 포스트모던 네트워크의 개념을 통해 잘 설명된다. 즉 그녀는 따로 고립되어 있는 하나의 노드로서 가족이라는 네트워크에 속해 있었을 뿐이므로 다른 네트워크의 허브에 연결됨으로써 쉽게 이전의 네트워크로부터 벗어날 수 있었다. 바라바시의 표현대로 "거미가 없는 거미줄"(web without a spider)(219)로서의 이 시대의 가족은 쉽게 형성될 수 있는 이점을 가진 반면에 이처럼 언제든지 분해될 수 있는 위험성을 갖고 있다.

데릴로는 이처럼 변화된 가족 개념 속에서 자녀들 역시 또 다른 파편들임을 암시한다. 한곳에 정박하지 못하고 떠돌아다니는 『언더월드』에서의 쓰레기 운반 선박처럼, 이들 자녀들은 정박할 곳을 찾지 못한 채 떠돌고 있다. 자신들을 하나로 묶어 주던 부모의 개념도 형제의 개념도 붕괴되어 버렸기 때문이다. 결국 이러한 혼란은 자녀들에게 그대로 전달된다. 가족 개념에서의 혼란 속에서 방황하고 있는 자녀들의 모습은 비의 비행기 여행에서 잘 드러난다. 비는 잭과 세 번째 부인인 트위디 브라우너(Tweedy Browne) 사이의 딸로서 의붓아버지인 말콤 헌트(Malcom Hunt)와 살고 있다.

> 그녀는 완전히 대륙의 양쪽 해안을 넘나들고 있다. 그녀는 10시에 첫 비행을 시작하여, 오헤어에서 비행기를 갈아탔고, 로스앤젤레스에서 거의 비행기를 놓칠 뻔했다. 2주 후 그녀는 콩코드에서 런던으로 갔는데, 샴페인을 터뜨리면서 말콤이 그녀를 기다리고 있었다.

> Bee is thoroughly bicoastal now. She flew her first jumbo at ten, changed planes at O'Hare, had a near miss in Los Angeles. Two weeks later she took the Concorde to London. Malcom was waiting a split of champagne. (*White Noise* 93)

혼자서 여행하고 비행기를 갈아타면서 그녀가 만나는 사람들은 모두 자신의 혈육이든 아니든 간에 그녀의 가족들이다. 한쪽 끝에서 비행기를 내리면 자신의 생부가 기다리고 있고, 다른 한쪽 끝에서는 자신의 의붓아버지가 기다리고 있으며, 또 다른 여행의 끝에서는 자신의 생모가 기다리고 있을 것이다. 이곳저곳을 떠도는 그녀의 비행기 여행처럼 그녀의 가족관계는 여러 커넥터들로 연계되어 있는 복잡한 네트워크를 구성하고 있다. 이 속에서 떠돌고 있는 비의 모습처럼, 불안정한 가족의 개념 속에서 이 시대의 자녀들은 어느 한곳에 정착하지 못한 채 방황하고 있다.

데릴로는 자신의 또 다른 소설 『리브라』에서 리의 성격장애 역시 이러한 가정적인 배경에서 기인함을 암시해 주고 있다. 리는 어려서부터 어머니와 단둘이서 할렘가의 초라한 단칸방에서 생활하면서 잦은 이사를 경험한다(*Libra* 5). 게다가 리의 어머니는 두 번의 재혼과 더불어 더 나은 삶을 꿈꾸기도 했지만 이것 역시 모두 실패로 끝난다. 게다가 아버지의 부재와 따로 떨어져 사는 형들로 인해 동일시할 아버지나 형제의 존재조차도 결핍된 채, 리는 말 그대로 결손가정의 아이로 성장해 왔다. 이런 이유로 리의 어머니인 마가렛(Margarette)는 "아버지 없이 아이를 키운다는 것이 얼마나 힘든지에 대해 아무리 잘 표현한다 하더라도 충분할 수가 없다"(I cannot say enough how hard it is to raise boys without a father)(*Libra* 48)고 고백하고 있다. 이러한 어려움 속에서 리는 차츰 가정과 사회로부터 소외되면서 분열증적인 성격으로 변해 간다.

또한 데릴로는 리의 가정을 통해 함께 살고 있는 가족이라는 네트워크 안에서도 서로를 알지 못하는 현시 대상을 보여 주는데, 이러한 사실은 리와 그의 형 사이의 관계에서 잘 드러난다.

그는 형을 좋아했지만 로버트 형이 자신을 잘 알지 못한다고 확신했다.
이것이 바로 오래된 가족의 미스터리다. 당신은 내가 누군지를 알지 못한다.

He liked his brother but was certain Robert didn't know who he was.
It was the age − old family mystery. You don't know who I am. (*Libra* 37)

이 시대의 가족 구성원들은 서로를 좋아하고 서로에게 깊은 유
대감을 느낄 수도 있지만 이와는 반대로 서로에게 무관심할 수도
있다. '가족이기 때문에'라는 의무감이나 소속감이 결여된 가족은
다른 집단과 별다른 차이가 없기 때문이다. 이런 이유로 서로를
'좋아는 하지만' 서로를 '잘 알지는 못한다'는 감정을 갖게 된다.
이러한 가족의 성격은 단지 결손 가정에서만 보이는 특징은 아니
다. 가치관의 변화와 미디어나 인터넷 등의 영향으로 정상 가족에
서조차도 '서로를 잘 알지 못하는' 관계를 형성하고 있기 때문이다.
　데릴로는 가족 개념의 또 다른 변화 양상으로 '입양'을 지적한
다. 이것은 머레이와 잭이 슈퍼마켓에서 '천'(Chun)이라는 아이를
부르고 있는 이웃 사람을 만나는 장면에서 확인된다.

머레이는 다른 여인의 쇼핑 카트에서 와일더를 찾아냈다. 그 여인은
바베트에게 손짓을 하고는 우리를 향해 걸어왔다. 그녀는 십대인 딸과 천
덕이라는 이름의 아시아계 아기와 함께 우리와 같은 거리에 살고 있다.
모두들 그 아기를 부를 때면 거의 자신의 소유나 되는 듯이 자랑스러운
어조로 그 아기의 이름을 불렀는데, 정작 천이 누구의 아기인지 그리고
어디 출생인지를 아는 사람은 아무도 없었다.

Murray saw Wilder in another woman's cart. The woman waved at
Babette and headed toward us. She lived on our street with a teenage
daughter and an Asian baby, Chun Duc. Everyone referred to the baby by
name, almost in a tone of proud proprietorship, but no one knew who
Chun belonged to or where he or she had come from. (*White Noise* 39)

'천'이라는 이름의 아이가 입양된 아이인지 아니면 아시아계 남자와의 사이에서 태어난 아이인지는 명확하지 않다. 데릴로는 이러한 전후 배경에 대한 이야기를 하지 않음으로써 우리 시대에서 이러한 출생 배경이나 근원은 더 이상 중요하지 않음을 암시한다. 이 아이가 누구인지 그리고 그 아버지가 누구인지에 대해 관심을 갖는 사람은 아무도 없다. 단지 이 아이는 이웃에 사는 한 여자의 가족에 속해 있을 뿐이다.

이처럼 분열된 가족의 결합을 위한 노력 중 하나로서 데릴로는 우리 시대의 소비문화를 보여 준다. 이것은 글래드니 가족이 쇼핑을 하면서 서로에게 관심을 기울이고 서로 대화를 나누는 장면에서 잘 드러난다.

> 바베트와 아이들은 물건을 사려는 나의 욕구 때문에 어리둥절해하면서도, 흥분한 상태로 나를 따라 엘리베이터를 타고는 층마다 즐비한 매장들 안으로 들어와서는 큰 공동매장과 개별매장을 돌아다녔다. 내가 셔츠 두 장을 두고 마음을 정하지 못하자 그들이 두 장 다 사라고 부추겼다. 내가 배고프다고 말하자 그들은 내게 프리챌과 맥주와 수블라키를 사 주었다.

> Babette and the kids followed me into the elevator, into the shops set along the tiers, through the emporiums and department stores, puzzled but excited by my desire to buy. When I could not decide between two shirts, they encouraged me to buy both. When I said I was hungry, they fed me pretzels, beer, souvlaki. (*White Noise* 83)

가족들은 소비활동을 통해 좀 더 적극적이고 능동적으로 서로에게 관심을 기울이고 진정한 의미에서의 상호 연관성을 보여 주는 듯하다. 이것은 많은 가족들이 주말이면 쇼핑몰로 향하는 세태를 연상시키는데, 데릴로는 이들의 행렬을 가족의 유대감을 찾으려는 노력의 일환으로 해석하는 듯하다. 그러나 이러한 소비주의로 가족 간의 연계성을 찾으려는 이들의 노력 역시 진정한 의미에서 서로를 이해하고 인정하기에는 역부족이다. 쇼핑이 끝나고 각자 다시 "혼자가 되기를 바라면서 자신의 방으로 향하"(went to our respective rooms, wishing to be alone)(*White Noise* 84)면서 이들 사이의 유대감은 끝나 버리기 때문이다. 이로써 사회의 가장 작은 단위라 할 수 있는 가족 안에서 개개인은 각기 따로 독립된 존재로서 단지 가족이라는 이름의 허브에 연계되어 있을 뿐, 포스트모던의 다른 네트워크들과 뚜렷한 차이점을 갖고 있지 않다.

지금까지 포스트모던 사회에서 개인이 갖는 의미는 마치 전체 기계의 한 부속품과도 같이 사회라는 네트워크의 한 노드에 지나지 않음을 확인하였다. 게다가 가장 근본적이고 고정화되어 있던 가족의 개념마저도 불안정한 네트워크의 개념으로 해석됨으로써 언제나 가변적이고 유동적인 상태로 남아 있음을 확인하였다. 이러한 불안한 연계성 안에서 개개인은 확실하게 자신을 연계해 줄 커넥터나 허브를 찾아 헤맨다. 그중 하나로 미디어나 소비주의가 만들어 내는 사회적 네트워크에 속함으로써 자신의 존재를 찾고 위안을 받으려 한다. 그러나 이러한 시도가 실패로 끝나 버림을 보여 줌으로써, 데릴로는 가족 개념의 변화와 사회 네트워크의 개념을 부정적으로 보고 있다.

그러나 그의 이러한 부정적 견해와는 달리 현 가족 구조 속에는 긍정적인 면들도 내포되어 있다. 그 대표적인 예로서 가족 간의 수직적이던 구조가 수평적으로 변하면서 가족 구성원이 좀 더 자유롭고 평등한 위치에 놓이게 된 점을 들 수 있다. 그리고 입양과 같은 가족 형태를 통해 보다 넓은 범주에서의 가족의 개념을 가질 수 있다는 점 역시 그러하다. 그러나 이러한 긍정적인 면에 비해 가족 개개인을 진정한 가족으로 연계해 줄 수 있는 참된 허브가 존재하지 않음으로 인해 가족 개개인은 그 안에서 미아로 떠돌고 있다.

가족 간의 위기에 대한 견해도 변화하였다. 앨랜 블룸(Allan Bloom)과 같은 비평가는 '가족의 붕괴'가 미국이 갖고 있는 가장 심각한 문제 중의 하나라고 정의하면서도, 이것은 시대적인 조류이 므로 어쩔 수 없는 일이라고 낙담하였다(119). 그러나 2000년대에 들어오면서 이러한 견해도 변화하였고 우리는 이러한 시대적인 변화를 받아들이지 않을 수 없다. 이러한 변화된 시각의 일례로서 카바들로는 "더 이상 혈연이 가족을 하나로 결합시키지 못하기 때문에 사랑이 …… 그들을 하나로 묶어야 한다"(that love …… holds them together, since blood does not)(*Balance and belief* 22)고 피력하였다. 사회는 더 이상 가족의 본모습을 혈연의 결합이라는 형태에서 찾지 않는다. 이제 우리는 그 구성원들을 연계해 줄 수 있는 고리가 무엇이든지 간에 그것이 존재한다는 것만으로도 만족해야 함을 인정하고 있다. 이러한 가족 개념에 대한 너그러움은 게이나 레즈비언처럼 변화된 가족 개념에 대한 이해에서 비롯하여, 동거와 이혼율의 증가에 대한 인지,[14] 그리고 그 결과 발생하는 자녀의 기본적인 의미 변화까지를 모두 포괄적으로 수용하고 있음을 깨달을 수 있다. 다시 혈연을 강조하고 가족의 기본적인 개념

---

14) 1970년대 이후 세계적으로 이혼율이 급격히 증가되기 시작하였는데, 캐나다의 경우, 18.6%에서 32.8%로 그리고 38.3%로 지속적인 증가를 보여 왔다. 1980년대와 1990년 대 사이 오히려 일시적인 감소추세를 보여준 미국의 경우에서는 결혼한 부부 100명당 거의 50% 이상의 이혼율을 보여주었는데, 1980년대에는 58.9%로, 1990년대에는 54.8% 의 이혼율을 보여주고 있다(Castells, The Power of Identity 198-9).

을 강조하기에는 가족의 개념이 너무 많이 변화되고 파편화되어 버렸다. 이 시대의 가족은 파편이 되어 버린 개인과 마찬가지로 뚜렷한 연결고리를 찾지 못한 채 방황하고 있는 포스트모던 사회의 대표적인 한 네트워크를 보여 주고 있는 셈이다. 데릴로는 이러한 혼란 속에서 이 시대 가족의 진정한 네트워크를 유지시켜 줄 허브는 혈연이나 물질이나 소비행위가 아니라, 오직 가족 간의 진정한 사랑과 애정일 뿐임을 재확인시켜 준다.

2. 포스트모던 사회와 네트워크

후기 자본주의 사회에서 경제력은 단순히 삶의 질이나 편리함을 상징하는 것이 아니라 힘을 상징하면서, 이제 세계는 거대한 경제 원리에 의해 움직이고 있다. 세계는 끊임없이 물건을 개발하고 만들어 내고 그것을 판매하면서 또 한편으로는 소비한다. 게다가 후기 자본주의에서 상품은 단순한 물질 중심의 상품을 벗어나 정보 중심의 생산품으로 변하고 있다. 이러한 자본주의의 변화에 대해 경제학자인 켈리(Kelly)는 '새로운 경제 질서'(new economic order) 라는 용어를 들어 해석하고 있다(*New Rules* 1).

그의 주장에 의하면 이전의 전통적인 자본주의가 강철이나 기계 산업을 비롯한 '하드'(hard) 위주의 산업이었다고 한다면, '뉴 이코노미'에서는 정보나 지식 및 오락이나 서비스 등과 같은 '소프트'(soft) 상품이 주를 이룬다는 것이다(Kelly, *New Rules* 1). 산업에서의 이러한 변화를 가장 잘 대변해 주고 있는 것으로서 '정보화 사회'라는 용어를 들 수 있으며, 이제 우리가 살고 있는 시대는 물밀듯이 밀려드는 정보와 지식들을 위시한 '소프트' 상품들을 얼마나 잘 이해하고 받아들이며 이용하는가에 의해 그 승패를 걸고 있다.

이러한 상품 자체의 변화와 더불어, 현대인들은 소비를 통해 자신의 개성이나 사회적 지위를 보여 주고, 또한 자신이 갖고 있던 욕망이나 꿈을 실현하기도 한다. 생산기술의 발달과 더불어 운송수단 및 광고 매체의 발달, 거기에 가세를 붙여 준 인터넷의 발달 등으로 인해 이제 세계는 하나의 거대한 소비시장으로 변해 가고 있다. 다니엘 화이트(Daniel R. White)는 이처럼 소비주의가 지배하는 지구의 모습을 "지구는 하나의 '우주선'이라기보다는 떠돌고 있는 하나의 거대한 상점이 될 것이다"(the earth will become not so much a 'space ship' as a floating mall)(29)라고 비유하고 있다. 토마스 페라로(Thomas J. Ferraro)의 표현처럼 이제 우리는 "한밤중에 쇼핑을 하는 것"(shopping at night)(36)이 전혀 낯설지 않은 소비 사회에 살게 되었다. 그 속에서 우리 시대는 점차 소비를 위해서 노동을 파는 시대로 변모하고 있다.

지금의 자본주의와 소비주의가 발전할 수 있게 된 배경에는 여러 가지가 있겠지만, 그중에서도 가장 중요한 역할을 해낸 것으로 대형 선박과 초음속 비행기의 발명을 들 수 있는데, 이들의 출현으로 인해 시간과 공간의 제약이 축소된 것이 그 결정적인 요소라 하겠다. 데이비드 톰슨(David Thomson)은 특히 2차 대전 이후의 비행술에서의 발전이 이전까지 인류가 갖고 있던 시간과 공간에 대한 개념에 엄청난 변화를 가져다주었다(23 – 24)고 주장한다. 이로써 인간은 자본주의에서 최대의 장애로 여겨졌던 시간과 공간의 제약을 넘어 더 넓은 세계시장을 무대로 생산과 소비를 펼칠 수 있게 된 셈이다.

그러나 이러한 시공의 제약을 뛰어넘는 과학과 기술에서의 발전이 인간에게 행복과 안위만을 가져다준 것은 결코 아니다. 세계의 이곳저곳을 여행할 수 있도록 해 준 테크놀로지의 발전은 오히려 인간에게 더 이상 집이란 존재하지 않도록 만들어 버림으로써, 인간으로 하여금 더한 혼란을 야기했다(Thomson 24).

테크놀로지의 발전은 또한 인간에게 미디어의 세계를 안겨다 주었다. 이로써 인간은 진정한 '지구촌'을 경험할 수 있었지만, 이 역시 긍정적인 영향만을 가져다준 것은 아니다. 미디어가 만들어 내는 이미지가 현실의 특권을 차지하면서 그 속에 살고 있는 개인들은 현실과 이미지 사이의 혼란을 겪게 되고, 결국 이미지는 현실보다 더 현실적인 하이퍼리얼리티라는 경지에 이르게 된다. 이처럼 산업혁명 이후 계속되어 온 과학기술의 발달은 단순히 인간의 삶을 편리하게 해 주고 인간의 노동을 도와주는 정도의 역할에 머물지 않고 자신을 만들어 낸 인간의 자리를 침범하기 시작했다.

본론 2장에서는 포스트모던 사회로 접어들면서 생겨난 이러한 사회적인 변화들에 대해 살펴보고, 이러한 변화를 데릴로는 어떤 시각으로 보고 있는지, 그리고 그러한 변화들은 어떤 네트워크로 서로 연계되어 있는지에 대해서 살펴보고자 한다.

(1) 테크놀로지의 발달

테크놀로지가 발달하면서 인간의 삶은 이전보다 훨씬 더 편리해지고 노동으로부터 자유로워졌다. 데릴로가 말하고 있는 것처럼 테크놀로지의 발달로 인해 "모든 것은 우리가 누르는 버튼 뒤에서 펼쳐지게"(the whole opened behind a button that you pushed)(*Underworld* 517) 되었다. 그러나 버튼의 수가 많아지면서 인간은 오히려 이것을 배우거나 판단하는 데에 더 많은 시간과 노력을 소모하고 있다. 이제 우리는 인간관계나 자연의 원리를 배우기보다는 오히려 이 버튼들을 작동하는 법을 배운다. 인간은 자연과 대화를 나누는 법은 잊어버린 채 자신이 만들어 낸 기계에 생명을 불어넣고 있다. 그리고 이런 과정을 통해 기계가 인간을 대신하게 되었다.

데릴로는 『마오2』의 자동 응답기를 통해 이러한 모습을 보여 준다. 이 소설의 주인공인 빌은 인물 사진작가인 브리타 닐선(Brita Nilsson)에게 전화를 걸지만 정작 이 전화를 받는 것은 자동 응답기다.

> 여기에 앉아서 기계와 얘기를 나누고 있다는 게 얼마나 이상한 느낌인지 아시오? 텅 빈 방 안에 홀로 남겨진 텔레비전 같지요. 나는 텅 빈 방을 상대로 유희를 하고 있어요. 이것이 바로 당신이 나에게 가져다준 새로운 느낌의 외로움이지요.
>
> Do you know how strange it is for me to sit here talking to a machine? I feel like a TV set left on in an empty room. I'm playing to an empty an empty room. This is a new kind of loneliness you're getting me into, Brita. (*Mao II* 91)

빌은 전화를 받는 상대가 브리타가 아니라 기계인 것에 당황한다. 그리고 자신이 인간이 아닌 기계와 대화를 나누고 있음에 어색해한다. 이것은 아무도 없는 방 안에서 혼자 떠들고 있는 텔레비전과도 같은 느낌을 준다. 이를 통해 데릴로는 기계와 인간의 경계마저도 점점 더 불분명해지고 있음을 암시한다. 빌은 자신의 이야기가 자동 응답기에 녹음되고 하나의 메시지로 저장되고 있음을 깨달으면서, 지금 응답기에 말하고 있는 존재가 '빌 그레이'를 의미한다기보다는 하나의 '메시지'에 지나지 않음을 깨닫는다.

> 테이프에 저장되어 있는 목소리에는 외로움이 들어 있소. 당신이 이 목소리를 듣게 될 때, 나는 더 이상 내가 무슨 말을 했는지 기억하지 못할 거요. 그때쯤이면 나는 다른 많은 새로운 메시지들에 묻혀 버린 채, 오래된 메시지에 지나지 않을 거요. 이 기계는 모든 것들을 하나의 메시지로 만들어 버리는군요.
>
> The loneliness of voices stored on tape. By the time you listen to this, I'll no longer remember what I said. I'll be an old message by then, buried under many new messages. The machine makes everything a message. (*Mao* Ⅱ 92)

자동 응답기에 말을 하고 있는 인물은 분명 기계가 아닌 인간 빌이다. 그러나 그의 목소리가 기계에 녹음되는 순간 그의 존재는 사라져 버리고, 그는 하나의 메시지에 지나지 않는 존재로 전락해 버린다. 이런 이유로 데릴로는 테이프에 저장되어 있는 목소리들이 '외롭다'고 느낀다. 이야기 상대를 잃어버리고 누구에게 이야기를 하고 있는지도 잊어버린 채, 목소리들은 기계 안에 갇혀 버린다. 그 기계는 인간의 목소리를 자신과 동일한 기계로 만들어 버리면서, 그 속에 담겨져 있는 깊은 의미나 감정 따위는 무시해 버린다.

시대가 변하면서 인간은 기계를 상대해야 하는 일이 더 많아졌다. 인간의 입장에서 보면 기계가 한낱 고철 덩어리일 뿐인 것처럼 기계의 입장에서 보면 오히려 인간 역시 하나의 '메시지'일 뿐이라는 것은 참으로 아이러니하다. 이로써 인간의 모든 것은 그 기계에 입력되어 있는 데이터를 통해 평가될 뿐이다. 인간이 그 기계에다 호소를 하든지 애원을 하든지 아니면 위협을 하든지 간에 기계는 어떤 감정 이입도 허용하지 않는다. 그것은 입력된 대로만 반응할 뿐이다. 그리고 이러한 기계를 상대해야 함으로써 인간은 더한 좌절과 고독을 느낀다.

비록 자동 응답기이지만 그것이 브리타라고 생각하면서 빌은 그 기계에다 대고 길고 감상적이면서 정열적인 이야기를 늘어놓지만, 그 기계는 녹음 시간이 다 되었음을 판단하고 "연결을 끊을 뿐"(the machine cuts him off)(*Mao II* 93)이다. 스필마처가 말하듯이, 우리 시대에는 "기계가 인간의 열정과 커뮤니케이션과 사랑을 희미하게 사라지도록 만들고 있다"(This technology, then, contributes to the fading of human passion, communication, and love)(130).

인간의 자리를 대신하고 있는 것은 비단 자동 응답 전화기뿐만이 아니다. 우리 시대에서는 인간이 있어야 할 많은 곳을 기계가 대신하고 있고, 우리는 이러한 생활에 점점 더 익숙해지고 있다. 우선 가정에서의 대부분의 시간을 기계와 더불어 보낸다. 텔레비전 앞에서, 컴퓨터 앞에서, 라디오 앞에서, 그리고 그 외 잡다한 가정의 전자 기기들을 다루기 위해 버튼을 누르면서 우리는 기계를 상대로 생활하고 있다. 어느새 인간은 가족이나 직장 동료가 아니라 기계와 더불어 가족을 이루고 직장을 이루면서 생활하고 있는 것이다. 이런 이유로 빌은 "사람들은 더 이상 가정을 이루지 않는다"(People are no longer home or not home)(*Mao II* 92)고 극단화한다.

데릴로는 가족 개인의 의미보다는 전자 매체들에서 흘러나오는 소음들(white noise)이 가정에서 더욱 중요한 것이 되어 버렸음을 『화이트 노이즈』의 글래드니 가족의 모습을 통해 보여 주고 있다. 또한 그는 "이제 우리는 '화이트 노이즈'의 세계에 살고 있다"(you're in the world of 'white noise' now)(Passaro)고 말하면서 "인간이 만들어 낸 기계의 발전과 이것에 대해 인간이 근원적으로 느끼는 공포감 사이에는 어떤 연계성이 있다"(There's a connection between the advances that are made in technology and the sense of primitive fear people develop in response to it)(Passaro)고 말하고 있다.

기계문명이 발달할수록 인간은 자신이 만들어 낸 기계에 대한 막연한 공포를 느끼고 있는데, 데릴로는 자신의 소설을 통해서 전자 매체로부터 흘러나오는 소리와 이미지들로 끊임없이 방해받고 있는 미국인들의 정신을 보여 주고 있다(Bawer). 화이트 노이즈의 존재처럼 뚜렷하게 눈에 보이거나 귀에 들리는 것은 아니지만 서서히 인간의 영역을 침식해 오고 있는 이것에 대해 인간은 막연한 두려움을 느끼면서도, 또 한편으로는 이러한 기계의 도움 없이는 모든 것이 불가능함을 느낀다. 왜냐하면 페사로가 지적하듯이, 기계문명이 빠진 인간의 생활은 너무도 원시적으로 보이기 때문이다(Passaro).

인간이 자연이라고 한다면 인간이 만들어 낸 문명과 기계는 기술이라는 용어로 요약될 수 있다. 이에 대해 켈리는 "태어난 것의 영역—자연적으로 생겨난 것—과 만들어진 것—인간에 의해 조직된 것—이 하나가 되고 있다"(the realm of the born—all that nature—and the realm of the made—all that is humanly constructed—are becoming one)(1)고 주장한다. 그의 주장은 우리 시대에서 자연과 인간과 기계는 모두 하나가 되었음을 의미한다. 인간은 자신이 가진 많은 부분을 기계에 양보하였고 이로써 이들 사이의 간극은 점점 더 희미해져 버렸다. 켈리는 네트워크 속에서 인간과 동일한 하나의 허브로서 작용하고 있는 기계가 더욱 힘을 키워 나가 결국은 인간을 넘어서 '통제 불능'의 상태로까지 나아갈 것임을 예언하고 있다.

"데릴로에게 운명이란 성격에 있는 것이 아니라 테크놀로지에 있다"(for DeLillo …… technology rather than character is fate)(*Pynchon* 82)는 티모시 패리시(Timothy L. Parrish)의 주장대로라면, 데릴로가 우리 시대에는 인간이 만들어 낸 기계에 의해서 우리의 미래가 정해질 것이라고 예견하는 것도 무리는 아니다. "데릴로의 인물들이 자신들의 삶을 구성하고 있는 테크놀로지적인 전제를 벗어날 수가 없듯이"(his characters never escape the technological premises on which their lives are structured)(Parrish, *Pynchon* 84) 실질적으로 인간은 테크놀로지가 주는 영향 속에 스스로를 감금시키고 있다. 우리 시대의 운명은 테크놀로지의 손에 달려 있다.

데릴로는 기계가 점차 인간을 능가하게 될 것이라는 불안감을 『화이트 노이즈』에서의 시뮤박(SIMUVAC) 대원과 잭의 만남을 통해서 보여 준다. 독성가스에 노출된 자신의 건강 상태에 대해 묻는 잭에게 시뮤박 대원은 다음과 같이 대답한다.

"내가 그렇게 말한 게 아닙니다. 컴퓨터가 그렇게 말했지요. 시스템 자체가 그렇게 말해 주는 겁니다. 이것이 바로 우리가 거대한 데이터베이스 계수라고 부르는 것이지요. 자판에 글래드니 J. A. K.라는 이름과 해당 물질과 그 물질에 노출된 시간을 두드리고, 당신의 컴퓨터 기록상의 경력들을 검색합니다. 그러면 당신의 유전적 특질과 개인적인 특성들, 의료 기록, 정신과 기록, 경찰이나 병원 기록들이 나타나죠. 그것은 다시 깜빡거리는 별표 모양으로 되돌아오지요. 그렇다고 당신에게 반드시 이같은 일들이 벌어질 거라는 건 아니에요. 적어도 오늘내일 일은 아니지요. 그것은 단지 당신에 대한 전체 데이터들의 총합이라는 것을 의미하는 것입니다. 어느 누구도 거기에서 벗어날 수는 없어요."

"I didn't say it. The computer did. The whole system says it. It's what we call a massive data-base tally. Gladney, J. A. K. I punch in the name, the substance, the exposure time and then I tap into your computer history. Your genetics, your personals, your medicals, your psychologicals, your police-and-hospitals. It comes back pulsing stars. This doesn't mean anything is going to happen to you as such, at least not today or tomorrow. It just means you are the sum total of your data. No man escapes that." (*White Noise* 141)

데릴로는 잭의 생명이 시뮤박 대원이 두드리고 있는 데이터를 분석하는 컴퓨터의 판단에 달려 있음을 보여 준다. 이러한 기계의 힘 앞에서 인간은 무기력함을 느낄 뿐이다. 인간의 존재는 기계 안의 수많은 데이터에 불과할 뿐이며 기계는 이러한 데이터를 분석함으로써 그것들의 합성으로 이루어진 한 인간 개체를 평가하고 진단한다. 이것은 잭이 신체검진을 받는 장면에서 다시 한 번 확인된다.

그들은 나를 컴퓨터 책상 앞에 앉혀 놓고는 내 검사물을 가져갔다. 컴퓨터 화면상의 질문에 대한 응답으로 내 삶과 죽음의 내력들을 자판에 두드리자, 각각의 응답은 가차 없이 이어지는 여러 항목들과 하위 항목들에 속하는 여러 가지 질문들로 계속 이어졌다. ……
그들은 나를 화상으로 진찰하는 방으로 들어가게 했다. 어떤 사람이 타자를 치면서 컴퓨터 테이블 앞에 앉아 있었는데, 그는 나의 몸을 관통하는 기계에 메시지들을 전달하고 있었다. ……

"이것은 다른 데서는 볼 수 없는 가장 정밀한 테스트 장비입니다. 데이터를 분석하는 초정밀 컴퓨터들도 있지요. 이 장비들이 생명을 구합니다. 내 말을 믿으십시오. 내가 그런 일들을 경험했거든요."

They took my samples away, sat me down at a computer console. In response to questions on the screen I tapped out the story of my life and death, little by little, each response eliciting further questions in an unforgiving procession of sets and subsets. ……

They inserted me in an imaging block, some kind of computerized scanner. Someone sat typing at a console, transmitting a message to the machine that would make my body transparent. ……

"These are the most accurate test devices anywhere. We have sophisticated computers to analyze the data. This equipment saves lives. Believe me, I've seen it happen." (*White Noise* 276 − 277)

데릴로는 현시대에서 이뤄지는 기계와의 대화를 급기야 자신의 생명을 확인하기 위한 기계와의 타협으로까지 확대해 나간다. 이로써 데릴로는 이미 인간의 생명에 대한 판단마저도 기계에게로 넘어가 버린 시대상을 보여 준다. 즉, '엑스레이(x − ray)'와 같은 이전의 장비는 인간이 최종적으로 이것을 판독한다는 것을 보여 준다. 이에 비해 '보다 깊이 있는 곳까지 보다 정확하게' 진단을 내리는 이 기계는 더 이상 인간의 판단이 불필요해졌음을 의미한다.

인간이 추구해 온 지상천국은 차츰 이러한 기계로 둘러싸이게 되고, 인간의 삶과 생활을 편리하고 자유롭게 해 준다는 명목으로 기계가 인간을 지배하기 때문이다. 이것은 우리가 편리함과 자유로움을 위해 전자 매체와 기계로 집 안을 채우고 만족해하는 모습을 통해 쉽게 이해된다. 버튼들로 움직이는 그 기계들은 인간의 손에 의해 움직이고 작동하지만, 또 한편으로는 그 기계에 의존하고 거기에 중독되게 만듦으로써 기계가 오히려 주인을 지배하고 있다는 것을 우리는 인식하지 못한다. 따라서 "그것[테크놀로지]은 자신을 만들어 낸 창조주를 공격하고 자신의 삶을 살고 있는 창조물인 이 시대의 프랑켄슈타인"(our Frankenstein, a creation turning on its creators and living a life of its own)(39)이라는 그레고리 샐리어(Gregory Salyer)의 주장에 공감할 수밖에 없다. 그가 주장하고 있듯이, "테크놀로지는 인간에게 불멸과 소멸을 동시에 약속하고 있다"(technology promises immortality and extinction in the same breath)(39).

인간이 만들어 낸 테크놀로지는 인간에게 불멸을 가져다줄 것처럼 희망을 불러오기도 하였으나, 결과적으로 그러한 희망은 또 다른 비극을 낳음으로써 절망과 파멸로 이어지고 있다. 샐리어의 '프랑켄슈타인'에 대한 비유에서처럼, 데릴로는 기계가 단순히 인간의 자리를 차지하고 탐하는 데 그치지 않고 인간을 역습하고 있음을 보여 준다. 우선 인간은 자신의 손으로 만든 자동차나 비행기와 같은 것에 시시때때로 인간의 생명을 위협받음으로써 언제나 죽음에 대한 불안을 갖는다. 그리고 더 작게는 우리 가정과 직장에 널려 있는 다양한 전자기계와 그것이 뿜어내고 있는 전자파로 인해 인간의 생명이 위협받고 있는 현상을 통해서도 그러하다.

포스트모던 사회에 살고 있는 우리는 결국 우리의 생명을 호시탐탐 노리고 있는 이러한 기계의 위협 속에서 살고 있다. 패리시는 데릴로가 단순히 기술주의에 반대한다기보다는 우리가 어떻게 이러한 기술을 발전시켰는지, 그리고 이러한 포스트모던 기술주의에 의해 어떻게 우리 자신을 파괴하고 있는지를 보여 주려 한다고 주장하면서, 이것이 우리 내부로부터 새로운 냉전을 만들어 낸다고 주장한다(*Pynchon* 719).

테크놀로지의 이중성은 의학과 약학의 발전을 통해서도 쉽게 이해된다. 이 두 가지 영역에서의 테크놀로지는 인간의 수명을 연장시키는 데 큰 힘이 되어 왔다. 그러나 인간이 만들어 내고 인간이 섭취하는 약물이 부작용이라는 이름으로 오히려 인간의 수명을 단축시키기도 한다. 게다가 이러한 약물의 개발이나 의학 기기의 발명 과정에서 겪는 환경 파괴는 자연을 파괴함으로써 그 속에서 살고 있는 인간의 수명 또한 단축시킨다. 인간은 인간의 영원한 욕망인 불멸과 소멸 역시 하나의 연계선상에 놓여 있음을 잊고 있었던 것이다.

데릴로는 테크놀로지가 갖고 있는 이러한 불멸과 파멸의 특징을 『화이트 노이즈』에서 죽음에 대한 공포심을 없애 주는 '딜라'의 의미를 통해 확인시켜 준다. 즉 딜라는 인간이 만들어 냈다는 의미에서 하나의 테크놀로지라 할 수 있다. 또한 이 약물 속에는 불멸의 의미와 더불어 완전한 실패를 의미하는 파멸의 의미도 함께 내포되어 있다. 왜냐하면 딜라는 죽음으로부터 자유롭기를 갈망하는 인간의 욕망이 만들어 낸 약물이지만, 결국에는 아무런 효과도 제대로 밝혀지지 않은 실패한 약물일 뿐이며 이로써 인간의 불멸에 대한 욕망 역시 실패로 끝날 뿐임을 암시한다. 오히려 이러한 미지의 약물을 이용함으로써 죽음을 앞당기기도 하는데, 이것이 바로 인간의 욕심이 만들어 낸 결과이기도 하다.

이처럼 데릴로는 인간의 테크놀로지가 갖고 있는 이중성과 모순성을 딜라를 통해 보여 주고 있다. 이것은 딜라를 찾아낸 후 잭이 바베트와 그 약효에 대해서 얘기를 나누는 장면에서 잘 드러난다.

"그래서 당신의 컨디션에 어떤 변화가 생겼소?" …….

"처음에는 나도 그렇다고 생각했어요. 아주 초창기가 가장 희망적인 시기였지요. 그런 다음부터는 별로 호전된 게 없었어요. 나는 점점 더 낙심을 하게 되었고요. 이제 좀 자게 내버려 둬요, 잭."

"우리가 머레이 집에서 저녁을 같이한 날 기억해요? 집에 오는 길에 우리는 당신의 건망증에 대한 이야기를 나누었지요. 당신이 약을 먹고 있는지 아닌지를 잘 모르겠다고 말했지요. 기억할 수가 없다고 말했어요. …… 데니스와 내 추측으로는 당신의 이러한 증상이 당신이 먹고 있는 약이 무엇이든지 간에 그것의 부작용인 것 같소."

"And has there been any change at all in your condition." …….

"At first I thought so. The very beginning was the most hopeful time. Since then no improvement. I've grown more and more discouraged. Let me sleep now, Jack."

"Remember we had dinner at Murray's one night? On the way home we talked about your memory lapses. You said you weren't sure whether or not you were taking medication. You couldn't remember, you said." …… "Denise and I assumed your forgetfulness was a side effect of whatever drug you were taking." (*White Noise* 201 − 202)

두 사람의 대화를 통해 추측할 수 있듯이 바베트는 딜라를 섭취함으로써 죽음에 대한 불안을 해소시켰다기보다는 오히려 이 약물의 부작용으로 보이는 기억력 장애 증상을 보인다. 바베트는 그 사실을 부인하지만 이것이 바로 이 약물이 실패작임을 보여 주는 또 다른 증거이며 나아가서 테크놀로지에는 언제나 부작용이 따른다는 사실을 보여 주는 증거이기도 하다.

데릴로는 딜라가 가져온 이러한 결과들을 우리 시대에 만연하고 있는 하나의 현상으로 얘기하고 있다. 이런 이유로 그는 『화이트 노이즈』의 세 번째 장을 '딜라라마'(Dylarama)라는 제목으로 이야기를 시작하고 있는데, 이 단어가 '딜라'(Dylar)와 '라마'(rama)라는 두 어휘의 합이라고 본다면 '딜라라마'는 크게 두 가지 의미로 해석될 수 있다.

우선 데릴로는 '딜라라마'라는 제목을 통해 이 장에서 다룰 이야기가 딜라로 인해 연쇄적으로 펼쳐지는 볼거리(rama)들을 묶어 놓은 것임을 암시한다. 그는 현대인들이 마약을 비롯한 각종 약물이나 테크놀로지에 의존함으로써 빚어지는 비극적 시대상을 바베트와 그녀의 가족에게 일어나는 사건들을 통해 보여 주고 있다. 또 한편으로 '라마'(Rama)를 힌두교에서 말하는 하나의 신으로 해석한다면(<http://wikipedia.org/wiki/Rama>), 이것은 딜라가 신과 같은 존재가 되어 버렸음을 암시한다고 볼 수 있다. 죽음마저도 신의 경지에서 이루어지는 것이 아니라 인간이 만들어 낸 딜라와 같은 테크놀로지에 의해 이루어진다는 점에서 현대인에게 더 이상 신은 존재하지 않음을 의미한다. 결국 데릴로는 '딜라라마'라는 제목을 통해 현대 사회에서는 물질과 테크놀로지가 신의 자리를 차지했음을 암시하고 있다.

딜라에서 알 수 있듯이, "테크놀로지가 가져다주는 가장 큰 위협은 불멸에 대한 약속이다"(The greatest threat of technology is its promise of immortality)(Moses 75). 『화이트 노이즈』에서의 딜라는 실패작이지만, 이것은 모세스(Moses)가 주장하는 것처럼, "테크놀로지가 특히 '인간의 얼굴'을 하고 있을 때 가장 위험하다는 것을 보여 주기도 한다"(technology is most dangerous when it presents itself with 'a human face')(75). 여기에서 '인간의 얼굴'이란 인간적임을 의미하며, 따라서 테크놀로지를 상징하는 딜라가 인간의 죽음을 이해해 주는 인간적인 모습으로 다가왔음을 의미한다. 이처럼 테크놀로지는 인간의 약점을 이용할 때 가장 위험스러운 존재가 된다.

딜라가 인간의 불멸을 약속하는 테크놀로지의 실패를 의미한다면 『화이트 노이즈』에 나오는 또 하나의 중요한 사건인 '독성가스 공중 유출 사건' 역시 이러한 인간의 테크놀로지가 가져다준 대재앙을 보여 준다. 그리고 이러한 대재앙에 대한 연구는 본론 3장에서 계속하고자 한다.

이상에서 살펴본 것처럼, 인간이 달성하고 있는 테크놀로지의 발전은 엄청난 위험성을 함께 내포하고 있음으로 인해 인간의 삶을 편리하고 호화롭게 만들기도 하지만 오히려 인간의 생명을 위협하기도 한다. 데릴로는 글래드니 부부가 갖고 있던 막연한 죽음에 대한 공포가 딜라와 '독성가스 공중 유출 사건'으로 인해 보다 실질적인 것으로 변하는 과정을 통해 테크놀로지와 죽음의 연관성을 암시한다. 따라서 인간이 태초부터 갖고 있었던 죽음에 대한 공포를 더 현실적인 것으로 바꿔 놓는 것이 다름 아닌 인간에게 불멸이라도 약속할 듯이 복종해 온 테크놀로지임을 이 사건들을 통해 확인할 수 있다. 궁극적으로 데릴로는 이것이 우리가 신뢰하고 있는 테크놀로지가 갖고 있는 두 얼굴임을 보여 주고 있다.

(2) 소비주의

소설 속 인물들만큼이나 다중적인 면을 갖고 있음에도 불구하고 테크놀로지의 발달은 자본주의의 발전을 가져왔다. 테크놀로지가 발달함으로써 인간은 더 많은 기계를 생산해 낼 수 있었고 이로써 더 많은 생산품들을 만들 수 있었다. 그리고 상품 생산량이 증가하면서 초래된 운송수단의 발달은 생산품들이 국소적으로 판매되고 소비되는 것에 그치지 않고 전 세계를 무대로 생산과 소비를 펼칠 수 있도록 도와주었다. 이러한 현상은 하나가 또 다른 하나를 가져오는 인과관계로서가 아니라 서로가 서로에게 영향을 주고받는 상호 관계를 이루면서, 테크놀로지의 발달과 자본주의와 소비주의의 발전이 서로 톱니바퀴처럼 맞물려 가면서 발전해 왔다.

우리가 살고 있는 현시대는 생산 중심의 사회가 아니라 소비 중심의 사회로 변모하고 있다. 자본주의의 논리에 의해 이윤이 되고 돈이 되는 것은 무엇이든지 상품으로 변모하고 있으며 이런 과정에서 생산된 상품들을 팔기 위해 광고가 등장하였다. 세계는 판매와 소비를 위한 광고전쟁에 돌입하고 있다. 그리고 광고는 단지 지엽적인 범위를 벗어나 전 세계를 무대로 삼고 있다. 이것이 가능하게 된 데는 위성중계와 인터넷의 공헌이 지대하다. 바야흐로 인류는 '지구촌 시장'에 돌입하게 되었지만, 우리 시대의 생산과 소비 개념은 포스트모던이라는 용어의 개념이 갖고 있는 특징처럼 그 경계가 모호하다. 이에 대해 던은 포스트모더니티에서 생산과 소비를 정확히 구분 짓기란 어렵다고 밝히고 있다(96). 결국 생산자와 소비자 사이의 경계가 모호해지면서 모두가 생산자가 되기도 하고 소비자가 되기도 하는 것으로 상호 연계성을 형성하고 있다.

라디오에서, 텔레비전에서, 길거리의 광고판에서, 신문이나 메일을 통해 들어오는 광고 전단지에서, 그리고 수시로 변화하는 인터넷 광고에서 우리는 소비로부터 끊임없는 유혹을 받고 있다. "결코 꺼지지 않는 네온사인"(The never‒ending neon)(*White Noise* 231)은 무한정 계속되는 광고를 의미하며, 이러한 광고는 우리에게 끝없는 소비충동을 불러일으킨다. 때로는 필요에 의해, 때로는 불필요한 것임에도 불구하고 광고에 현혹되어, 그리고 때로는 단지 나의 소비 욕구를 충족시키기 위해서나 경제력을 과시하기 위해서 우리는 소비를 한다. 나이젤 왓슨(Nigel Watson)은 "나는 쇼핑한다. 고로 나는 존재한다"(I shop therefore I am)(63)는 의미 있는 문구로 소비주의로 대표되는 현시대상에 대해 정의 내리고 있다.

데릴로는 이러한 소비주의의 모습을 『화이트 노이즈』의 슈퍼마켓을 통해 잘 묘사하고 있다.

나는 무모하다고 할 만큼 닥치는 대로 물건을 샀다. 당장 필요한 것들과 언제 필요할지도 모르는 것들을 사들였다. 구매할 의도가 없는 상품들을 바라보고 만져 보고 또 세밀히 뜯어본 다음 나는 그것들을 사들였다. 말하자면, 쇼핑을 위한 쇼핑을 했던 것이다. 나는 점원을 시켜 매장에 비치된 직물 및 패턴 견본 묶음 책들을 뒤져 미묘한 디자인을 찾아내도록 했다. 나의 가치와 자존심이 점점 커지기 시작했다. 나는 나 자신을 가득 채웠으며, 나 자신의 새로운 면을 발견하기에 이르렀고, 또 존재한다는 사실을 까맣게 잊었던 한 인간을 내 안에서 찾아내게 되었다. 찬란한 빛이 내 주위를 감싸게 되었다. 우리는 가구 매장에서 화장품 매장을 거쳐 남성복 매장으로 걸음을 옮겨 갔다. 우리들의 모습이 기둥을 감싼 거울에, 유리그릇과 크롬 그릇에 비쳐지기도 했고, 또 경비실의 TV 화면에 비쳐지기도 했다. 나는 돈을 상품과 교환했다. 돈을 쓰면 쓸수록 그만큼 돈이라는 것은 나에게 보잘것없는 것으로 느껴졌다. 내가 쓴 돈의 양을 모두 합친 것보다 나는 더 거대한 존재였다. 돈의 총량이 폭우처럼 피부를 타고 내 몸 바깥으로 빠져나갔다. 사실 이처럼 내 몸 바깥으로 빠져나간 돈의 총량은 내 존재에 대한 신용의 형태로 나에게 되돌아왔다.

I shopped with reckless abandon. I shopped for immediate needs and distant contingencies. I shopped for its own sake, looking and touching, inspecting merchandise I had no intention of buying, then buying it. I sent clerks into their fabric books and pattern books to search for elusive designs. I began to grow in value and self-regard. I filled myself out, found new aspects of myself, located a person I'd forgotten existed. Brightness settled around me. We crossed from furniture to men's wear, walking through cosmetics. Our images appeared on mirrored columns, in glassware and chrome, on TV monitors in security rooms. I traded money for goods. The more money I spent, the less important it seemed. I was bigger than these sums. These sums poured off my skin like so much rain. These sums in fact came back to me in the form of existential credit. (*White Noise* 84)

데릴로가 묘사하는 슈퍼마켓의 이미지에서 한 걸음 더 나아가 다니엘 아론(Daniel Aaron)은 자신의 논문에서 이곳을 "자동으로 열리고 닫히는 커다란 전지적인 출입문 안에 있는 …… 도원경"(Inside the great omniscient door, sliding and closing unbidden …… a lotusland)(71)으로 비유하고 있다. 모든 과일들이 제철인 것처럼 진열되어 있고 세계 곳곳으로부터 공수된 온갖 상품들이 선명한 색깔들을 과시하며 모여 있는 곳이 바로 이곳이다. 슈퍼마켓은 우리 시대의 대표적인 연계 허브로서, 모든 사람과 모든 물건, 그리고 시간과 공간마저도 연계해 주는 아주 중요한 허브다.

존 매클루어(John A. McClure) 역시 "슈퍼마켓이 우리에게 주는 것은 실제적인 음식이 아니라 그것의 재현일 뿐이다"(What the supermarket gives us is not real food but its representation)(121)라고 단언함으로써 소비주의의 이면을 들추어내고 있다. 화려한 광고 문구와 포장지로 둘러싸여 있는 슈퍼마켓의 상품은 생활에서 실질적으로 필요한 물건으로서의 역할을 하는 것이 아니라 외견상 그러한 상품을 재현할 뿐이다. 슈퍼마켓에 진열된 상품은 그 상품 자체의 정체성을 가지고 있는 것이 아니라 그것이 나타내는 가격에 해당하는 가치를 가질 뿐이다. 이러한 상품을 구입하는 그 행위 자체에 의미를 두고 있지, 내가 무엇을 어떤 용도로 구입하고 있는지는 그다지 중요하지 않다. 소설 속의 잭과 같이 우리는 정확한 이유나 목적 없이 단지 소비를 위해 또는 단순한 욕구 충족을 위해 소비를 한다. "그를 만나면 나는 쇼핑을 하고 싶어진다"(The encounter put me in the mood to shop)(*White Noise* 83)는 잭의 대사를 통해 알 수 있듯이 우리의 소비 충동에는 어떤 뚜렷한 목적이나 이유도 존재하지 않는다. 이것이 이전 시대와는 뚜렷하게 구별되는 우리 시대의 소비풍조이다.

카바들로는 슈퍼마켓의 "식료품이 소화기관을 위한 것이라기보다는 우리 시대인의 정신을 위한 것이다"(food seems less for the stomach than for the spirit)(*Balance and belief* 28)라고 언급한다. 이것은 소비주의가 물질적인 외형을 넘어 인간의 정신세계의 문제와 연계되어 있음을 암시하는 말이다. 즉, 우리 시대에 소비가 의미하는 것은 어떤 상품을 구입했음을 의미하는 것만은 아니다. '내가 돈을 쓰면 쓸수록 그 돈은 덜 중요하게' 보이고 오히려 그 돈을 쓰는 나의 존재는 더 중요해 보인다. 쇼핑카트에 구입한 물건이 쌓여 갈수록 나의 가치도 높아 가고 더 많은 돈을 지불할수록 나의 지위도 높아 간다. 페라로의 표현을 빌리자면, 나의 "만족감은 돈을 쓰는 데 있지, 상품을 구매하는 데 있지 않다"(The sense of fulfillment seems to lie in the spending of money, not the actual acquisition of goods)(21). 이것이 이 시대에 소비가 갖는 진정한 의미이다. 결국 "슈퍼마켓은 우리 스스로에게 우리가 누구인가를 말해 줄 수 있는 기호들로 가득 찬 세계다"(supermarket ······ is a world of signs which can tell us who we are)(Elie).

데릴로는 『화이트 노이즈』에 이어서 『리브라』에서도 우리 시대의 소비가 어떤 의미를 가지고 있는지를 보여 준다.

“처음에는 너를 착취하는 그 시스템을 위해 이윤을 만들지.”
“그 시스템이 세력을 펼치기 전에 그걸 죽여.”
“그리고는 그것들은 언제나 너에게 무언가를 팔려고 하지. 모든 것은
사람들에게 판매를 강요하는 것에 근거를 두고 있지. 그들이 팔고 있는
것을 사지 않으면, 너는 그 시스템에서 제로가 되는 거야.”

“First you produce profits for the system that exploits you.”
“Kill it before it spreads.”
“Then they’re always trying to sell you something. Everything is based
on forcing people to buy. If you can’t buy what they’re selling, you’re a
zero in the system.” (*Libra* 40)

데릴로는 이 대화를 통해 소비와 그것이 사회에서 차지하는 의
미를 잘 보여 준다. 인간은 자신이 만들어 낸 시스템에 이윤을 남
기기 위해서 노동을 하고, 그 시스템은 궁극적인 목적을 판매에
두고 있다. 그러고는 그 시스템이 판매하는 것을 다시 인간이 소
비하여야 하는 구조로 돌아간다. 소비에 참여하지 않는 인간은 시
스템으로 대체되는 이 사회에서 아무런 필요도 의미도 가치도 없
는 존재로 치부된다. 다시 말하자면 사회에서 어떤 의미나 가치를
갖기 위해서는 생산을 위한 노동에 참여하여야 하고 그러한 노동
의 결과로 만들어진 상품을 소비하는 이러한 사회 네트워크에 적
극적으로 참여해야만 한다.

사회가 지나친 자본주의와 소비주의의 방향으로 흘러가면서, 이
시대를 살고 있는 개개인은 소비에 참여하지 않고서는 사회의 일
원으로 존재할 수 없을 것이라는 불안감을 느낀다. 이 시대에서
소비는 ‘개인’을 ‘사회’와 연계시켜 주는 하나의 허브에 해당하기
때문이다. 이러한 현상에 대해 몰리 월리스(Molly Wallace)는 1950
년대에는 상품과 그것에 대한 소비가 가져다주는 문화가 국가적

정체성을 의미하였지만, 이제는 전 세계적인 정체성을 의미하며 따라서 인간 본질을 의미하는 것으로까지 확대될 수 있다(Wallace)고 주장한다.

　소비를 하지 않으면 이 사회에 속하지 못할지도 모른다는 불안감은 강박증으로 이어진다. 소비에 대한 강박증은 우리 시대 소비가 갖는 또 다른 특징 중 하나로서, 이것은 바베트의 소비 습관을 통해 잘 드러난다(*White Noise* 7). 바베트는 습관적으로 야쿠르트를 사 오지만 한 번도 그것을 먹은 적이 없다. 건강에 좋을 것이라는 기대 심리로 그것을 사지만 그것은 냉장고 안을 차지하다가 결국은 쓰레기통으로 내버려진다. 그러면서도 그녀는 "그것을 사지 않으면 죄책감을 느낀다"(She feels guilty if she doesn't buy it)(*White Noise* 7). 바베트의 이러한 행동은 그녀의 건강에 대한 집착을 보여 주는 한편, 우리 시대의 소비풍조를 그대로 드러내 준다. 바베트는 막연한 필요 가능성 때문에 이 물건들을 구입하지만, 그것을 실제로 사용한 적은 없으며 결국 그것은 쓰레기가 되고 만다. 이러한 자신의 행동에 죄책감을 느끼지만 그녀는 또다시 그 물건들을 구입할 수밖에 없는 충동을 느낀다. 이러한 그녀의 모습은 화려한 광고에 의해서 또는 단순한 충동에 의해서 상품을 구입하지만 결국은 쓰임새를 찾지 못하고 쓰레기통으로 버려지는 상품 구매 및 소비 세태를 잘 보여 주고 있다. 소비는 그 자체로써 구매자에게 만족감과 죄책감의 이중감정을 느끼게 만든다.

　구입한 상품을 쓰레기통에 버리고 죄책감에 시달리면서도 먹지 않을 야쿠르트를 또다시 구입하는 바베트처럼 우리도 불필요한 물건들을 사기 위해 쇼핑을 나선다. 그리고 데릴로는 이러한 소비에 대한 강박증을 통해 사회에 연계되고 싶어 하는 우리 시대 사람들

의 무의식을 보여 준다. 소비를 강요하는 사회의 일원으로 살기
위해서는 이 명령에 복종할 수밖에 없다.

> 소비하라, 그러지 못한다면 죽음을 택하라. 이것이 바로 문화가 내리
> 는 명령이다. 그리고 이 모든 것은 쓰레기더미 위에서 끝이 난다.
>
> Consume or die. That's the mandate of the culture. And it all ends up
> in the dump. (*Underworld* 287 – 288)

소비가 단순히 선택이 아니라 시대적인 강요임을 암시하는 이
말은 이 시대의 소비주의에 대한 데릴로의 부정적인 견해를 잘 보
여 준다. 이 시대를 살아야 하는 우리에게 소비 이외에는 다른 선
택의 여지가 없는 듯하다. 그러나 이 모든 소비는 쓰레기로 끝나
버린다. 이러한 데릴로의 소비에 대한 부정적 견해는 그것이 쓰레
기라는 사실도 인식하지 못한 채 자기도 모르게 쇼핑몰로 발길을
재촉하는 우리에게 냉정하게 경고하고 있다.

소비 세태에 대한 데릴로의 비판은 『언더월드』에서 더욱 강해진
다. 그는 이 소설의 모티브를 역사적인 한 야구공에 대한 집착으
로부터 시작한다. 수년간 이 홈런 볼을 추적해 온 마빈 룬디
(Marvin Lundy)의 모습과 3만 불이라는 거금을 지불하고 이 공을
구입하는 닉의 모습에서 우리는 어떤 상품에 대한 편집증과도 같
은 강한 집착을 엿볼 수 있다. 하지만 그들이 추구하고 돈을 지불
한 이 공에는 아무런 정체성도 존재하지 않는다.

우선 이 공은 승자의 입장에서 보면 승리를 의미하지만 패자의
입장에서 보면 패배를 의미한다. 게다가 야구에 전혀 관심이 없는
사람의 입장에서 보면 그것은 의미도 없는 단지 하나의 중고 야구

공에 지나지 않는다. 더군다나 이 공에 대한 마빈의 편집증적인 집착에도 불구하고, 우리는 그가 이 공의 중간 소유자인 추키 (Chuckie)를 만나지 못하는 것을 목격한다. 추키가 타고 올 선박을 기다리던 마빈이 만나는 것은 알 수 없는 쓰레기만을 가득 실은 괴선박일 뿐이다. 따라서 그 공이 어떻게 마빈의 손에 들어가게 되었는지는 미지수이다. 그것은 진짜 톰슨의 홈런 볼일 수도 있고 아닐 수도 있다. 사실 그 공은 처음부터 진품이라는 아무런 증거도 갖고 있지 않다. 왜냐하면 그 공을 처음으로 손에 넣은 코터는 좌석표나 입장권을 갖고 있지 않으므로 그 경기장에 있었다는 아무런 증거도 갖고 있지 않은 셈이다.

그 공이 진짜 역사적인 그 야구공이라 하더라도 그것이 최후의 공 임자가 된 닉에게 무슨 의미가 있을까? 더군다나 닉은 승자인 자이언츠의 팬이 아니라 패자인 다저스의 팬이었는데 말이다. 그에게 그 공은 패배를 의미할 뿐이다. 어렵게 그 공을 손에 넣었지만, 그 공으로 할 수 있는 것은 아무것도 없다. 그저 책장 위의 낡은 책들 사이에서 한자리를 차지할 뿐이다. 닉은 이 공이 패배를 의미하는 것이라고 말하면서, 자신이 이 공을 왜 구입했는지에 대해 "모르겠어"(I don't know)(*Underworld* 97)를 되풀이할 뿐이다. 그러면서도 그는 "그것은 내가 평생 동안 절대적으로 소유해야만 했던 유일한 물건"(it's the only thing in my life that I absolutely had to own)(*Underworld* 97)이라고 고백한다.

'절대적으로 소유해야만 했던'이라는 닉의 표현 속에는 이 시대의 소비에 대한 강한 집착이 담겨 있다. 그것이 왜 필요한지, 그리고 그것이 무엇인지에 대해서는 관심도 없고 중요하지도 않다. 그저 그것을 소유해야 할 것만 같은 욕구 때문에 그것을 소비할 뿐이다. 이것이 바로 포스트모던 사회의 소비문화가 갖고 있는 한 모습이다. 자신이 무엇을 사야하는지도 알지 못한 채 쇼핑을 가고, 특정한 목적도 없고 구입할 계획도 없었던 물건들을 소비한다. 단지 소비 욕구를 채우기 위한 행동일 뿐이고 그 소비 욕구가 채워지고 나면 그 소비의 목적도 사라져 버린다. 이것은 자신이 갖고 있는 돈을 모두 털어 이 공을 구입했던 찰스(Charles)가 "이제 이 공은 나의 것이다, 그런데 이걸로 무얼 할 수 있지?"(Now that the ball is mine, what do I do with it?)(*Underworld* 653)라고 자문하는 데서 잘 드러난다.

필수품만이 상품이 되던 시대는 끝이 났다. 자본주의와 소비주의 사회에서 상품이 될 수 없는 것은 없다. 『언더월드』의 야구공이 거액에 매매된 것처럼, 역사 유물이 거액에 판매되는 것, 또는 연예인이나 유명인의 옷이나 소지품 또는 유품이 거액에 경매되는 것이 이러한 소비풍조의 변화를 보여 주는 실례들이다. 유명인사의 소지품이나 유품은 무의미한 허상일 뿐이며 그것으로 할 수 있는 것은 아무것도 없다. 이러한 허상을 소비함으로써 자기만족을 구하는 현시대상에 대해 '지에트'(ZIET)와의 인터뷰에서 데릴로는 다음과 같이 답하고 있다.

지에트: 당신은 『언더월드』에서 고객들이 유명 인사들이 내다 놓은 고정된 가격의 쓰레기들을 정찰가로 구매할 수 있는 가게에 대해 묘사하고 있지요. 이것이 바로 다음 밀레니엄의 미국의 미래인가요?
데릴로: 나는 그것이 우리 문화 속에서 힘을 발휘하고 있는 것에 대해 논리적으로 내린 결론이라고 믿고 있어요. 나는 다른 종류의 가게들에 대해서도 생각해 오고 있는데, 불법으로 전화 내용을 녹음한 테이프들을 파는 가게지요. 이미 이러한 것들을 인터넷에서 접할 수 있고요.

ZIET: In *Underworld* you are describing stores where customers can buy frozen garbage of celebrities. Is this your vision of America in the next millennium?

DeLillo: I believe it is a logical conclusion of forces at work in this culture. I have thought up another stores as well, offering tapes of illegally recorded telephone conversations. You can get this already on the internet today. (Burger)

이러한 소비주의 풍토를 보여 주기 위해 데릴로는 콘돔으로 가득 찬 일종의 '콘돔 아웃렛'(condom outlet)이라 할 수 있는 '콘도몰로지'(condomology)에 대해 묘사하고 있다. 이곳에는 "손가락에 끼우는 콘돔과 온몸을 모두 감싸는 콘돔, 그리고 민트향이 첨가된 혀를 감싸는 콘돔들이 전시되어 있다"(There were finger condoms and full-body condoms, oral condoms with a minty savor)(*Underworld* 110). 이곳에서 사람들은 온갖 문구와 화려한 색과 기능으로 포장된 콘돔들을 구경하고 그것들을 구입한다. 이곳은 이 시대를 특징짓는 또 다른 쇼핑몰이다.

'콘도몰로지'는 성인 용품을 판매하는 쇼핑몰의 모습을 보여 줄 뿐 아니라, 현시대에 들어오면서 '성' 자체가 얼마나 큰 소비시장을 차지하고 있는가를 보여 준다. 물론 성의 상품화가 단지 포스트모던 사회의 현상인 것만은 아니다. 그러나 성의 상품화가 이처럼 거대한 시장으로 자리 잡게 되고 이것이 가능하게 된 것은 포스트모던 시대의 한 특징일 수 있다. 이윤을 남기기 위해서라면 무엇이든지 상품으로 변모시킬 수 있다는 시장경제의 논리가 지배하고 성에 대한 윤리관과 도덕관의 기준 자체가 모호해져 버린 포스트모던 사회에서, 성은 무제한적으로 개방되고 그것을 판매하는 시장은 점점 더 그 규모를 넓히고 있다.

　성을 상품화하는 풍토는 단순히 성생활을 위한 도구들이나 용품들뿐 아니라 성행위 자체에 대한 환상마저도 판매하는 것으로 발전하였다. 그 가운데 윤리나 도덕에 관한 문제는 존재하지 않는다. 성 관련 상품과 환상은 하나의 상품일 뿐이며 고객들을 현혹시켜 구매하도록 만들고 이윤을 창출할 수 있다는 점에서 다른 어떤 사업과도 동일하다. 정체성의 혼란을 겪으면서 네트워크와 전자 매체 속에서 더한 고독을 느끼고 있는 개인들은 오히려 성을 상품으로 하는 이러한 상업적 관계 속에서 위안을 받으려 한다. 이러한 사회적인 풍조에서 성을 상품으로 하는 사업은 더욱 번창하고 있다.

　성의 상품화는 '사이버 섹스'라는 형태로서 그 최고점에 도달한다. 성은 현실뿐 아니라 인터넷과 같은 가상의 세계에서도 상품으로 변모하는데, 성인 용품에 한정되지 않고 성행위 자체로 확대되고 있다. 그리고 이것은 "컴퓨터상의 안전한 섹스"(computer − safe − sex)(*Underworld* 785)라는 이름하에 상품화되어 엄청난 속도로 그 시장을 확장시켜 나가고 있다. '컴퓨터상의 안전한 섹스'는 더 이상 성행위에 따르는 책임을 묻지 않는다. 이것은 더 이상 사랑의 표현이나 종족 보존의 개념을 갖지 않은 채 단순한 오락과 쾌락의 개념으로 변해 버렸음을 의미한다. 이런 특성으로 인해 컴퓨터 오락게임과도 같은 사이버 섹스는 소비자들을 현혹시키기에 충분하다. 돈을 내고 흥분과 쾌락을 즐길 수 있을 뿐 아니라 원치 않는 임신에 대한 불안 및 에이즈나 성병과 같은 질병에 대한 불안도 잊을 수 있다. 따라서 이러한 상품은 이윤을 추구하기에 충분한 조건을 갖춘 셈이다.

　'콘도몰로지'를 통해 보여 주는 성의 상품화는 성행위 자체의 상품화와 더불어 인간 육체를 상품화하는 것과 맥락을 같이하는데,

데릴로는 『언더월드』에서 이러한 사회현상들이 빚어내는 결과에 대해 비극적으로 보여 주고 있다.

<blockquote>
그들은 한 창녀를 보았는데, 그녀의 실리콘 젖가슴은 유출되고 파열되어 어느 날 드디어 그 중합물이 터져 나와 자신의 몸 위에 있던 한 남자의 얼굴에 쏟아지고 말았다. 지금 그녀는 직장을 잃은 상태이고 아이들 플레이펜 크기만 한 작은 방에서 살고 있다.

They saw a prostitute whose silicone breasts had leaked, ruptured and finally exploded one day, sending a polymer whiplash across the face of the man on top of her, and she was unemployed now, living in a room the size of a playpen. (*Underworld* 246)
</blockquote>

데릴로가 묘사하고 있는 이 창녀는 모든 것이 상품이 될 수 있는 우리 시대의 참여자인 동시에 희생자로서의 의미를 갖는다. 그녀는 테크놀로지가 만들어 낸 포장지로 자신의 몸을 포장한 후 스스로를 소비 사회의 한 상품으로 내놓았다. 인간의 신체를 더욱 아름답게 만들어 준다는 소비주의 광고에 현혹되어 자신의 육체를 맡겼고, 그 수술이 초래한 부작용으로 상품 가치를 상실해 버렸다. 데릴로는 이 비극적인 창녀의 모습을 보여 줌으로써 생산과 소비라는 현대 자본주의 네트워크 속에서 인간 역시 자발적인 참여자로 역할하고 있음을 암시하고 있다. 그리고 소비의 결과가 쓰레기라는 형태로 남는 것처럼 소비 상품으로 전락해 버린 인간의 운명 역시 이와 동일함을 보여 준다.

성을 상품화하는 현 세태에 대한 데릴로의 시각은 현 사회에 대한 다른 견해들과 마찬가지로 다소 부정적이다. 그러나 데릴로가 그리고 있는 '콘도몰로지'의 모습이 추하게만 해석되지는 않는다. 왜냐하면 이곳은 성행위 자체를 판매하는 곳이 아니라 성과 관련된 상품을 판매하는 곳이기 때문이다. 과거에는 음성적으로 거래가 되었고 사람들에 의해 감추어져 왔던 것이 이제는 떳떳하게 대중적으로 거래가 된다는 차이가 있을 뿐이다. 오히려 이것은 성 상품화의 긍정적인 방향이라고 해석될 수도 있겠다. 오히려 데릴로의 부정적인 견해는 '콘도몰로지'를 통해 성에 대한 소비마저도 과소비로 부추겨질 것을 염려한 데서 비롯된 듯하다.

'콘도몰로지'는 소비에 대한 또 다른 해석을 가능하게 하는데, 인간이 상품을 만들고 소비하는 것은 상품에 대한 필요성으로 인해 그 상품을 만들고 그것을 소비하는 것이 아니라, 소비를 부추기기 위해 먼저 상품을 만든 후에 소비를 유도해 낸다는 것이다. 사람들은 우연히 그곳을 지나다가 호기심에 의해 가게 안으로 들어가고 거기에서 화려한 포장과 문구들로 둘러싸인 콘돔들을 보고서야 역으로 이것을 사용할 용도를 찾는 것과 유사하다. 상품의 광고 문구에 현혹되어 우선적으로 그것을 구입한 후에야 그것의 쓰임새를 찾는다.

이러한 포스트모던적 소비주의 현상은 우리 시대의 경제에 대한 로버트 맥러플린(Robert L. McLaughlin)의 정의를 통해서도 잘 이해된다. 그는 이 시대에서 "경제라고 하는 것은 먼저 상품에 대한 욕구를 만들어 내고, 그것에 대한 소비를 부추기고, 그리고 그 쓰레기를 처리하는 과정에서 생겨나는 것이며, 이러한 과정은 계속해서 되풀이된다"(our economy is founded on the process of creating a need for a product, encouraging its consumption, and sanctioning the discarding of it, so that the process can be repeated)(22)고 설명한다.

테크놀로지가 발달하면서 비롯된 생산량의 증가는 상품들이 갖는 고유의 가치마저 상실하게 만들었다. 수없이 많은 상품들이 복사된 채 쏟아져 나오면서 각각의 상품은 별다른 가치를 인정받지 못한다. 테크놀로지가 발달하지 못하던 시대에는 상품 하나를 만들어 내기 위해 엄청난 노력과 시간을 투자했었다고 한다면, 현대에 이르러서는 별다른 노력과 시간의 투자 없이도 동일한 상품들을 손쉽게 만들어 낼 수 있다. 이로 인해 우리는 상품에 대한 아쉬움을 느끼지 못한다. 개개의 상품은 고유성이나 가치를 알 수 없을 정도로 수많은 동일한 상품들 중의 하나다. 따라서 하나의 상품이 고장이 나거나 부서지면 얼마든지 또 다른 동일한 상품으로 바꿀 수 있다. 심지어 많은 상품들이 유행이 지났다는 이유만으로 또는 아무런 이유도 없이 내버려진다.

생산보다 소비에 더 의미를 두고 있는 우리 시대는 소비를 유도하기 위해 끊임없이 그 방법들을 모색해 왔다. 그중의 하나가 '신용카드'다. 이것이 출현함으로써 소비는 더욱 가속도를 붙여 왔고 이제 소비는 곧 신용이자 네트워크 사회로부터의 인정을 의미하게 되었다. 신용카드가 등장함으로써 소비는 더 한층 편리해졌고 소비라는 공통된 관심사와 신용카드가 갖고 있는 네트워크의 성격으로 인해 우리는 더 한층 소비문화라는 범주 안에 연계되고 있다.

데릴로는 신용이라는 이름하에 소비를 연계시킴으로써 소비와 네트워크의 연관성을 보여 준다. 카바들로가 해석하고 있듯이, 『화이트 노이즈』의 "잭은 슈퍼마켓이나 쇼핑몰에서의 과잉 지출이 자신의 '존재에 대한 신용'을 쌓아 줄 것이라고 믿는다"(Jack believes that the excess of the mall or the supermarket will build his 'existential credit')(*Edge of Belief* 140). 이러한 소비를 통해 "쓰레기는 구매와 동일한 사이클의 일부다"(garbage is part of the same

cycle as purchasing)(Kavadlo, *Edge of Belief* 140)라는 사실만이 남을
뿐이지만, 그러한 사이클 안에 살고 있는 우리는 그것을 인지하지
못한다.

소비를 통해 자신의 존재나 신용을 확인하려는 잭의 이러한 모
습은 나아가 얼마만큼의 돈을 사용하고 있는지에 의해 개인의 신
용도가 평가되는 시대상을 반영한다. 이것은 잭이 쇼핑카트에 더
많은 물건을 담으면 담을수록 자신의 존재가 더욱 가치 있게 여겨
진다고 느끼는 것과 일맥상통한다. 그리고 이것은 우리가 자신의
존재를 알리는 수단 중의 하나가 되고 있다. 이러한 이유로 데릴
로는 소설 곳곳에서 불쑥불쑥 신용카드의 이름들을 열거해 보여
준다. 신용카드는 이 시대가 소비중심의 사회임을 보여 주고 이러
한 소비 자체가 개인의 신용도를 의미함을 보여 준다.

한 걸음 더 나아가 신용카드는 서로 복잡한 네트워크 구조를 통
해서 개인과 사회 그리고 국가까지도 모두 연계해 주는 중요한 고
리 역할을 하고 있다. 이런 의미로 데릴로는 그의 소설 곳곳에서
느닷없이 "마스트카드, 비자, 아메리칸 익스프레스"(Master Card,
Visa, American Express)(*White Noise* 100)와 같은 신용카드의 이름들
을 열거하고 있다. 그리고 이렇게 열거된 신용카드의 이름이 이야
기 전개를 방해하는 듯하면서도 이야기의 앞뒤를 연계해 주는 역
할을 함으로써, 우리 시대의 다양한 특성들을 연계시키고 있는 듯
하다.

개개인의 신용카드는 거대한 네트워크에서 각각의 노드로서 역
할하고 있다. 이러한 노드들은 또 다른 많은 허브와 더 큰 허브에
의해 감시당하기도 하고 연계되기도 하면서 또 다른 네트워크 구
조를 형성하고 있다. 이런 점에서 신용카드는 우리 시대에 만연해

있는 편집증(paranoia) 증세와도 연관이 있다. 테크놀로지의 발달과 더불어 가속도를 붙이고 있는 컴퓨터 네트워크의 발달 및 소비주의 사회가 가져온 신용카드의 발달 등에 힘을 얻으면서 개인의 소비활동은 컴퓨터 네트워크 속에서 언제든지 손쉽게 찾아볼 수 있게 되었다. 이것은 소비의 편의를 도모하고 정보를 체계화하는 긍정적인 면을 가져온 반면 여러 부정적인 결과들도 초래하였다.

정보 체계화의 부정적인 면은 영화나 텔레비전 드라마들을 통해서 잘 묘사되는데, 그 대표적인 예로서 산드라 블록(Sandra Bullock) 주연의 1995년 영화 <네트>(*The Net*)를 들 수 있다. 이 영화에서는 어떤 조직이 산드라 블록(Sandra Bullock) (안젤라 베네트 Angela Benett 역)을 협박하기 위해서 그녀의 존재 자체를 컴퓨터 네트워크상에서 완전히 조작해 버리고 다른 인물이 그녀를 대신하도록 꾸민다. 알지도 못하는 적(enemy)의 감시망을 벗어나기 위해 필사적으로 도피하지만 적은 그녀가 사용하는 신용카드의 망을 통해 쉽게 그녀의 위치와 이동을 파악한다.

그 결과 현대인들이 자신이 사용하는 전화나 휴대전화 또는 신용카드를 통해서 누군가가 자신을 감시하고 있을지도 모른다는 불안감을 갖게 된다. 이러한 불안을 느끼면서도 이 시대를 사는 우리는 이것을 이용하지 않으면 또 다른 불안에 빠진다는 것을 인지한다. 스스로 원하든지 원하지 않든지 간에 우리는 이러한 네트워크의 감시망 속에서 살고 있다. 이런 이유로 『언더월드』에서는 '모든 것이 결국에는 서로 연계되어 있다'는 메시지가 계속해서 되풀이되고 있다(*Underworld* 289, 408, 465, 826). 네트워크 속에서 살고 있는 개개인의 행적이 이러한 네트워크 추적을 통해 이루어지는 것과 달리, 『화이트 노이즈』의 잭은 자신이 아직도 이 네트워크 속에서 존재하고 있음을 확인하기 위해 신용카드를 사용한다. 이를 통해 데릴로는 네트워크의 감시망으로 인해 불안을 느끼면서도 그 안에 속하지 않으면 더 큰 불안을 느끼는 우리 시대상을 조명해 준다. 아이러니하게도 편집증을 가지면 가질수록 사람들은 더욱더 그 네트워크 속으로 몸을 숨기려 한다.

데릴로의 소설 속에서는 소비주의 양상의 변화를 여러 가지 모습들을 통해서 보여 주는데, 이에 대한 또 다른 예로서 역사의 상품화를 들고 있다. 예를 들어 『화이트 노이즈』에서 잭의 전공은 히틀러 연구이지만, 그는 진정한 의미에서의 히틀러 연구가라고 보기 어렵다. 우선 그는 독일어를 구사하지 못한다. 따라서 독일어로 되어 있는 히틀러에 대한 연구 자료나 그에 대한 정보들을 제대로 얻을 수 없으며 독일어로 진행되는 세미나에도 제대로 참여하기 어렵다. 이런 사실을 숨기기 위해 그는 비밀리에 독일어 개인 교습을 받고 있다(*White Noise* 32).

그러면서도 잭은 히틀러학과의 학과장이면서 이 학과의 창시자이다. 잭이 이 학과를 개설하고 학과장을 지내고 있는 이유는 이것이 시장성이 있기 때문이다. 그는 히틀러를 역사적이거나 정치적인 인물로서 연구하지 않는다. 그는 히틀러라는 인물이 '학문적 – 시장'(academic market – place)에서 상품가치가 있고 이전에 갖고 있었던 모든 이미지에서 벗어나, 리차드 케리지(Richard Kerridge)의 표현처럼 "다른 학문적인 주제들과 동일하게"(equivalent to any other academic topic)(183) 소비자들의 호기심을 자극하기에 알맞은 상품이라고 판단한다. 여기서의 "상품화란, 이제껏 히틀러와 더불어 따라다녔던 정치적이고 인종적인 용어들과는 달리, '히틀러'는 어떤 특별한 가치가 있다는 것을 의미한다"(commodification means that 'Hitler' has a specific value, quite apart from any political and ethical terms which might be used in relation to him)(Kerridge 183).

잭은 어떤 학문적인 욕구로 인해 히틀러 학과를 창설한 것이 아니라 소비자들을 현혹하여 수입을 올리기 위해 새로운 상품을 만들어 내는 제조자와도 같은 마음으로 히틀러 학과를 개설하였다. 이런 맥락에서 데릴로는 미래를 예견하는 소설가라는 명성을 얻고 있는데, 그의 소설 속에는 미래의 사회 모습들을 미리 보여 주고 이를 염려하는 모습들이 담겨 있기 때문이다. 우리 시대에서는 학문이나 사상 역시 더 이상 자기만의 순수한 영역을 고집하지 않는다. 이윤을 창출하는 학문과 사상은 번창하고 그렇지 않은 것은 퇴보하거나 사라져 버림으로써 자본주의의 지배를 받고 있다. 그리고 데릴로의 소설은 이러한 시대적 변화상을 그대로 들추어내고 있다는 점에서 높이 평가받을 만하다.

잭의 히틀러는 우리가 알고 있는 살인마의 모습이나 인종말살 정책을 펼친 미치광이의 모습이 아니다. 잭은 히틀러라는 이름을 하나의 상품명으로 이용하고 있으며, 거기에서 어떤 사상이나 이념을 내세우거나 강조하려고 하지 않는다. 이것은 그가 히틀러를 처음 학과로 설립하려 했을 때의 모습으로부터 시작된다. "히틀러의 생애와 그의 행적을 중심으로 한 독립된 학과를 만들 것을 학장에게 건의했을 때, 그 학장은 곧바로 이 학과의 가능성을 간파했다"(When I suggested to the chancellor that we might build a whole department around Hitler's life and work, he was quick to see the possibilities)(*White Noise* 4)는 잭의 회고를 통해 알 수 있듯이, 이것은 그 시작에서부터 이미 소비 가능성에 의해 설립된 학문일 뿐, 학문이 갖고 있는 순수한 의도와는 거리가 멀다.

잭의 히틀러 연구에서처럼 이전에는 학문으로서 가치를 인정받지 못했던 것이 포스트모던 사회에 접어들면서 학문으로서 자리를 잡고 있다. 새롭게 학문으로서의 자리를 굳히고 있는 이들 학과들의 특징은 그것을 소비할 학생들의 입맛에 맞추어 원래 갖고 있었던 정체성과는 다른 새로운 인물이나 학문을 만들어 낸다는 점이다. 이것은 잭이 만들어 낸 히틀러가 머레이의 표현처럼 '글래드니의 히틀러'로 변모한 것과 유사하다.

> "교수님은 이곳에서 히틀러로 대단한 일을 해냈어요. 히틀러 학과를 창설하셨고 그것을 육성시켰고 그것을 당신 자신의 것으로 만드셨죠. 이 나라의 어떤 대학 교수들도 히틀러를 언급하려면 교수님께 고개를 숙이지 않고서는 안 되죠. …… 히틀러는 이제 교수님의 히틀러지요. 글래드니의 히틀러 말이에요. …… 대학도 히틀러 연구의 결과로 국제적으로 알려진 것이고요. …… 바로 이것이 내가 엘비스로 하고 싶은 바로 그 일이지요."

> "You've established a wonderful thing here with Hitler. You created it, you nurtured it, you made it your own. Nobody on the faculty of any college or university in this part of the country can so much as utter the word Hitler without a nod in your direction. …… He is now your Hitler, Gladney's Hitler. …… The college is internationally known as a result of Hilter studies. …… It's what I want to do with Elvis." (*White Noise* 11 – 12)

데릴로는 학문을 소비상품으로 이용하는 또 다른 인물로서 앞에서도 이미 언급한 적이 있는 머레이를 소개한다. 그 역시, 잭처럼 엘비스 프레슬리(Elvis Presley)를 연구하는 학과를 만들어 보겠다는 계획을 세우고 있다. 머레이는 히틀러 연구라든지 엘비스 연구와 같은 학문이 신세대의 호기심을 자극할 수 있고, 학생들을 포섭하여 이윤을 남길 수 있을 것이라는 '가능성을 곧바로 간파한' 것이다.

역사와 학문이 상품화된 것과 더불어 우리 사회에서 새롭게 소비상품으로 등장한 것으로 '뉴스'와 '다큐멘터리'를 들 수 있다. 여기에서 뉴스란 단지 텔레비전 방송을 통한 뉴스뿐 아니라, 라디오나 신문 또는 인터넷을 비롯한 모든 매체들에서의 뉴스를 일컫는다. 이전에는 '새로운 소식'을 정확하고 신속하게 전해 주는 것으로 여겨졌던 뉴스도 우리 시대에 이르러서는 소비자의 욕구를 충족시켜 주고 이를 통해 보다 폭넓은 소비를 추구하는 또 다른 형태의 소비상품으로 변모하였다.

뉴스나 다큐멘터리 역시 하나의 시각 매체이며, 던의 주장처럼 "일반적으로 이러한 시각 매체는 대량 소비라는 목표에 부합하여 현실을 창조하거나 구성하거나 수정하는 능력을 갖고 있다"(Visual media in general have the capacity to invent, construct, or modify reality in accordance with the goals of mass consumption)(101). 현시대에서 자본주의의 지배를 받지 않는 것은 하나도 없다. 모든 것은 그것이 얼마만큼의 이윤을 남기느냐의 문제로 귀착된다. 그리고 이윤을 남기지 못하는 것은 가차 없이 배제당하기 마련이다. 우리가 진실이라고 믿는 뉴스도 자본주의나 경제적인 이해관계에 의해 언제든지 영향을 받을 수 있다.

뉴스가 사회적인 인기를 갈구하고 이를 통해 시청률을 올리면서 이윤을 추구하고 있는 다른 오락 프로그램들과 다를 바 없다는 사실은 뉴스의 내용을 살펴봄으로써 이해할 수 있다. 현시대의 뉴스는 마치 여러 편의 영화를 편집해 놓은 듯한 느낌을 준다. 시청률이 곧 수입과 직결되는 가운데, 뉴스는 갈수록 더 자극적이거나 더 흥미 위주로 변하고 있다.

데릴로는 이러한 현시대의 뉴스와 대중 심리에 대해 다음과 같이 예리하게 묘사하고 있다.

> "재앙을 당하는 장면을 텔레비전에서 보면서, 점잖고 악의 없고 존경 받을 만한 사람들이 그것에 흥미를 느끼는 이유가 무얼까요, 알폰스?"라 고 내가 물었다.
> 나는 그에게 최근 용암과 진흙과 엄청난 물에 의한 재난의 장면을 보 면서 아이들과 내가 재미를 느꼈던 것에 대한 얘기를 털어놓았다.
> "우리는 더 많은 것을 원했지요."
> "그것은 자연스러운 일이지요, 정상적인 현상이고요." 그는 재확인하듯 고개를 끄덕이며 말했다. "그것은 모든 사람들에게 일어나는 감정이지요."

> I said to him, "Why is it, Alfonse, that decent, well-meaning and responsible people find themselves intrigued by catastrophe when they see it on television?"
> I told him about the recent evening of lava, mud and raging water that the children and I had found so entertaining.
> "We wanted more, more."
> "It's natural, it's normal", he said, with a reassuring nod. "It happens to everybody." (*White Noise* 65 – 66)

데릴로는 잭이 뉴스가 더 끔찍해질수록 더 흥미를 느낀다는 사 실이 다른 사람들에게도 당연한 현상이라는 것을 보여 줌으로써 뉴스를 지켜보는 대중의 반응을 날카롭게 비판하고 있다. 데릴로가 말하듯이 이제 대중은 뉴스에서 별다른 끔찍한 일이나 흥미 있는 소식이 없는 날은 오히려 내심 실망을 느낀다. 자극적이거나 색다 른 소식이 전해지는 날은 그것으로 신이 나서 떠들기 시작한다. 좀 더 자극적이고 좀 더 끔찍한 일들이 일어나기를 바라고 있는 듯하다. 이것은 선과 악이나 윤리 도덕의 문제가 아니다. 왜냐하면 이때의 뉴스 속 비극은 상품으로서 제공되는 것이지 현실로서 제 공되는 것이 아니라고 느끼기 때문이다. 아이러니하게도 대중은 뉴스가 진실이라고 믿으면서 또 한편으로는 실재가 아닌 듯이 그것을 즐긴다. 대중들도 뉴스를 소비 상품으로 받아들이고 있는지도 모른다.

뉴스의 내용이 실제로 일어난 일임에도 불구하고 대중으로 하여금 초연할 수 있도록 만드는 것은 "포스트모던 미디어가 '모든 사건들을 세분화하기' 때문이고, 이것은 의미와 메시지와 이미지를 정치적 역사적 사실적으로 모든 방향에서 전달하기 때문이라"(because modern media have 'atomise every event', sending meanings, messages and images in every direction politically, historically and factually)(10)고 크리스토퍼 호록스(Christopher Horrocks)는 말하고 있다. 뉴스야말로 현실을 바탕으로 하면서도 그 내용을 '세분화'시켜 부풀린 다음 필요에 따라 다각적인 방향으로 전달하는 우리 시대의 대표적인 상업 상품이라 할 수 있다.

토니 테너(Tony Tanner) 역시 우리 시대의 뉴스는 하나의 소설과도 같다고 주장한다. 그의 주장에 따르면 소설 역시 뉴스의 역할을 할 수 있다. 거짓이 아닌 실재로서 인정받는 뉴스와 꾸며낸 이야기로 간주되는 소설 사이의 벽이 허물어지고 있다.

> 사람들은 어떤 종류의 뉴스이든지 간에, 즉, 그것이 나쁜 뉴스들이든지 선정적인 뉴스이든지 압도적인 뉴스이든지 간에 뉴스를 필요로 하는 듯하다. 뉴스는 거의 소설을 대신하고 있으며 사람들 사이의 담론을 대신하고 있다. 그것은 가족을 대신하고 있다. 그것은 보다 느리고 보다 조심스러운 커뮤니케이션 방법, 즉 보다 개인적인 커뮤니케이션 방법을 대신하고 있다.

> People seem to need news, any kind—bad news, sensationalistic news, overwhelming news. It seems to be that news is a narrative of our time. It has almost replaced the novel, replaced discourse between people. It

replaced families. It replaced a slower, more carefully assembled way of communicating, a more personal way of communicating. (Tanner)

"우리는 어떤 형태이든 간에 뉴스를 필요로 한다."는 테너의 주장처럼 뉴스는 사람들 사이의 담론을 대신하며 우리 사회 자체를 대신한다. 뉴스를 보고 있으면 우리 사회와 세계 곳곳에서 무슨 일이 벌어지고 있는지를 알 수 있다. 게다가 거기에는 오락성마저 가미되어 있다. 이제 사람들은 단순한 일상소식들에 별다른 흥미를 느끼지 못하는데, 흥미가 없다는 사실은 상품의 가치가 하락함을 의미한다.

테너는 뉴스를 통해 판매된 성공적인 상품들의 예를 열거해 보이고 있는데, 그 대표적인 예로서 데릴로의 소설에서도 다루어지고 있는 '케네디 저격사건', '쿠바의 미사일 사건', '텍사스 하이웨이 킬러 사건', '뉴욕의 대정전', '에드가 후버', '에이즈'와 같은 사건들을 지적하고 있다(Tanner). 이 같은 뉴스들의 공통점은 이것들이 나쁜 뉴스라는 점과 동시에 전 세계적으로 수없이 반복해서 뉴스를 통해 방송되었다는 점이다. 사건들이 뉴스를 통해 수없이 재방송되어 왔다는 점은 상품들이 많은 인기와 이윤을 남겼다는 것을 의미한다. 다시 말하자면, 이것들은 모두 성공적인 상품들로서, "미디어는 뉴스를 만들어 낼 때 그 정확성에 근거를 두기보다는 대량 소비라는 경제적 기술적 원칙에 근거를 두고 있다"(media constructions of the news are based less on veracity than on the economic and technical imperatives of mass consumption)(Dunn 102)는 던의 주장을 증명해 준다.

이 시대의 뉴스들은 이와 같은 성공적인 뉴스 상품들을 원한다.

그리고 대중은 이러한 상품들이 계속 만들어지길 기다리면서, 흥밋거리들로 가득 채워진 영상물들을 소비한다. 이것은 시장에서 대량 생산되고 판매되는 일종의 패션상품들처럼 일련의 이미지일 뿐임을 현대인들은 망각하고 있다.

지식이나 정보를 소비상품의 형태로 전환시키는 데서 한 걸음 더 나아가, 우리 시대의 자본주의는 죽음마저도 상품으로 변모시켰다. 이것은 다시 뉴스를 비롯한 정보산업과 연계되어 더 큰 상품 가치를 갖게 되는데, 그 예가 뉴스에서 보도되는 수많은 죽음에 대한 이야기다. 뉴스를 비롯한 미디어는 매일같이 죽음에 대한 이야기를 보도한다. 살인이나 자살 또는 테러 및 각종 사고로 인한 죽음이 그것이다. 궁극적으로 그들은 이러한 죽음을 팔고 그에 대한 시청률로 이윤을 창조한다. 그리고 시청자들이나 구독자들은 이러한 죽음에 대한 정보에 만족해하고 돈을 지불한다. 이 시대는 인간의 죽음마저도 하나의 상품으로 전락시키고 있다.

데릴로는 『언더월드』에서의 에스메랄다(Esmeralda)의 죽음을 통해 이러한 시대적인 특징을 잘 보여 준다. 열두 살짜리 소녀인 에스메랄다가 누군가에 의해 잔인하게 강간을 당한 후 빌딩 아래로 내던져진 채 죽음을 당했다는 기사가 CNN을 통해 "집 없는 소녀의 비극적인 삶과 죽음"(tragic life and death of a homeless child)(*Underworld* 816)이라는 제목으로 보도되고 이 사실은 인터넷의 여기저기에서 떠돌기 시작한다. 이 일이 있은 뒤, 지하철이 지나가면서 비추는 불빛에 반사되어 그녀의 모습이 거리의 광고판에 등장하는 기적이 일어난다. 에스메랄다의 출현을 지켜보기 위해 수많은 사람들이 그곳을 찾아와 기차가 지나가길 기다리면서 "가만히 서서 그 광고판을 쳐다보고 있다. 그들은 거기에 그려져 있는 주스를 멍청하게 응시하고 있다"(stand and watch the billboard. They stare stupidly at the juice)(*Underworld* 821).

에스메랄다가 누구에 의해 살해되었는지, 그리고 광고판에 비쳐지는 그녀의 모습이 정말로 기적인지는 그리 중요하지 않다. 그녀의 출현이 다른 곳이 아닌 광고판 위에서 이루어졌다는 사실과, 며칠 후 그곳의 광고판이 제거되면서 그녀의 죽음 역시 사람들의 기억 속에서 잊혀지고 "광고문의"(Space Available)(*Underworld* 824)를 알리는 전화번호와 텅 빈 간판만이 남아 있다는 사실을 통해, 데릴로는 그녀의 죽음 역시 하나의 광고 효과로 이용되었을 가능성을 암시한다. 이로써 인간의 죽음마저도 광고 효과를 위한 도구로 조작되거나 이용되고 있는 현실을 비판하고 있다.

에스메랄다의 죽음을 상품화하는 것은 여기에서 그치지 않는다. 자본주의는 그녀의 출현을 보기 위해서 이곳을 찾는 많은 인파들을 그냥 돌려보내지 않는다. '미국에서 가장 사진이 많이 찍히는 헛간'을 찾는 관광객들에게 이곳을 사진으로 담은 포스터나 카드 또는 사진을 팔고 있는 것처럼, 이곳 역시 일반 상품들로부터 시작해서 에스메랄다의 모습을 담은 각종 상품들에 이르기까지 소비자들을 유혹하고 있다.

> 그 다음 날 천 명에 달하는 사람들이 그 지역을 가득 채웠다. …… 정체된 채 꼼짝도 못 하고 있는 차들 사이를 오가며, 행상인들이 꽃과 음료수와 살아 있는 고양이들을 팔고 있었다. 그들은 멈추지 않고 돌아가는 바람개비도 팔고 있었다.

> The next night a thousand people fill the area. …… Vendors move along the lines of stalled traffic selling flowers, soft drinks and live kittens. They sell pinwheels that never stop spinning. (*Underworld* 823)

에스메랄다의 죽음은 소설 속에서 하나의 인기 상품으로 이용된 후 하루아침에 제거되는 '오렌지 주스 광고판'처럼 순식간에 사라져 버린다. 모든 상품의 운명과 동일하게 쓰레기로 버려진다. 설상가상으로 그녀의 죽음은 깨끗하게 끝나지 못하고 끊임없이 인터넷을 떠돌고 있다. 사람들의 기억에서 완전히 지워지기 전까지 그녀는 죽음에서조차도 '평화'를 기대하기 어렵다. 데릴로는 에스메랄다의 죽음을 통해 이곳에서마저도 평화를 찾기 힘든 현시대의 비극성을 암시한다. 누군가의 죽음이 하나의 상품으로 전환될 가능성은 어디에나 존재하고 있으며 그 가운데 인간은 늘 죽음에 대한 공포를 느끼면서 죽음 이후에조차도 평화를 얻지 못할 또 다른 공포를 껴안고 있다.

지금까지 살펴본 것처럼 데릴로는 소비 중심의 사회로 접어들면서 이윤 추구를 위해 모든 것이 상품으로 변모해 가는 현 세태를 예리하게 비판하고 있다. 그는 이러한 소비 풍토가 단지 자연적인 시대적 흐름이라고 치부하는 데서 그치지 않고, 본론 1장에서 살펴본 개인 및 가족의 불안정과도 연관된 것임을 암시한다.

우리가 소비하는 상품이나 돈을 통해서 우리의 정체성이나 가치가 결정되는 것이 아님에도 불구하고, 우리는 스스로를 이러한 소비문화 속에 포함시킴으로써 자신이 이 사회에 속해 있음을 확인하고 위안을 삼으려 한다. 이러한 세태는 상품에 대한 물신풍조로 해석되는데, 이것은 마치 중세시대의 종교에 대한 맹종과도 유사하다. 이에 대해 몰리 월리스(Molly Wallace)는 "보드리야르의 용어대로 하자면, 상품에 대한 숭배는 단순히 어떤 물건을 물신화할 뿐 아니라 …… 그것의 기표인 이미지를 위해서 그 물건 자체를 소멸한다"(For Baudrillard, then, commodity fetishism is not only the reification of an object …… but also the effacement of the object itself in favor of its signifier, its image)(Wallace)고 주장한다.

그러나 상품에 대한 맹신은 그것이 갖고 있는 의미나 용도로 인한 것이 아니다. 상품 자체가 갖고 있는 이미지와 그 상품 자체는 반드시 일치하는 것이 아님을 뜻한다. 우리 시대의 상품은 그것 자체의 이미지가 보여 주는 기표로서 기능할 뿐이지 더 이상 물건으로서의 가치를 갖고 있지 않다.

우리가 소비에 집착하는 것도 결국 그 안의 네트워크에 속해 보고자 하는 욕구에서 비롯된 것임을 지적하면서, "데릴로는 소비문화에서의 개인의 힘을 짚고 넘어가려는 것이 아니라 그것이 갖고 있는 연계시켜 주는 힘을 보여 주려 한다"(DeLillo examines not so much the individuating force of consummer culture as its communalizing power)(20)고 페라로는 해석한다. 이와 더불어 그는 "우리가 개인들 사이의 연계성이라고 부르는 현상을 소비주의가 어떻게 만들어 내고 있는가"(how consumerism produces what we might call an aura of connectedness among individuals)(20)를 데릴로가 보여 주고 있다고 단언한다. 그러나 소비를 통해 서로의 허브를 발견하고 그 네트워크 속에 소속하려는 개인의 욕구는 오히려 그 안에서 더한 고립감과 분열감만을 느끼면서 또다시 분열될 뿐이다. 조지 윌(George F. Will)이 언급한 것처럼, "소비주의는 하나의 집단 마취제로서 …… 그것은 사람들을 외롭게 만들 뿐이다"(consumerism is a form of mass anesthesia …… It makes people lonely)(57).

데릴로는 발달하는 기계문명 속에서 차츰 잃어 가는 주체로서의 자리를 확인하기 위한 인간의 노력에 대해 상당히 부정적인 견해를 보이고 있다. 물론 시대적 변화에 역행할 수도 없을 뿐 아니라 기계문명과 과학기술의 발달을 늦출 수도 없다. 그러나 그는 기계에 대한 무조건적인 의존이나 소비에 집착하는 것이 점점 더 소외되어 가는 인간 사이의 네트워크를 연결해 주는 해결책이 될 수는 없다는 것을 보여 주고 있다.

(3) 대중매체와 하이퍼리얼리티

테크놀로지의 도움이나 소비 행위로 자신의 욕구를 충족시키지 못한 우리 시대의 개인은 포스트모던 사회의 또 다른 특징인 미디어에 기대를 건다. 데릴로는 이러한 모습을 우선적으로 『화이트 노이즈』의 글래드니 가족을 통해 보여 준다. 글래드니 가족은 자신들의 이질감을 극복하기 위한 방법의 하나로서 함께 텔레비전을 시청하는 시간을 정한다. 바베트는 일주일 중 하루 저녁 시간을 온 가족이 둘러앉아 텔레비전을 시청하는 날로 정함으로써 가족 간의 유대감을 조성하려 하지만, 가족 개개인에게 이것은 '미묘한 형태의 처벌'이 될 뿐이고, 잭은 자신이 무시당하고 있다는 느낌마저 갖는다(*White Noise* 16).

글래드니 가족의 금요일 저녁 풍경은 우리 시대에서 볼 수 있는 대표적인 포스트모던 네트워크의 성격을 잘 드러내고 있다. 우리 시대의 개개인은 미디어에 의해 외형상으로는 하나로 묶일 수 있는 듯하지만, 글래드니 가족이 각자의 방에서 자기만의 텔레비전을 시청하는 것처럼 분열되어 있다. 이것은 『언더월드』에서 수많은 사람들이 야구 경기를 관람하기 위해 야구 경기장을 찾아와 앉아 있는 모습에서도 마찬가지다. 그들은 하나로 연계되어 있는 듯이 보이지만, 사실 이들은 각각 다른 인물들로서 다양한 생각과 목적을 가진 채 이곳에 앉아 있으므로, 반드시 하나로 뭉쳐져 있다고 말할 수는 없다.

데릴로는 중요한 포스트모던 네트워크의 커넥터로서 텔레비전을 비롯한 대중매체를 들고 있다. 대중매체의 발달은 단순히 국지적인 지역이나 국가에 포함된 구성원들을 연계해 주는 데 그치지 않고 전 세계를 거대한 네트워크 속에 포함시키고 있다. 이러한 변화를 겪고 있는 우리 사회에서 대중매체는 새로운 위치를 점유하고 있다. 사람들은 누구의 말보다도 미디어에서 흘러나오는 말을 신뢰한다. 핼 크로우서(Hal Crowther)의 표현처럼 "쓰레기를 넣으면 나오는 것은 쓰레기뿐"(Garbage in, garbage out)(90)이지만 사람들은 그것을 인지하지 못한다. 민주주의 국가에서 살고 있는 것이 아니라 "우리는 소위 미디어가 지배하는 나라에서 살고 있다"(We live in what I call a mediocracy)(Crowther 90). 미디어는 단순히 자신을 만들어 낸 인간에게 기쁨과 오락거리를 제공하는 정도에 그치지 않는다.

존 프라우(John Frow) 역시 대중매체의 대명사라 일컬을 수 있는 텔레비전이 우리 시대 생활에서 어떤 위치를 차지하고 있는가를 아주 잘 설명해 주고 있다.

> 현 세계에서 중심적인 미디어는 텔레비전이다. 사실, 대부분의 사람들에게 있어서 세계에는 오직 두 종류의 장소만이 존재한다. 그들이 살고 있는 곳과 그들의 텔레비전 수상기가 그것이다.
>
> The central mediating agency in this world is television; indeed, for most people there are only two places in the world. Where they live and their TV set. (184)

프라우는 이 시대를 우리가 살고 있는 현실 세계와 텔레비전과 같은 미디어가 만들어 내는 가상 세계로 나누고 있다. 그러나 그의 뚜렷한 구분과는 달리, 텔레비전은 단순히 현실의 상대 개념인 가상 세계로 존재할 뿐 아니라 현실 세계마저도 침식하고 있다. 프라우가 말하는 현실과 가상의 세계가 쉽게 구분되던 시대가 사라지면서, 인간이 만들어 내는 현실과 미디어가 보여 주는 가상의 세계 사이에 존재하던 경계마저도 불분명해지고 모호해져 버렸다.

전자레인지와 세탁기가 돌아가고, 끊임없이 전화벨 소리가 울리며, 라디오와 텔레비전에서는 쉴 새 없이 어떤 소리가 흘러나오고 있다. 이것이 『화이트 노이즈』에서 묘사되는 우리 가정의 모습이다. 이러한 전자 소음들로 가득 차 있는 "우리 시대의 가정에서 가장 중요한 자리를 차지하고 있는 것은 텔레비전 소리다"(the center of the life of the house is the voice of the television)(Frow 48). 『화이트 노이즈』에서는 항상 텔레비전이 켜진 채 혼자서 중얼거리고 있는데, 이것은 우리 시대에서 "텔레비전이 언제나 함께 하는 동반자로서, 단지 오디오의 신호음을 전달해 주는 장치가 아니라 '말을 하는' 장치"(TV is a constant companion, an apparatus which does not just transmit audio signals but 'says')(104)임을 보여 주려는 의도라고 스필마처는 피력한다. 잭의 가정에서처럼 우리 가정에서 텔레비전은 언제나 켜져 있는 상태로 누군가를 향해 항상 '말하는데,' 이것은 차츰 우리의 의식을 세뇌시키고 마침내 지배해 버린다.

『화이트 노이즈』에서는 이야기 중간 중간 느닷없이 텔레비전에서 나오는 소리가 끼어든다. 뚜렷한 전달 메시지가 있는 것도 아니고 앞뒤 줄거리의 연결을 위해 필요한 것도 아니다. 그러나 데릴로는 소설 가운데에 텔레비전에서 나오는 이러한 소리를 불쑥 끼워 넣음으로써 이것이 우리 가정에서 흔히 일어나고 있는 현상임을 암시하는 듯하다. 즉 우리의 일상생활이 텔레비전을 비롯한 대중매체에 의해 얼마나 많은 간섭을 받고 있는가를 보여 주려는 것이다.

> 누군가가 복도 저 끝에서 텔레비전을 켰는데, 거기에서 한 여자의 목소리가 이렇게 말했다. "그것이 만일 쉽게 두 쪽으로 깨진다면 그것을 혈암이라 부르지요……."

> Someone turned on the TV set at the end of the hall, and a woman's voice said: "If it breaks easily into pieces, it is called shale ……." (*White Noise* 28)

> "텔레비전에서 말하기를 '플로리다의 외과의사가 인공 지느러미를 붙이기 전까지는'이라고 했다."

> The TV said: "until Florida surgeons attached an artificial flipper." (*White Noise* 29)

우리의 사생활은 더 이상 텔레비전을 비롯한 전자 매체로부터 자유로울 수 없다. 외로움을 잊기 위해서 또는 단순한 오락이나 정보를 위해 켜놓은 텔레비전은 차츰 인간의 사생활과 의식을 점령하기 시작했고 알지도 못하는 사이에 대중은 점차 이 기계에 지배당하기 시작했다. 인간의 의식이 텔레비전에 의해 지배당하고 있음을 보여 주는 일례로서 본론 1장에서 언급했던 잭과 그의 아들 하인리히와의 대화를 들 수 있다. 지금 비가 내리고 있다는 실제 사실을 주장하는 잭에 대항하여 하인리히는 실재는 별로 중요치 않다며 오늘 밤에 비가 내릴 것이라는 라디오의 주장만을 반복해서 주장할 뿐이다(*White Noise* 22–23). 실재와 미디어와의 대립이자 모던 세대와 포스트모던 세대와의 대립이기도 하다. 아직까지는 미디어의 주장보다는 현실이 더 중요하게 작용한다고 여긴다는 점에서 잭은 모던 시대의 인물이라 할 수 있는 반면에, 현실과는 상관없이 미디어의 주장이 훨씬 더 중요하다고 여긴다는 점에서 하인리히는 포스트모던 시대의 인물이라 할 수 있다.

하인리히가 이미 미디어에 노출되어 거기에 중독된 신세대를 대변한다면, 미디어가 갖고 있는 이러한 중독성이나 위험성을 알면서도 텔레비전과 같은 미디어의 힘을 이용하는 인물이 머레이다. 텔레비전은 "그것을 어떻게 보고 들을지를 망각했을 때만이 문제가 될"(TV is a problem only if you've forgotten how to look and listen)(*White Noise* 50) 뿐이라고 그는 말한다. 그는 텔레비전과 같은 미디어가 가져다주는 장점을 간파하고 있다. "텔레비전은 우리에게 믿을 수 없을 만큼의 엄청난 양의 정신적 데이터를 제공한다"(TV offers incredible amounts of psychic data)(*White Noise* 51)는 것을 그는 잘 알고 있다. 이런 이유로 그는 오랜 시간 동안 텔레비전 앞에서 메모를 해 가면서 텔레비전을 시청하기도 한다. 그는 현실을 아주 잘 파악하고 있는 인물로서, 자신이 살고 있는 시대의 특성을 재빨리 파악하고 그것을 이용할 줄 아는 기회주의자다. 이것은 "당신이 더 많은 것을 얘기하면 할수록 당신이 더 약은 인물로 보여요"(The more you talk, the sneakier you look)(*White Noise* 51)라는 잭의 대사를 통해 알 수 있다.

머레이의 학생들은 "텔레비전은 쓰레기 메일의 또 다른 형태"(Television is just another name for junk mail)(*White Noise* 50)라고 말한다. 또한 텔레비전은 이미 과거를 의미하는데 과거 중에서도 부끄러운 과거이기 때문에 이제는 영화에 대해 이야기할 때라고 말한다(*White Noise* 51). 그러나 머레이는 영화가 따라잡지 못할 텔레비전의 위력을 알고 있다. 비록 영화가 텔레비전보다 영상기술에서 더 발전해 있다고 하더라도, 영화는 텔레비전이 갖고 있는 영속적인 힘을 갖고 있지 않다. 텔레비전은 아주 가까운 곳에서 항상 켜져 있는 하나의 동반자와도 같은 존재로서 인간의 고유한 판단력을 마비시킬 수 있는 힘을 갖고 있다. 이러한 모습은 잠들어 있는 스테피가 무의식적으로 내뱉는 잠꼬대가 텔레비전 광고문구 중 하나인 "도요타 셀리카"(Toyota Celica)(*White Noise* 155)라는 사실에서 확인된다. 이로써 데릴로는 평화롭게 잠들어 있는 어린 소녀의 두뇌마저도 수없이 반복되는 광고에 이미 세뇌당하고 있는 현시대상을 예리하게 보여 준다.

텔레비전을 비롯한 대중매체는 미국에서는 물론이고 세계 전체를 대표하는 기본적인 사회현상이 되고 있다. 스필마처는 "데릴로가 이러한 미디어의 과부하로 인해 고통을 겪고 있는 평범한 미국인들의 生活을 그려 내고 있다"(DeLillo portray the average American as suffering from media overload)(90)고 말하면서, 그의 소설에서처럼 현실의 "텔레비전은 인간의 뇌 가운데 언어 중심 영역에 영향을 미치는 약물과도 같은 존재가 되고 있다"(Television has become like a drug which affects the speech centre of the brain)(94)고 덧붙인다.

머레이가 텔레비전의 위력을 알고 그것을 이용하려는 인물이라고 한다면, 밍크 역시 텔레비전의 위력에 압도되어 이미 정복을 당한 인물이라 할 수 있다. 잭이 그를 살해할 의도로 그가 묵고 있는 모텔을 찾아왔을 때 그는 텔레비전이 켜져 있는 어두운 방 안에 홀로 앉아서 텔레비전만을 뚫어져라 지켜보고 있다. 스필마처의 표현을 빌리자면, 텔레비전에서 나오는 말투를 흉내 내고 있는 그는 본질적으로는 텔레비전 수상기 자체가 되어 있다(94). 따라서 잭은 실질적으로 그를 살해할 필요가 없다. 왜냐하면 그는 살아 있지만 또 한편으로는 살아 있다고 할 수 없는 인물로서, 현실이 아닌 가상의 세계에 존재하기 때문이다.

밍크를 잭의 성적인(sexual) 적수라고 본다면 또 다른 해석이 가능하다. 그의 실체가 텔레비전과 동일시된 모습을 통해 데릴로는 우리의 궁극적인 적은 다름 아닌 텔레비전임을 암시한다. 이와 같은 맥락에서 밍크의 존재에 대해 존 듀발(John Duvall)은 다음과 같이 언급한다.

> 텔레비전에서 나오는 소리가 소설 전반에 걸쳐 이상야릇한 순간에도 끼어드는데, 텔레비전은 하나의 등장인물과도 같다. …… 밍크는 텔레비전의 음향과도 같은 인물이다. 따라서 은유적으로 해석 해보면 잭의 성적인 적수는 언제나 그 가까이에 존재해 왔었다. 잭은 밍크를 만나기 전보다 오히려 지금 고통과 분노를 덜 느낀다.

> Throughout the novel, the voice of the television intrudes at odd moments, almost as if the television were a character …… Mink is the voice of television. Metaphorically, then, Jack's sexual nemesis has always already been near to him and Jack is no closer now to the source of his pain and anger than he was before he confronted Mink. ({Super}Marketplace 185)

밍크가 텔레비전과 동일화됨으로써 궁극적으로 잭으로부터 아내를 빼앗아 간 것은 텔레비전이 된다. 잭은 자신이 믿고 늘 곁에 두어 왔던 동반자에게 배신을 당한 셈이다. 이를 통해 데릴로는 나의 배우자나 자녀 또는 동료들을 빼앗아 가는 것은 멀리 있는 어떤 존재가 아니라 우리 곁에 늘 존재하는 텔레비전임을 보여 준다.

텔레비전 수상기와 동일하게 묘사되는 밍크의 모습은 텔레비전에 나오는 인물들과도 일맥상통한다. 텔레비전 카메라에 비춰지는 인물은 그 모습 그대로의 인물들이 아니다. 그들은 살아 있지만 살아 있는 인물이 아니라는 점에서 밍크와 동일하다. 이들은 모두 '좀비'(Zombie)다. 스필마처는 좀비란 "그들을 '정신이 없는' 상태로 만드는 외적인 힘에 의해 조종되는 인물들에게 붙여지는"(such characters are guided by an external force which makes them 'mindless')(96) 이름이라고 정의 내린다. 이에 덧붙여 그는 『마오2』에 등장하는 조지 하다드(George Haddad)를 인용하여 좀비는 '흡수된다'고 말하면서, 특히 광고를 위해서 예술가든 거리의 광인이든 간에 모두 1달러의 대가를 받고서 텔레비전 광고 속으로 흡수된다고 말하고 있다(Spielmacher 96). 다시 말하자면, 현대 사회에서는 텔레비전 안에 등장하는 인물들도, 그리고 그 사람들을 지켜보고 있는 텔레비전 밖의 사람들도 모두 좀비처럼 '정신이 없는' 존재로 변해 가고 있다. 단지 각각의 좀비들은 하나의 힘에 지배되지 않고 각자 정신없이 떠돌고 있다는 데에 이전과의 차이가 있다.

우리는 텔레비전을 보고 있는 동안은 적어도 자신이 사회와 세계에서 고립되거나 분리되지 않을 것이라고 믿어 왔다. 그러나 잭이 아내인 바베트를 밍크에게 빼앗긴 것처럼 우리는 많은 것들을 이들 매체들에 빼앗기고 있다. 가족들이 둘러앉아 대화를 나누고 서로에 대한 연계성과 소속감을 확인하고 애정을 나누어야 할 저녁 시간이 되어도, 가족들은 제각기 각자의 방에서 또는 거실에서 각자의 텔레비전이나 컴퓨터 화면의 프로그램을 지켜보면서 각자의 세계에 빠져 있다. 이러한 모습은 가족에만 한정된 것이 아니다. 친척 간이나 친구들 사이에서도 전자 매체가 하나의 커다란 장벽처럼 개인들 사이에 놓여 있다.

미디어는 이중적인 모습을 갖고 있다. 외형적으로 이것은 전파가 닿는 곳이면 어디든지를 연계해 주는 대표적인 네트워크 창조자이다. 그러나 그 안을 들여다보면 이러한 미디어의 존재가 가까운 테두리 속의 연계성을 오히려 분열시키고 있음을 알 수 있다. 이로써 전자 네트워크에 의존할수록 인간은 더한 고립과 소외감을 느끼는데, 아이러니하게도 그러한 감정이 커질수록 인간은 더욱 네트워크에 속하기를 갈망한다. 그리고 이 네트워크는 이전 사회에서 개인을 하나로 묶어 주던 인간적이고 자연적인 성격을 상실한 채 기계적이고 외형적인 연계만을 가져다준다.

이런 의미에서 미디어로 연계되는 자아는 독립된 자아 개념과 다르다. 항상 서로 영향을 미치고 있는 네트워크 안에 머물러야 한다는 압박감을 느끼면서, 그 네트워크 안에서 영향을 주고받기 때문이다. 윌콕스는 이러한 우리 시대 네트워크 속 개인의 모습을 정신분열증에 비유하고 있는데(*Baudrillard* 106), 하나의 육체 속에서 끊임없이 싸우고 있는 정신분열증적인 자아의 모습은 텔레비전이 갖고 있는 근본적인 구조와도 일치한다. 텔레비전은 '격자무늬'(grid)로 이루어져있으며, "이미지 패턴을 구성하는 아주 작은 점들의 네트워크"(the network of little buzzing dots that make up the picture pattern)(*White Noise* 51)이기 때문이다.

텔레비전이 수많은 점들로 이루어진 하나의 그림이듯이 우리 사회 역시 수많은 개개인들로 이루어진 크고 작은 네트워크들의 혼합이다. 그리고 따로 떨어진 존재로서는 무의미한 격자무늬 안에서 더 이상의 정신적 신체적인 경계도 없어진 가운데 자아는 미디어 전체의 조종을 받는다. 이런 이유로 유진 굿하트(Eugene Goodheart)

는 현대인들을 "엄청난 힘과 지식을 갖고 있지만 실체가 없으며 때로는 서로 구별조차 불가능한 존재"([They] speak with extraordinary power and intelligence, but they seem disembodied, at times indistinguishable from one another)(117)라고 단언한다.

우리는 신문을 통해서, 잡지를 통해서, 그리고 영화나 텔레비전을 통해서, 그리고 더 발전한 형태의 컴퓨터를 통해서 수많은 정보를 접한다. 이에 대해 윌리엄 케인(William E. Cain)은 "그 이야기가 전형적인 것인가, 아니면 심지어 사실적이긴 한가? 어쩌면 아닐지도 모른다"(Is the story typical or even true? Maybe not)(64)는 의문을 던지고 있다. 그러나 언제부터인가 인간은 자신이 만들어 낸 기계를 인간보다 더 신뢰하기 시작하였다. 이로써 직접적으로 사람의 얼굴을 마주하는 것보다 텔레비전을 비롯한 미디어를 통해 이야기하는 것을 더 신뢰하게 되었다. 급기야 미디어는 인간에게 신뢰 자체를 의미하기에 이르렀다.

데릴로는 『리브라』의 리가 중요한 인물이 된 것은 그가 텔레비전을 통해 수많은 사람들에게 알려졌기 때문이라고 말한다. 리 또한 자신이 텔레비전 화면에 나오는 것을 목격함으로써 자신이 역사의 한 페이지를 차지하게 되었음을 확인하고는 이로써 자신이 중요한 인물이 되었다는 것을 느낀다. 이에 대해 케인은 "그의 행동들이 중요하고 그의 삶이 실재가 되는 것은 그것을 지켜보는 사람들이 그것을 인정해 줄 때뿐이라고 믿으며 …… 다른 사람들이 지켜봐 주어야만 자신의 일이 중요한 가치를 갖는다는 것을 알고 있다"(He believes that his acts will be significant and his life made real only when onlookers legitimate them …… What he does will matter only when his dramatic performance is witnessed)(62)고 해석한다. 결국 이 시대에서 지켜봐 주는 관객이 없다는 것은 무의미하고 무가치하다는 것을 의미한다.

미디어에서 다루어지지 않는 사건이나 이야기들은 우리 시대에서는 그 중요성을 인정받지 못하며 그 진실성마저도 의심을 받는다. 미디어의 힘은 『리브라』의 리를 통해 잘 보인다. 그가 케네디를 저격하기 이전에는 어느 누구도 그에게 주의를 기울이지 않았고, 어떤 인물인가에 관심을 보이지 않았다. 그러나 그가 텔레비전에 방영된 후 세상은 달라졌다. 모두가 그가 누구인지를 궁금해했고 관심을 보였다. 미디어가 사람들의 관심거리와 의식을 움직이기 시작했다. 데릴로는 리를 미디어에서 성공을 거둠으로써 자신을 알리는 데 성공한 인물로서 다루고 있는데, 이런 시도는 이미 이전 소설인 『화이트 노이즈』에서 예견되고 있다. "역사에 등장하기 위해서"(go down in history)(*White Noise* 44) 살인을 하였으나 미디어에 방송되지 않음으로써 아무런 효과도 발휘하지 못한 한 살인자의 이야기가 그것이다.

> "그는 어떻게 미디어와 거래하지? 수없이 인터뷰를 하고, 지방 신문 편집장에게 편지를 쓰고, 책을 출판할 것을 계획하면서?"
> "아이언 시에는 미디어가 없어요. 그것을 알았을 때는 이미 늦었죠. 만일 이 모든 일들을 다시 저지를 기회가 생긴다면, 그때는 평범한 살인을 하지는 않을 거예요. 아마도 암살 따위를 하겠죠."
> "목표를 보다 신중하게 골라, 어떤 유명인을 살해하고 발각되어 우리의 기억 속에서 영원히 남겠죠."

> "How did he deal with the media? Give lots of interview, write letters to the editor of the local paper, try to make a book deal?"
> "There is no media in Iron City. He didn't think of that till it was too late. He says if he had to do it all over again, he wouldn't do it as an ordinary murder, he would do it as an assassination."

이 살인자는 스스로 '역사에 등장하는 데'에 실패했다고 생각하는데, 그것은 자신이 저지른 사건이 전혀 미디어에 보도되지 않았기 때문이다. 이로써 자신의 노력은 아무런 대가도 없이 사라져 버렸다고 판단한다. 우리 시대에서는 미디어에 보도되지 않은 사건은 중요하지도 않으며 존재하지조차 않은 것과 마찬가지이다. 이러한 킬러의 모습은 『리브라』에서의 리 하비 리의 모습이나 『언더월드』에서의 텍사스 하이웨이 킬러와 대조를 이루는데 이 사건들의 중심에는 미디어가 존재하기 때문이다. 이러한 모든 예들은 우리 사회에서 미디어가 얼마나 중요한 위치를 차지하고 있는가를 극단적으로 보여 주고 있다.

미디어는 현실 세계를 단순히 재생하는 정도에만 그치는 것이 아니라 그것을 만들어 낸 인간들의 의식, 담론 그리고 커뮤니케이션마저도 지배하는 힘을 가지게 되었다. 우리는 이제 이러한 미디어의 힘을 빌리지 않고서는 우리 자신의 힘을 느끼지 못하고 삶에 만족하지도 못한다. 하찮은 일이나 사건도 텔레비전을 비롯한 미디어에서 거론되고 나면 아주 중요한 일처럼 다루어지고 사회적인 담론을 이끌어 낸다. 이와는 반대로 아무리 중요한 일이고 반드시 사람들이 알아야 하는 일이라 하더라도 미디어에서 다루어지지 않으면 사람들은 이것을 망각해 버리거나 별로 대수롭지 않은 일로 치부해 버린다. 인간이 겪는 대소사의 중요성을 결정하는 주체가 인간이 아니라 미디어가 되고 있다.

카바들로 역시 『언더월드』의 인물들이 떠돌아다니고 있는 야구

공에 대해 어떠한 정체성을 부여하지 않는 궁극적인 이유가 카메라에 노출되지 않았기 때문이라고 주장한다(*Balance and Belief* 184). 이와 유사하게 『화이트 노이즈』에서 데릴로는 "바로 가까이에서 일어난 비행기 추락 사건도 미디어에 보도되지 않으면 일어나지 않은 것과 마찬가지이며, 독성가스 공중 유출 사건 역시 카메라에 잡히지 않으면 의미 없는 사건이 되고 마는"(the near plane crash does not exist without the media, the airborne toxic event is meaningless without a camera crew)(Spielmachel 98). 시대상을 풍자한다. 현실에서 일어나고 있는 크고 작은 사건들이나 이야기는 모두 미디어의 손을 거쳐 사람들에게 알려지거나 묻혀 버린다. 이 과정에서 알려지지 않은 사건은 아무런 의미도 없다.

미디어가 단순히 인간의 활동을 돕는 보조적인 역할을 벗어난 지는 이미 오래되었다. 일상생활에서 텔레비전이 커다란 비중을 차지하고 가족 누구의 말보다도 미디어에서 나오는 말이 더 중요하고 신뢰를 얻고 있다는 점에서 보면 미디어는 이 시대의 새로운 종교가 되어 버린 듯하다. 던이 언급한 것처럼 "어떠한 사건도 그것이 텔레비전에 등장하기 전까지는 '실재'로 여겨지지 않는다"(an event did not seem 'real' until they had seen it on television)(101). 인간이 만들어 낸 다른 과학이나 기술문명과 마찬가지로 이러한 미디어 역시 인간을 즐겁게 해 주고 편리하게 해 준다는 기본 목적에서 벗어나 오히려 인간을 밟고 그 위에 올라서기 시작했다. 보드리야르의 주장처럼, 현시대에서는 "우리가 텔레비전을 지켜보는 것이 아니라 텔레비전이 우리가 사는 것을 지켜보고 있다"(You no longer watch TV, it is TV that watches you (live))(*Simulacra and Simulation* 29).

나아가 보드리야르는 이 시대의 "사회화란 미디어의 메시지에 노출됨으로써 평가되고, 미디어에 노출되지 않는 사람은 누구라도 사회화에서 멀어져 있거나 또는 사실상 사회화되지 않는다"(Everywhere socialization is measured by the exposure to media messages. Whoever is under—exposed to the media is desocialized or virtually asocial)(*Simulacra and Simulation* 80)고 주장한다. 그러나 그는 미디어가 지닌 이러한 중요성을 인정하면서도, 이것이 의미를 생산해 내는 것이 아니라 오히려 어떤 현상이 갖고 있는 의미를 파괴하고 있다고 주장한다 (*Simulacra and Simulation* 80).

이처럼 우리 시대에서 미디어는 사회의 여러 가지 현상이나 사건을 대중에게 보여 주고 수많은 정보를 전해 줌으로써 사회를 결속시켜 주고 사람들에게 의식을 가져다주는 듯하지만, 사실은 그렇지 않다. 케네디 사건에 대한 미디어의 재생 방송에서 보았듯이, 사람들은 차츰 그 사건 자체에 대해서 무감각해지고 나중에는 이것이 하나의 영화인지 아니면 실제로 일어난 일인지조차 혼동하게 된다. 미디어가 보내 주는 정보가 그 의미를 잃어버린 셈이다. 이로써 미디어는 그것을 지켜보는 사람들을 하나로 연계해 주는 듯하지만, 그들에게 아무런 느낌도 갖지 않게 만들어 버림으로써 오히려 아무것도 느끼지 않는 백지상태로 만들어 버린다.

『화이트 노이즈』 입문서에서 레오나르드 오르(Leonard Orr)는 데릴로가 1979년에서 1982년까지 그리스와 중동 지역으로의 여행들을 마치고 돌아온 후부터 이러한 미디어의 힘에 관심을 가지기 시작하였다(14)고 저술하였다. 이 여행 후 데릴로는 미국에 배태되고 있는 새로운 문화를 인지하기 시작하였고 이에 대한 글을 쓰기 시작했다.

“나는 이전에는 깨닫지 못했던 무언가를 텔레비전에서 깨닫기 시작했
다. 그것은 매일같이 흘러나오는 독성 물질이었다. 즉, 거기에는 뉴스와
일기예보와 그리고 독성 유출이 있었다. …… 간단히 말하자면 그것은
텔레비전이 만드는 현실이었다.”

“I began to notice something on television which I hadn’t noticed
before. This was the daily toxic spill — there was the news, the weather,
and the toxic spill. …… It was simply a television reality.” (Rothstein 23
— 24)

데릴로는 마빈 로세인(Mervin Rothsein)과의 이 인터뷰에서 미디
어의 영향을 ‘매일 쏟아져 나오는 독성의 유출물’에 비유하고 있
다. 물론 그의 이러한 견해는 대단히 극단적임에 틀림이 없다. 하
지만 그는 어디에 숨겨져 있는지도 모르는 핵폐기물 방사능이 조
금씩 인간의 영역을 오염시켜 가듯이, 매일 미디어에서 쏟아져 나
오는 수많은 정보와 이야기들이 부지불식간에 우리의 두뇌에 스며
들어가 인간의 두뇌를 점령하고 있음을 예리하게 지적하고 있다.
이제 현실은 미디어를 통해서만 진정한 의미의 현실이 될 수 있고
이로써 현실은 ‘텔레비전 현실’로 변해 버렸다. 데릴로는 미디어가
내보내는 이미지와 정보들을 ‘독성물’로 단정해 버림으로써 미디어
와 정보들이 우리 사회에 긍정적으로 작용하기보다는 부정적으로
작용하고 있음을 지적한다. 그리고 데릴로의 이러한 지적은 점점
더 ‘텔레비전 현실’에 머무르지 않고 ‘우리 시대의 현실’이 되고
있다.

이와 더불어 대중매체는 현대 사회에서 군중에 대한 집단적인
세뇌를 할 수 있는 가장 유용한 장치 중 하나다. 특히 텔레비전이
나 라디오 또는 신문이 대중적으로 보급되면서, 대중매체를 이용하
여 대중의 두뇌를 조종하는 것이 훨씬 더 용이해졌다. 잭의 아들

하인리히처럼 우리는 "끊임없이 라디오를 듣고 텔레비전을 보고 …… 전자 메일을 주고받는다"(constantly listening to the radio, watching television …… and …… mail)(Orr 24). 대중매체에 노출되는 시간이 많아지고 용이해질수록 여러 가지 정보들이 대중 속으로 침투하는 것도 더 쉬워진다. 이로써 우리는 대중매체의 힘에 의식을 지배당하고 있다. 미디어는 이처럼 그 영역과 영향력을 넓혀 가고 마침내 '진정한 의미의 현실'을 대신하려고 한다.

> 미디어와 광고의 가치에 지배받는 상업 문화 속에서, 그리고 세상을 알고 경험할 수 있는 우리 인간이나 실재가 존재하는지에 대해 의문을 던지고 그것을 텍스트화하는 지적인 문화 속에서, (글로 쓰인 텍스트보다 더) 영화는 우리가 '진실로 살고 있는' 공간이 되고 있다.

> In a commercial culture dominated by the media and the values of advertising, and in an intellectual culture that textualizes the world and casts doubt about the existence of the real or of our ever being capable of knowing and experiencing it, the cinema(even more than the written text) becomes the place where we 'truly live.' (Goodheart 122)

'불확실성'으로 특징되는 포스트모던 사회에서 이제는 가장 근본적인 명제로 여겨졌던 가상과 현실이라는 경계마저도 모호해지고 있다. 이에 대한 예로서 데릴로는 텔레비전 화면을 통해 보이는 케네디 암살 장면이 현실이냐 아니냐의 문제를 제기하고 있다. 우선 이것이 실제로 일어난 일인가라는 질문부터 고려해 볼 수 있다. 이것이 실제로 일어난 일이고 이 사건으로 케네디가 사망했다는 사실은 일반적인 사실로 받아들여진다. 하지만 이 역시 문제시될 수 있다. 이 장면을 목격한 우리가 본 것은 현실 속에서 쓰러지는 케네디가 아니라 카메라 속에서의 케네디며 텔레비전 화면 속의 케네디기 때문이다. 앞에서 이미 언급한 것처럼 텔레비전 속의 인물들은 모두 배우와도 같은 존재이며 모두 각본에 따라 움직이고 구성되어 있기 때문에 이 사건 또한 의심해 볼 수 있다. 어쩌면 케네디를 닮은 배우들이 각본에 따라 꾸며낸 일인지도 모른다. 다음으로 제기할 수 있는 질문은 텔레비전 화면을 통해 우리가 보는 이미지가 실제의 사건을 담고 있다고 해서 그것을 실재라고 볼 수 있는가라는 문제이다. 적어도 그것은 내 곁에서 실시간 벌어지고 있는 것은 아니기 때문이다. 그렇다고 거짓이라고 단정할 수도 없다.

예술과 상상이 차지하는 위치가 과거와는 상당히 다르다. 실재는 사라지거나, 아니면 영화화되었다. 이로써 상상이 형상과 구조를 갖게 된다. 실재는 재현을 벗어나거나 회피하지 않는다. 이것은 단지 심미적인 신화가 아니다. 이것은 세상을 상상하고 자신들의 환상을 떠올리고, 코드화된 메시지와 매체의 이미지들로써 자신들의 행동을 만드는 텔레비전 시청자들이 만들어 내는 사회로 구성된 '현실'인 것이다.

The situation for art and the imagination is radically different from what it was in the past. The real disappears, or rather the real becomes the cinematic, which gives shape and texture to the imagination. The real does not escape or elude representation. This is not merely aesthetic myth: it is the "reality" constituted by our society of TV watchers who imagine the world, conceive their fantasies, shape their conduct by the coded messages and images of the medium. (Goodheart 130)

굿하트는 우리 사회는 실재가 이루어 내는 사회가 아니라 실재를 담고 있는 텔레비전을 지켜보면서 세상에 대해서 꿈을 꾸고 있는 사람들이 만들어 내는 '현실'이라고 말한다. 그는 우리가 실재라고 일컫는 것, 그리고 우리가 현실이라고 부르는 것조차도 이미 미디어의 영향하에서 변질된 지 오래임을 지적한다. 미디어의 비중이 커질수록 우리는 현실 속에서 살면서도 그 현실이 이전의 현실과는 달라져 있음을 느낀다. 미국의 역사는 케네디 암살 사건이 텔레비전으로 방송되기 이전과 이후의 둘로 나뉜다는 톰슨의 주장(23)처럼, 인류의 역사는 텔레비전을 비롯한 이러한 영상매체가 만들어지기 이전과 이후로 양분되는 듯하다. 이제 미디어는 우리 사회의 크고 작은 일들을 대변할 뿐 아니라 "우리 시대의 서사"(the world narrative)(Begley 302) 전체를 좌지우지하고 있다.

미디어가 현실 세계에 대한 명확한 구분을 모호하게 만드는 이러한 현상을 보드리야르는 시뮬라크라와 하이퍼리얼리티의 개념으로 설명한다. 이에 대해 프라우는 플라톤이 말하는 시뮬라크라의 의미를 정의하면서, "그에게 있어서 시뮬라크럼은 복제품을 다시 복사한 것을 의미한다"(For Plato, the simulacrum is the copy of a copy)(40)고 밝힌다. 프라우가 말하듯이, 이것은 어떠한 원조(original)도 이미 그 원래의 원조로부터 분리된 복사품일 뿐임을 의미한다(40).

또한 사람들은 실재인 것과 아닌 것 사이를 혼동하면서, 가상 속에서 현실보다 더한 현실감을 느낀다. 이것이 보드리야르가 말하는 하이퍼리얼리티이다. 이에 대해 빅토르 테일러(Victor E. Taylor)는 "현실을 모조하거나 재생한 것이 원형보다 더 타당성을 얻고 가치와 힘을 갖는 것"(the condition whereby imitations or reproductions of reality acquire more legitimacy, value, and power than the originals themselves)(182 – 183)이라고 정의한다. 결국 우리 시대에서 텔레비전과 영화와 같은 영상매체의 발달이 가속화되면서, 보드리야르의 하이퍼리얼리티 개념 속 실재(the real)는 끝도 없이 재생되고 있다(Frow 181).

데릴로는 그의 소설 속에서 이러한 시뮬라크라와 하이퍼리얼리티의 문제를 심각하게 다루고 있다. 그중 한 예로서『화이트 노이즈』의 '텍사스 하이웨이 킬러'에 대한 이야기다. 텔레비전에서 방송되는 텍사스 하이웨이 킬러의 살인 장면은 그것이 텔레비전 기술에 의해 우리 눈에 비춰진다는 점에서 실재라고 보기 어렵다. 하지만 그렇다고 이것을 실재가 아니라고 단언할 수도 없다. 왜냐하면 이것은 실제로 일어난 사건이기 때문이다. 따라서 여기에서 중요한 문제는 이것이 실재냐 아니냐의 문제가 아니라 오히려 이 장면을 실재라고 받아들이지 않고 하나의 게임이나 영화나 광고의 한 장면으로 받아들인다는 점이다. 실재와 가상 이미지 사이에서의 판단 오류는 모든 것을 실재로 오해하는 데서 올 수도 있지만, 모든 것을 가상으로 여기는 데서 비롯되기도 한다.

이에 대한 또 다른 중요한 예가『화이트 노이즈』의 '미국에서 가장 사진이 많이 찍히는 헛간'이다. 소설 속의 이 헛간은 실제 그곳에 존재하는 헛간이며 과거의 미국 역사 속에서의 헛간과 똑같은 모습을 취하고 있지만 그것을 현실이나 실재라고 하기는 어렵다. 이것이 바로 보드리야르가 설명하는 시뮬라크라의 의미에 해당한다. 관광 상품으로 판매를 하기 위해서인지 아니면 역사 속 서부의 헛간 모습을 재생함으로써 후손들에게 역사를 가르치기 위함인지는 알 수 없지만, 이것은 정확이 역사 속의 바로 그 헛간은 아니다. 그러나 외형상 역사 속의 헛간과 동일한 외형을 갖춘 채 유사한 위치에 만들어져 있으므로 이것이 정확히 가짜라고 하기도 어렵다. 다시 말해서 이것은 정확이 가짜라고 하기도 어렵고 진짜라고 하기도 어렵다

이것은『리브라』의 중요한 주제 중 하나이기도 하다. 데릴로는

케네디 암살 사건을 현실과 가상 사이의 불분명한 경계를 갖고 있
는 한 남자가 저지르는 비디오 게임과도 같은 것으로 재조명하고
있다. 리는 텔레비전을 켜면 언제든지 화면에 등장하는 케네디를
실제 인물로 여긴다기보다는 가상의 인물 또는 각본에 따라 움직
이는 배우 정도로 여긴다. 이러한 착각은 정신분열증적인 그의 정
신 상태와 더불어 점점 더 케네디를 현실과는 괴리된 컴퓨터 게임
속의 인물로 간주하기에 이른다. 드디어 그는 게임 속에서 과녁을
맞히듯이 케네디의 머레이를 겨누고 방아쇠를 당긴다. 그의 성공으
로 자신이 마치 케네디의 영광을 누린다고 착각한다. 실제로 그는
케네디 암살로 케네디만큼이나 유명해지고 텔레비전에 자주 등장
하는 주요 인물이 된다.

그들이 현실 속에서 실제로 피를 흘리면서 죽었다는 사실은 더
이상 별다른 의미를 주지 못한다. 끊임없이 재생되어 방송되는 텔
레비전 화면 앞에서 우리는 별다른 충격을 받지 않는다. 마치 영
화나 오락 게임의 한 장면을 지켜보듯이 사람들은 텔레비전 화면
을 응시한다. 텔레비전은 이미 우리의 사고를 지배해 버렸다. 이것
은 끔찍한 영화를 보고 나서 별다른 충격 없이 잠을 청할 수 있는
것과는 차원이 다르다. 왜냐하면 리가 죽어 가는 모습은 적어도
영화의 한 장면은 아니기 때문이다. 하지만 이 시대는 이런 정도
의 장면들에 익숙할 대로 익숙해진 셈이다. 케네디도 리도 다른
영화의 한 장면과 별다른 의미가 없다.

이것은 리가 잭 루비에 의해 자신이 살해당하는 장면을 텔레비
전을 통해서 지켜보는 장면에서도 잘 드러나는데, 이에 대해 카바
들로는 다음과 같이 해석한다.

시각이 미디어와 리 사이를 매끄럽게 이동한다. 양쪽 모두 그것이 죽었을 때조차도 그 육체를 무시해 버림으로써 그들은 그 이미지를 볼 수 있다. 그리고 이것은 결코 죽지 않는다. 그의 죽음은 불멸의 시뮬라크럼이 된다.

The perspective seemlessly shifts between the media and Oswald, both of whom ignore a body even as it dies so that they can watch the image, which can never die. His death becomes a simulacrum of immortality ……. (*Balance and Belief* 86)

케네디를 저격한 후, 리는 자신이 텔레비전에 나오는 장면을 자신과는 무관한 사람인 양 쳐다본다. 텔레비전 속의 인물은 실제 인물이라기보다는 하나의 이미지에 불과하다. 따라서 그의 죽음은 불멸의 시뮬라크라가 되어 영원한 재생의 길에 접어든다. 리의 죽음은 사실이고 현실에서 일어난 일이지만, 그의 죽음을 보여 주는 텔레비전의 화면은 이러한 사실을 담고 있지만 실재라고 부를 수는 없는 이미지에 불과하다. 이러한 미디어의 이미지 속에서 리는 "그의 육체와 그의 자아, 심지어 자신의 이름으로부터도 전혀 분리"(his displacement from his body, his belief, even his full name)(Kavadlo, *Balance and Belief* 88)되어 완전히 다른 인물이 된다. 미디어가 만들어 내는 시뮬라크라는 불멸의 힘을 가지고 소비자가 요구할 때면 언제든지 실재와 완벽하게 동일한 모습을 갖춘 채 재생될 수 있다. 이로써 데릴로는 미디어 속의 시뮬라크라가 갖는 중요한 힘으로서 그것의 반복 가능성을 들고 있다.

일요일 저녁, 베를 파멘터는 조지타운에 있는 그녀의 집에 앉아 텔레비전을 보고 있었다. 그들은 그 총격장면을 다시 돌려서 계속해서 보여 주었다. 다시 또다시.

Sunday night. Beryl Parmenter sat watching TV in her little house in
Georgetown. They were showing reruns of the shooting.
Over and over. (*Libra* 445)

미디어가 갖고 있는 이러한 반복성으로 인해 인간은 "그 테이프
들을 보면 볼수록 더 냉혹해지고 더 무감각해짐"(the more you
watch the tape, the deader and colder and more relentless it
becomes)(Kavadlo, *Balance and Belief* 174)을 느낀다. 사건을 반복 재
생하는 것은 그 중요성을 강조하기 위한 것이지만, 결과적으로 사
람들은 사건 자체에 대해 무감각해지고 그것이 실제로 발생한 일
이라는 것 자체를 잊어버린다. 그리고는 차츰 관심을 잃어 가다가
마침내 염증이 난 사람들에 의해 외면당한다. 보드리야르가 우려하
고 있는 것처럼, 미디어에 의해 우리 사회는 더 많은 정보로 가득
채워지고 있지만 실질적으로 그 속의 의미는 점점 더 상실되고 있
다(*Simulacra and Simulation* 79).

시뮬라크라와 반복(repetition)에 대해 데릴로는 그의 에세이 「역
사의 힘」(*The Power of History*)에서 다음과 같이 밝히고 있다.

그 장치 속에 저장되어 있는 모든 현실을 배출해 내는 데 지칠 때까지
그 테이프는 계속해서 방송되고 또 재방송된다. 그리고 나면 다른 테이프
가 그것을 대신한다. …… 이 문화는 그 자체를 끝없이 모방할 때까지
계속된다. …… 왜냐하면 이것은 과거를 기억하지 못하도록 하기 위해
장치되었기 때문이다.

The tape is played and replayed, exhausting all the reality stored in its
magnetic pores, and then another tape replaces it …… and the culture
continues its drive to imitate itself endlessly …… because this is the
means it has devised to disremember the past. (DeLillo, *Power of History*)

미디어의 반복 재생은 이처럼 원래의 목적을 잃어버린 채 대중을 그 사실로부터 무감각해지도록 만들고 있다. 오래도록 기억시키기 위한 반복이 오히려 그 사실의 진정한 의미를 망각하도록 만드는 것이다.

데릴로는 시뮬라크라에 대한 반대 개념으로 『언더월드』에서의 야구 경기장 모습을 보여 준다. 데이비드 코워트(David Cowart)는 바비 톰슨에 의한 홈런으로 유명한 이 야구 경기 장면이 "완전히 기억할 만한 현실의 조각들"(a wholly memorable piece of reality)(53)이라고 증언하는데, 이것이 현실로 기억될 수 있는 것은 "재방송될 수 없었기 때문이다"(it couldn't be 'replayed')(53)라고 주장한다. 이 경기가 역사 속에서 의미를 갖는 것은 미디어가 보여 주는 시뮬라크라로 녹음되거나 방송되지 않았기 때문이다.

역사적 사건은 미디어에 방송되는 순간 다시 힘을 얻고 역사는 다시 호흡을 하는 것처럼 느껴진다. 그러나 역으로 이러한 기계의 힘을 빌리는 순간 역사 속의 이 장면은 우리 시대의 기술에 의해서 얼마든지 수정될 수 있고 재생될 수 있으며 가짜로 조작될 수 있다. 역사의 어떤 장면도 그것이 미디어로 전환되는 순간 그것이 갖고 있던 원래의 힘을 잃게 되는 것이다.

이런 이유로 패리시는 "약간의 테크놀로지의 힘을 벌려, 그 경기는 녹음이 되던 바로 그 순간으로부터 벗어나고 이 순간은 그것이 실제로 일어났었던 그 역사로부터 빠져나와 끊임없이 재경험될 수 있다"(Through this bit of technology, the game becomes detached from the moment it records and thus that moment can be continually re-experienced outside of the history in which it was played)(*Hoover's* 704)고 단언한다. 이처럼 케네디 사건과 야구 경기

를 비교함으로써 데릴로는 미디어의 평가에 의존하여 역사의 진실성과 중요성을 평가하려는 우리 시대를 고발한다. 그는 이로 인해 우리가 얻는 것은 실재와 시뮬라크라 사이의 혼동일 뿐이라고 말하고 있다. 역시 데릴로에 대한 자신의 박사논문에서 텔레비전의 부정적인 영향에 대해 다음과 같이 피력한다.

> 텔레비전이 그것을 시청하는 사람의 마음에 어떤 영향을 끼치는가? 시간이 지나면서, 하루에 다섯 시간에서 일곱 시간을 텔레비전 앞에서 보내는 사람들에게 어떤 일이 일어나는가? …… 텔레비전은 경험의 재현을 경험 그 자체와 혼동하도록 만든다. 또는 …… 실제 삶을 그것의 극적인 시뮬레이션과 혼동하도록 만든다. 작가와 같은 아주 잘 교육받은 사람이나 자의식이 강한 사람에게도 독과 같은 영향을 준다면, 이보다 덜 교육을 받은 매스미디어의 소비자들에게는 어떤 영향을 미칠까?

> What impact does television have on the mind of the viewer? Over time, what happens to the person who spends a typical five to seven hours a day in front of the TV screen? …… Television invites the confusion of experience with the representation of experience, or …… invites us to mistake the observation of real－life with its dramatic simulation. If toxic for fairly well－educated and self－conscious individuals like writer, what impact does television have on the less sophisticated consumers of mass media? (Thomson 128)

톰슨은 텔레비전이 만들어 내는 '더욱 매력적인' 시뮬라크라에 노출됨으로써 현대인들이 과연 어떤 영향을 받을 것인가에 관해 데릴로와 마찬가지로 우려를 표한다. 이것은 몇 시간 동안 흥미진진한 영화나 텔레비전 프로그램에 빠져 있다가 현실 속으로 되돌아올 때 경험하는 공허감이나 허탈감을 통해 알 수 있다. 현실보다 더 현실감 나게 만들어진 미디어 속의 현실은 잠자고 있던 우리의 신경을 자극하기에 충분할 만큼 아름답거나 무섭거나 끔찍하다. 그것은 우리의 일상처럼 평범하지 않다. 항상 무슨 일인가가 벌어지고 있다는 사실에 우리는 흥분한다. 몇 시간 동안 이처럼 신나는 하이퍼리얼리티의 세계를 여행하다가 다시 일상의 무덤덤한 현실로 돌아오면 모든 것이 시시하고 보잘것없고 무감각하게 느껴진다. 차츰 사람들은 현실보다는 하이퍼리얼리티의 세계를 더 선호하게 되고 마침내 이곳이 자신이 진실로 속해 있는 현실인 것으로 착각하게 된다.

데릴로는 『리브라』에서 리의 아내인 마리나의 모습을 통해 이러한 혼란을 증명해 보인다.

> 그녀는 얼마나 많은 여성들이 대통령과 연계될 수 있다는 가능성을 가진 채 그에 대한 꿈을 꾸고 있는지 궁금했다. …… 마치 그가 밤중에 들판을 넘어서 날아와, 꿈과 환상 속에 들어와서는 남편과 아내 사이에 나누는 사랑에 끼어드는 것 같았다. 밤이 되면 그는 텔레비전 스크린을 나와 떠돌아다닌다. 그는 라디오에서 나와 마리나의 침대로 날아온다.

> She wondered how many women had visions and dreams of the President. …… It's as though he floats over the landscape at night, entering dreams and fantasies, entering the act of love between husbands and wives. He floats through television screens into bedrooms at night. He floats from the radio into Marina's bed. (*Libra* 324)

마리나의 이러한 상상은 미디어와 현실 사이에서 겪는 우리의 혼란을 보여 준다. 텔레비전이나 라디오에서 등장하는 대통령이 마치 내 집 거실이나 안방에 있는 듯한 착각을 일으키는데, 심지어 자신의 침대에서도 함께 있는 듯한 혼란을 가져온다. 특히 마리나는 러시아에서 텔레비전이나 라디오의 영향을 별로 받지 않았기 때문에 이것이 가져다주는 매력에 더욱 쉽게 빠져든다. 그녀는 대통령의 존재를 실제로 백악관에 거주하고 있는 한 인물로서보다는, '환상'과 '꿈' 속의 존재로서 떠올리거나 또는 자신의 집 안에 실질적으로 존재하는 인물로 착각한다.

데릴로는 이것이 우리 시대의 일반적인 혼란임을 확인시켜 주기 위해서 로렌스 파멘터(Laurence Parmenter)의 아내인 버릴 파멘터(Beryl Parmenter)도 이와 유사한 경험을 하고 있음을 보여 준다. 그녀는 리의 죽음 장면을 텔레비전을 통해서 계속 반복 시청하면서 마치 그 사람들이 자신의 집 안에 있는 듯한 착각을 느낀다. 이러한 착각은 "모자를 쓰고 총을 든 채 이 사람들이 자신의 집 안에 있었다. 그들은 다른 세계에서 침입해 온 인물들이었다"(These man were in her house with their hats and guns. Pictures from the other world)(*Libra* 447)는 묘사를 통해 잘 드러난다.

현실과 가상 세계가 갖고 있는 이러한 불확정성과 모호성은 그 경계의 불분명함으로 인해 초래된 것으로, 이제 우리는 현실과 가상 세계에 대한 뚜렷한 경계를 망각한 채 자유롭게 넘나들고 있다. 이것은 마리나가 남편 리와 함께 산책하다가 쇼 윈도우에 마련된 텔레비전 스크린에 자신들의 모습이 그대로 보이는 것을 보고서 감탄하는 모습에서 다시 확인된다.

하루 저녁 그들은 한가하게 거닐면서 한 백화점 앞을 지나쳐 걸어갔다. 그리고 마리나는 창문에 있는 텔레비전을 쳐다보았고 거기에서 아주 놀랄 만한 것, 너무도 이상해서 그녀가 걸음을 멈추고 그것을 뚫어져라 쳐다보고 리를 꼭 붙잡도록 만드는 어떤 것을 보았다. 그것은 내면이 외부로 나간 그러한 세계였다. …… 그녀가 텔레비전에 나왔다. …… 그녀는 그 화면에서 빠져나왔다가 다시 그 속으로 들어갔다. …… 그녀는 그 화면에 들어갔다가 나오는 것을 되풀이했다.

One evening they walked past a department store, just out strolling, and Marina looked at a television set in the window and saw the most remarkable thing, something so strange she had to stop and stare, grab hard at Lee. It was the world gone inside out. …… She was on television. …… She walked out of the picture and then came back. …… She kept walking out of the picture and coming back. (*Libra* 227)

마리나는 자신과 가족이 텔레비전 화면에 등장하는 것을 보고 경이로움과 놀라움에 빠진다. 그리고는 자신이 텔레비전에 비쳤다가 다시 빠져나오는 모습을 지켜보면서 신기해한다. 데릴로는 이를 통해 우리가 얼마나 쉽게 현실과 시뮬라크라를 넘나들고 있는가를 암시해 준다. 동시에 그녀가 보고 있는 시뮬라크라가 얼마나 현실과 동일한가를 보여 줌으로써 시뮬라크라가 갖고 있는 이러한 경이로움에 대해 마리나처럼 우리도 쉽게 빠져들고 있는지를 보여 준다.

그러나 데릴로는 단순히 시대적 특성을 보여 주는 데서 머물지 않고, 『언더월드』의 텍사스 하이웨이 킬러에 대한 이야기를 통해 시뮬라크라 현상이 초래할 수 있는 사회적인 문제점에 대해 얘기하고 있다. 이 소설의 2장 10편을 읽으면서 독자는 이 살인자가 리차드 헨리 길키스(Richard Henry Gilkes)라는 것을 알게 된다. 그리고 이 연쇄 살인 사건 중 일부는 그의 범행이 아니라 그것을 모방한 범죄라는 것도 알게 된다. 결국 이 사건을 수없이 재방송한 덕분에 그것을 지켜본 누군가가 그것을 또다시 실행에 옮긴 것이다. 가상 세계가 현실이고 오히려 자신이 실제로 살고 있는 현실을 가상의 세계인 것으로 착각한 누군가가 가상의 세계 속에서 실제의 모험을 해 보고 싶은 욕구를 느낀 것이다.

그는 그 총을 차 속에 숨겨 두었었는데, 막 잠이 들려고 했을 때 이 사실이 생각났다. 그러고는 자신이 총을 쏘았던 바로 그 고속도로에서 바로 그 다음 날 누군가가 동일한 방법으로 한 운전자를 총으로 쏜 사건에 대해 생각했다. 소위 말하는 모방 총기살인이다. 이 사건에 대해 생각하기 싫었지만, 그의 마음속에서 계속 이 사건이 떠돌고 있음을 최근에야 알게 되었다.

> He kept the gun hidden in the car and he thought about this as he drifted near sleep and he thought about the other person who'd shot a driver on one of the highways where he had shot a driver, just one day later. The so-called copycat shooting. He did not like to think about this but found it was lately, more and more, a taunting presence in his mind. (*Underworld* 272)

미디어의 시뮬라크라적인 착각은 비록 모방 범죄를 일으키지 않더라도 그 착각의 영향만으로도 상당히 부정적이다. 패리시는 "이러한 테이프를 '오락물'로 취급함으로써 그것을 지켜보는 시청자 역시 살인자와 희생자와 함께 공범자가 된다"(By treating the rape as 'entertainment', the viewer becomes complicitous with both the murderer and the victim)(*Hoover's* 710)고 피력한다. 그의 해석대로라면, 실제의 비극적 사건들을 보면서 오락물이 주는 즐거움을 누린다는 것만으로도 현대인들은 죄를 범하는 셈이 된다.

데릴로는 『언더월드』에서 독자들이 미디어를 통한 하이퍼리얼리티를 직접적으로 경험할 수 있도록 유도한다. 즉, 그는 이 소설의 대부분에서 3인칭 시점과 과거 시제로서 이야기를 전개해 나가고 있으나, 야구 경기를 다루고 있는 소설의 처음 도입부와 두 번째 장의 텍사스 하이웨이 킬러의 살인 장면에서는 현재 시제와 2인칭 시점, 즉 '당신'(you)이라는 용어를 사용하고 있다. 특히 텍사스 하이웨이 킬러에 대한 이야기를 서술할 때는 마치 누군가가 내 앞에서 이야기를 실제로 내뱉고 있는 듯한 착각을 일으키면서, 동시에 이 비디오테이프를 화면을 통해서 실제로 보고 있는 듯한 착각을 일으킨다. 마치 데릴로가 이 소설의 다른 부분과 달리 이 이야기는 좀 더 우리에게 하이퍼리얼리티 세계로서 다가올 것을 예상하고 기술한 듯이 보인다.

데릴로는 이 장면에서 독자들이 영화 속 실재 세계에 직접 들어가서 경험을 하고 있는 듯한 착각을 유도하는데, 이로써 우리가 미디어를 통해 혼란을 겪고 있는 현실과 시뮬라크라 간의 경계가 모호함을 잘 드러내 준다.

> 그가 총에 맞는다. 머리에 총을 맞는다. 그리고 카메라가 반응을 하고 아이가 반응을 한다. 순간 카메라가 심하게 흔들리지만 소녀는 계속해서 녹화를 한다. 동정심이 일고 신경이 곤두서고 소녀의 심장 박동이 빨라지지만, 소녀는 그가 차문 쪽으로 쓰러지는 장면을 찍고 있다. 그 남자가 죽는 그 순간에도 당신은 그 소녀에 대해 생각하고 있다. 어떤 면에서 그 소녀는 준비되지 않은 상태로 당신이 보고 있는 그 장면을 보면서 이곳에 실제로 존재해야만 한다. 소녀는 냉혹한 자세로 이것을 지켜보고 있고, 당신은 이 소녀가 냉혹하게 계속해서 그 장면을 녹화하고 있다는 사실에 놀란다.

> He is shot, head—shot, and the camera reacts, the child reacts—there is a jolting movement but she keeps on taping, there is sympathetic response, a nerve response, her heart is beating faster but she keeps the camera trained on the subject as he slides into the door and even as you see him die you're thinking of the girl. At some level the girl has to be present here, watching what you're watching, unprepared—the girl is seeing this cold and you have to marvel at the fact that she keeps the tape rolling. (*Underworld* 158)

고속도로의 살인 장면이 다른 차에 타고 있던 한 소녀의 가정용 카메라에 녹화되고, 이것이 전국에 방송된다. 데릴로는 이름이 밝혀지지 않은 소설 속의 '당신'도 이 장면을 시청하고 있는 것으로 설정한다. 이 사건은 실제 상황이지만 실재보다 더한 생생함을 갖고 있다는 점에서 소설 속 '당신'은 흥분한다. 그래서 자신의 아내가 이 장면을 함께 지켜보기를 원한다. 왜냐하면 이것은 멋진 영화 속의 폭력 장면이 아니라 실제로 일어나고 있는 일이기 때문이다(*Underworld* 158). 이와 더불어 데릴로는 소설 속의 '당신'이 현시대의 '우리' 모두임을 암시한다.

한 소녀에 의해 포착된 이 장면은 텍사스 하이웨이 킬러에 의해 저질러진 열 번째 또는 열한 번째의 살인이다. 이 숫자 자체가 정확하지가 않은데 그중 하나쯤은 모방범죄(copycat)일 가능성이 있기 때문이다(*Underworld* 159). 이 살인 사건은 어디까지가 실재이고 어디까지가 그것을 모방한 시뮬라크라인지 구분할 수가 없다. 하지만 데릴로는 이 사건이 유명한 이유는 "이것이 테이프에 녹음이 되었기 때문이고, 여러 번에 걸쳐서 범죄가 일어났기 때문이며, 아이에 의해 녹음이 되었기 때문이다"(because it is on tape and because the murderer has done it many times and because the crime was recorded by a child)(*Underworld* 159)라고 말한다. 만일 이 사건이 비디오로 촬영되지 않았다면, 그래서 그것을 계속 되풀이해서 방송할 수 없었다면, 이 사건은 유명세를 타지도 않았을 것이고 이 범죄를 모방한 범죄가 일어나는 일도 없었을지도 모른다. 이로써 데릴로는 미디어의 재생이 가져오는 비극성을 극단적으로 묘사하면서 우려를 표하고 있다.

모방 범죄는 어떤 상품이 인기를 얻고 판매 정상을 달리게 되면 그것을 모조한 상품들이 쏟아져 나오는 것과 별다른 차이가 없다. 그것이 어떤 상품이고 어떤 영향을 미칠 수 있는가는 문제 되지 않는다. 오직 그것을 판매하여 얼마만큼의 수익을 얻을 수 있는가라는 자본주의 논리만이 영향을 미치는데, 이처럼 범죄 역시 미디어에 거론되고 유명해지고 이윤을 남기고 판매되기만 하면 충분하다. 이것은 케네디 살해 장면을 유일하게 비디오카메라로 포착했던 재프루더(Zapruder)의 필름을 복사한 상품들이 실제로 그리고 인터넷상에서 비싼 가격으로 판매되고 있는 사실을 통해 재검증된다.

몰리 월리스는 현대인들이 겪고 있는 시뮬라크라와 현실 사이의 혼돈이 소련의 첫 번째 인공위성인 스푸트니크(Sputnik)의 출현과 더불어 시작되었다는 보드리야르의 의견에 공감한다(Wallace). 이들의 의견에 따르면 인공위성이 발사되면서 실질적으로 위성이 된 것은 스푸트니크가 아니라 인간이 살고 있는 지구다. 이로써 지구에서 벌어지고 있는 모든 일들은 궤도를 벗어난 일이고 하이퍼리얼하면서 중요하지 않은 일이 되어 버렸다. 인공위성을 통해 내려다본 지구의 모습과 그 속에서 벌어지고 있는 일은 실재이지만, 또 한편으로는 인공위성을 통해 내려다봄으로써 마치 하나의 그림을 보는 것처럼 착각하도록 만들기 때문이다. 다시 말하자면, 인공위성에서 내려다본 지구에서 벌어지는 일은 보드리야르의 표현처럼, "우리의 일이 아니라 저들의 일"(It was theirs not ours)(*Precession* 518)이기 때문이다.

데릴로는 미디어가 유발하는 시뮬라크라의 문제를 소비주의에서와 마찬가지로 죽음으로 확대해 나간다. 미디어에 둘러싸여 현실과 시뮬라크라의 세계를 혼동하고 있는 현대인들은 인간의 영원한 과제이면서 의문이기도 한 죽음에 관한 문제마저도 이러한 혼동으로 해석하려 한다. 죽음에 대한 문제는 데릴로의 소설에서 언제나 등장하는 또 다른 중요한 주제인데, 데릴로는 이를 통해 이것이 인간의 영원한 과제임을 보여 준다.

그 대표적인 예로서 『화이트 노이즈』의 바탕에 흐르고 있는 죽음에 대한 공포를 들 수 있는데, 언제나 죽음에 대한 공포 속에서 살고 있는 잭은 자신이 독성가스에 노출되었음을 깨닫고 막연한 상상 속에서가 아니라 현실 속에서 죽음의 공포를 느낀다. 독성가스가 유출되면서 인근 주민들 모두가 대피하는(*White Noise* 119) 과정은 '시뮤박'(SIMUVAC)이라고 하는 단체에 의해 이루어지고 그것이 나타내는 의미는 가상훈련이지만, 사실 그것은 훈련이 아니라 소설 안에서는 실제로 일어난 사건이다.

잭은 엄청난 죽음에 대한 공포를 느끼고 불안에 떨면서도 이 사건이 미디어에 보도되지 않았다는 사실에서 혼란을 겪는다. 왜냐하면 이것은 실재로 이용하여 가상의 실험으로 바꾼 것이므로 미디어에 보도될 이유가 없다. 다시 말하자면 이것은 실재이지만 가상이 된 셈이다.

> "팔에 차고 있는 완장이 참 멋지군요. 시뮤박이 무슨 뜻이죠? 중요한 말 같은데요."
> "모의 대피의 약자에요. 재원을 확보하는 데 분투 중인 새로운 주정부 프로그램이지요."
> "하지만 이번 대피는 모의 대피가 아니잖아요. 실제 상황이란 말입니다."
> "저희들도 알고 있어요. 단지 이것을 하나의 모델로 쓸 수 있을 거라고 생각했죠."
> "훈련 형태로 말입니까? 모의 훈련을 위해서 실제 사건을 이용할 수 있을 거라고 생각했다는 말씀입니까?"
> "우리는 그것을 실험실에서 곧장 거리로 가져 나온 셈이죠."
>
> "That's quite an armband you've got there. What does SIMUVAC mean? Sounds important."

>"Short for simulated evacuation. A new state program they're still battling over funds for."

>"But this evacuation isn't simulated. It's real."

>"We know that. But we thought we could use it as a model."

>"A form of practice? Are you saying you saw a chance to use the real event in order to rehearse the simulation?"

>"We took it right into the street." (*White Noise* 139)

시뮬라크라를 위해서 실제 상황이 이용되고 있는 이러한 소설 속 상황은 "세상은 안과 밖이 뒤집어지고 시뮬레이션이 실재에 대한 근거가 되고 있다"(The world has been turned inside out; simulation has become the ground of the real)는 윌콕스의 견해를 그대로 반영한다(*Baudrillard* 10).

데릴로는 이를 통해서 현실과 시뮬라크라의 혼동 속에서 죽음도 하나의 시뮬라크라로 오인되는 현시대상을 보여 준다. 잭이 쉽게 밍크를 살해하려 한 것 역시 죽음을 실재로서 인지하지 못했기 때문이다. 그리고 리가 케네디를 저격한 것, 나아가서 십대의 닉이 조지를 향해 총을 쏠 수 있었던 것 역시 이와 같은 맥락에서 해석된다. 데릴로는 현시대 미디어의 문제가 결국은 이처럼 모두 죽음의 문제로 연계됨을 보여 줌으로써 그 심각성을 한층 더 강조한다.

이아인 해밀턴 그랜트(Iain Hamilton Grant)가 주장하듯이, 우리 시대는 "더 이상 무엇이 진실이냐에 목적을 두지 않고 단지 그것을 실행하는 것 자체에 목적을 둔다. 따라서 어떤 것이 실제적인 지식인지를 알려고 하지 않고 오직 어떻게 그것을 시뮬레이션으로 실행할 것인가를 알려고 할 뿐이다"(the goal is no longer truth but performance: we do not need to know what intelligence really is, just how to simulate it)(73). 결국 데릴로는 자신의 소설을 통해,

포스트모던 세계란 끝없이 떠돌고 있는 시뮬라크라의 세계에 지나지 않으며, 그 속에서는 종교적인 믿음이나 심지어 죽음마저도 시뮬라크라에 의해 정복되고 만다는(Wilcox, *Baudrillard* 108) 현 시대상을 경고하고 있다.

이상에서 고찰해 본 것처럼, 우리 시대가 이루어 낸 많은 긍정적인 사회 변화에도 불구하고, 데릴로는 자신의 소설 속에서 이러한 기계문명과 소비주의 및 미디어의 발달이 인간 사회에 미치고 있는 영향을 부정적인 시각으로 들추어내고 있다. 시대가 변하고 인간의 이기심과 욕구도 점점 더 강해지면서 인간은 더욱 자연으로부터 멀어지고 오히려 자신이 만들어 낸 세계 속으로 빠져든다. 그러나 데릴로는 이러한 인간의 선택으로 인해 인간이 실재와 가상 속에서 점차 자신의 존재조차도 잃어버린 채 혼란과 위기를 경험할 뿐임을 증명한다. 인간이 만들어 낸 세계는 편리함과 외면적인 아름다움으로 인간의 판단을 흐리게 하고 있으며, 그 속에서 인간은 진짜와 가짜를 혼동하여 진짜를 흉내 낸 가짜에 더욱 매료당한 채 살아가고 있다.

데릴로는 이 모든 것은 자본주의가 만들어 낸 쓰레기와도 같은 무의미한 것들이라고 말하고 있다. 그리고 쓰레기 문제가 우리 시대의 골칫거리임을 깨닫듯이, 인간은 자본주의와 소비주의 그리고 미디어가 초래하는 부정적인 영향들이 갖고 있는 심각성을 깨달을 필요가 있음을 강조한다. 그는 모든 것이 소비 상품으로 변모하고 모든 것이 이윤과 손해라는 경제 원리로 해석되는 가운데, 인간마저도 수많은 복제품들 중 하나의 상품으로 하락하고 결국에는 쓰레기로 내버려질지도 모른다는 불안을 소설 속에서 그대로 드러낸다. 그리고 테크놀로지와 소비와 미디어라는 포스트모던 사회의 대

표적인 특성들이 각각 떨어져서 영향을 미치는 것이 아니라 서로
연계된 채 영향을 주고받고 있음을 보여 준다. 이로써 데릴로는
시대적인 문제점들을 따로 해석할 것이 아니라 네트워크의 개념으
로 해석할 것을 제시하려는 듯하다.

3. 네트워크 사회의 현재와 미래

　네트워크의 개념은 인간 육체의 구조에서도 찾아볼 수 있다. 인
간의 육체는 수많은 세포들과 신경들과 혈관들, 그리고 200개가
넘는 크고 작은 뼈들이 서로 복잡하게 얽혀서 이루어진 하나의 생
명체이다. 이러한 끝없는 연계는 단지 인간의 육체에만 국한되는
것이 아니라 인간의 주위를 둘러싼 모든 생명체에서 그러하다.
　인간은 거대한 네트워크 속에서 살고 있으며 그것을 벗어나서는
살 수 없다고 바라바시는 기술하고 있다(18). 우리는 사회라는 네
트워크 안에서만 그 존재 자체를 이야기할 수 있는 시대에 살고
있다. 세계는 눈에 보이지는 않으나 미세한 연결망으로 서로 복잡
하게 연계되어 있다. 서론에서 언급했던 밀그램의 실험은 단지 인
간 사회 안에만 국한되는 것이 아니라, 인간을 둘러싼 우주 만물
이 그러하다는 것이 바라바시의 주장이다.

　　우리들 각각은 보다 큰 덩어리[클러스터], 즉 광범위한 사회적인 네트
　의 일부이다. 그리고 어느 누구도 이것으로부터 빠져나올 수 없다. 우리
　는 이 지구 상에 있는 모든 사람들을 알지는 못한다. 그러나 이러한 사람
　들 사이의 웹 안에 있는 임의의 두 사람 사이에는 어떤 연결 통로가 존

재한다는 것을 보증할 수 있다. 마찬가지로, 우리 뇌 속의 두 신경세포들 사이, 세계의 두 회사 사이, 그리고 우리 신체 속의 두 화학반응들 사이 에는 어떤 통로가 존재한다. 어떠한 것도 치밀하게 상호 연결된 이 같은 삶의 연계망으로부터 배제될 수 없다.

> Each of us is part of a large cluster, the worldwide social net, from which no one is left out. We do not know everybody on this globe, but it is guaranteed that there is a path between any two of us in this web of people. Likewise, there is a path between any two neurons in our brain, between any two companies in the world, between any two chemicals in our body. Nothing is excluded from this highly interconnected web of life. (18)

세포들이 덩어리를 이루고 신경세포들이 상호 작용함으로써 생명이 유지된다. 이런 맥락에서 최근의 의학 연구는 인체의 기관 하나하나의 기능이나 질병을 따로 떼서 연구하는 게 아니라, 인체 전체 네트워크의 문제점을 연구하는 방향으로, 즉 바라바시의 주장 대로 "생명을 이해하고 질병을 치료하기 위해서는 그 네트워크를 이해해야"(If we want to understand life—and ultimately cure disease—we must think networks)(180) 한다는 방향으로 변하고 있다. 질병 역시 한 개의 장기나 하나의 영역에서 발생한 문제가 아니라 전체 네트워크의 불균형과 연관된 결과로 해석하려는 것이다.

연계성의 개념은 가타리와 들뢰즈의 '리좀'(rhizome)의 의미와도 일맥상통한다. 나이트는 사회가 리좀처럼 서로 연결되어 있는 현상 을 미국인들의 외로움과 고립감과 연관 지어 설명하고 있는데 (Critical Essays 297 – 298), 우리 시대의 복잡한 네트워크가 결국은 개개인의 파편화 현상에서 비롯됨을 말해 준다. 게다가 포스트모던 시대의 상호 연관성은 더 이상 모던 시대의 상하적이고 종속적인 구조를 의미하지 않는다. 마치 나무의 뿌리가 양분을 찾아 땅속을 뻗어나가는 것(리좀)처럼, 그것은 아주 다양한 연계를 거듭하면서 뻗어나가고 있다.

그랜트 역시 리좀적 구조망과 '기계에 의해 습득되는 지식'(AI: artificial intelligence)과의 관계를 설명한다. 그는 이 지식이 "'나뭇가지 형태'라기보다는 '리좀적' 구조 속에서 습득된다고 말하면서, 배운다는 것은 그것에 대해 더 많은 정보를 파고드는 것이라기보다는 어떤 것들 사이의 연계성을 이끌어 내는 것"(the manner in which machines 'earn' …… more 'rhizomatic' than 'arborescent': learning makes connections between things rather than mining a thing for as much information about it as possible)(73)이라고 설명한다. 그의 이러한 설명은 최근의 학문적 동향이라 할 수 있는 '학제 간'(interdisciplinary) 연구와도 연관된다. 이처럼 학문을 비롯한 사회 전반적인 현상들이 서로 네트워크화 되고 있다.

자연에서 지식을 습득하던 과거와는 달리, 현시대는 지식의 대부분을 인위적인 과정을 통해 습득한다. 이것은 단순히 하나의 문제를 직선적으로 파고드는 형태를 취한다기보다는, 리좀의 구조에서처럼 다양한 분야와의 연계를 통해 이루어진다는 해석이다. 이러한 리좀적 연계망의 대표적인 것으로 인터넷의 웹을 들 수 있다.

리좀적 현상은 문화와 폭넓게 마주하고 있다. …… 인터넷의 웹에서 구현된 가상적 연계라는 네트워크가 포스트모던 시대의 한 현상이다. 이러한 리좀적 현상이 여러 문화적 사회적 분야에서 다양하고 복합적인 연계들을 구축한다.

The rhizomatic phenomenon are widely encountered in culture. …… A network of virtual connection materialized in the web of the internet are a phenomenon of the postmodern age. This rhizomic phenomenon constructs diverse and multiple links in cultural and social areas ……. (서 81-82)

인터넷의 웹은 거기에 접속하는 적거나 많은 사람들을 각각의 허브를 중심으로 모여들게 만든다. 이들은 서로를 알지 못하는 개별적 존재이지만 공통된 허브를 중심으로 뭉쳐져 있는 구조를 보인다. 인터넷은 이러한 수많은 네트워크들이 모여 있는 곳이다. 또한 이 네트워크들 역시 서로 공통된 허브를 중심으로 연계되어 있다. 이것이 포스트모던 네트워크이다. 이와 더불어 데릴로는 "모든 것이 서로 연계되어 있다"(everything is linked)(*White Noise* 217)는 『화이트 노이즈』의 메시지를 『언더월드』에서 더 한층 심도 있게 다룸으로써 자신의 소설들 상호 간의 연계성을 통해 이러한 메시지를 재확인시켜 준다.

데릴로가 보여 주는 연계성은 그의 소설을 넘고 현 사회를 넘어서 지구 전체와 우주의 영역으로까지 확대된다. 이러한 포괄적인 네트워크의 개념에 대하여 배리 코모너(Barry Commoner)는 "'모든 것이 다른 모든 것에 연계되어 있다'는 것이야말로 '생태학의 첫 번째 법칙'이라"('Everything Is Connected to Everything Else' is the 'First Law of Ecology')(13)고 말하고 있다. 이러한 코모너의 주장에 동의하면서 나이트는 생태학과 네트워크에 대한 연관성을 다음과 같이 설명한다.

생태학은 소규모와 지구 전체적인 규모 양쪽 모두에게 이전에는 상상할 수도 재현할 수도 없었던 자연(과 산업의) 힘이 갖고 있는 복잡한 상호 작용을 볼 수 있도록 만들어 주었다. 생태학 운동에 관여하는 몇몇 사람들에게 상호 연계성의 원칙은 창조의 모든 것은 서로 밀착되어 있고 상호 작용하는 전체의 일부분들이라는 거의 신비에 가까운 믿음과 조화를 이룬다.

> The Science of ecology has made visible the previously unimagined and
> unrepresentable complex interaction of natural(and industrial) forces in both
> small scale and global systems. For some people in the ecology movement,
> the principle of interconnectedness harmonizes with a near mystical faith
> that everything in creation is part of a coherent and coordinated whole.
> (*Conspiracy* 206)

나이트의 주장처럼, 생태학이야말로 이제껏 살펴보았던 여러 가지 시대상의 문제들, 즉 개인 정체성의 혼란과 가족 개념의 붕괴 그리고 소비주의 및 미디어로 인해 초래된 다양한 사회 문제들을 모두 아우를 수 있는 학문이다. 인간과 기계와 모든 우주 만물은 이러한 생태학적 해석 아래에서 또 다른 네트워크를 형성하기 때문이다.

따라서 본론 3장에서는 현대 사회의 여러 가지 현상들이 최종적으로 귀착하고 있는 문제들을 크게 쓰레기와 핵폭탄, 그리고 인터넷으로 축약해 보고 이러한 문제들이 갖는 의미에 대해 고찰해 보고자 한다. 특히 죽음의 개념을 통해서 이것이 인류에게 주는 진정한 의미에 대해서도 고찰해 보고자 한다.

(1) 쓰레기

본론 2장을 통해 살펴보았듯이, 필수품만이 아니라 모든 것이 상품화될 수 있고 따라서 소비될 수 있는 현대 사회의 대량 생산과 대량 소비 문제는 다양한 문제들을 초래하였다. 데릴로는 그러한 문제들 중에서도 특히 대량 소비의 결과로 생겨나는 막대한 양의 쓰레기 문제를 심각하게 다루고 있다. 『화이트 노이즈』에서 보여 주었던 가정생활 속에서의 쓰레기와 산업 발전에 따른 폐기물들이 초래하는 크고 작은 문제들이 점차 그 정도와 심각성을 더하면서 『언더월드』에서는 인간의 삶을 위협하는 공포의 대상으로 변화하고 있음을 통해 이러한 메시지를 전한다. 따라서 쓰레기는 데릴로 소설 속의 네트워크뿐 아니라 실제 사회 네트워크에서도 중요한 허브로서 역할하고 있다.

쓰레기는 과도한 소비문화와 직접적으로 연관되어 있는데, 우리 시대의 지나친 소비문화는 '쓰레기 증가'라는 문제를 초래하였고 마침내는 인간의 영역까지도 침범하고 있다. 『화이트 노이즈』에서 데릴로는 소비주의의 과잉과 더불어 야기되는 쓰레기 문제를 언급하고 있는데, 우선적으로는 주인공 잭이 자신의 집을 어떻게 사용하고 있는가를 보여 주는 모습을 통해 확인할 수 있다. 즉, 글래드니 가족들은 방과 부엌을 제외한 나머지 공간들을 모두 창고처럼 사용한다. 집 안은 모두 가구들과 장난감들, 그리고 사용하지 않는 온갖 잡동사니들로 쌓여 있다(*White Noise* 6). 잭의 집 안에 쌓여 있는 이러한 쓰레기는 점차 인간의 공간을 침식해 오고 있는 쓰레기를 암시하면서, 동시에 이러한 쓰레기로 인해 인간은 자신의 자유와 풍요로움마저 잃어 가고 있음을 보여 준다.

데릴로는 재활용 규율에 따라 쓰레기를 분리하는 모습이라든가 바베트가 상용하는 미지의 약 딜라를 찾기 위해 쓰레기통을 뒤지고 있는 잭의 모습을 통해서도 우리 시대의 쓰레기에 대한 인식을 보여 주고 있다.

> 이것은 소비의식의 어두운 이면인가? 나는 지저분하게 덩어리가 된 머리카락과 비누와 면봉들, 으깨진 바퀴벌레들, 뚜껑이 열리는 고리들, 고

름과 베이컨 지방으로 더럽혀진 생리대, 닳아 버린 치실 몇 가닥, 볼펜 리필 조각들, 끝에 음식 조각이 묻은 채 남아 있는 이쑤시개를 발견했다.

Was this the dark side of consumer consciousness? I came across a horrible clotted mass of hair, soap, ear swabs, crushed roaches, flip – top rings, sterile pads smeared with pus and bacon fat, strands of frayed dental floss, fragments of ballpoint refills, toothpicks still displaying bits of impaled food. (*White Noise* 259)

딜라를 찾기 위해서 쓰레기통을 뒤지면서 잭은 처음으로 인간이 내버린 쓰레기에 대해 심각하게 생각할 기회를 얻는다. 아무 생각 없이 버리기만 해 왔던 그가 처음으로 '소비의식의 어두운 면'을 발견하는 순간이다. 그리고 쓰레기에 대한 이러한 잭의 각성이 데 릴로가 독자들에게 던지는 강한 메시지기도 하다. 아무런 죄책감이 나 의미 없이 쓰고 버리고 있는 생활 쓰레기는 언제나 우리 주변에 존재하는 '어두운' 그림자지만 정작 우리는 그것을 깨닫지 못한다.

데릴로 소설에 대한 대표적인 비평가 중 한 명인 톰 르클레어 (Tom LeClair)는 『화이트 노이즈』를 "소설적 쓰레기더미"(novelistic heap of waste)라고 정의하면서, "데릴로가 미국적인 쓰레기들을 예 술작품으로 재활용하고 있다"(DeLillo recycles American waste into art)(10)고 단언하였다. 우선 이 소설의 제목인 『화이트 노이즈』부 터가 문명이 만들어 내는 쓰레기라 할 수 있다. '화이트 노이즈'는 우리 시대인들의 생활에서 없어서는 안 되는 중요한 자리를 차지 한 갖가지 종류의 기계들이 만들어 내는 소음을 의미한다. 데릴로 는 소설 속에서 끊임없이 등장하는 텔레비전과 라디오의 소음, 그 리고 창밖에서 들려오는 자동차 소음과 가정에서 전자제품이 작동 하고 있는 소리를 통해 이러한 소음으로 끊임없이 방해받고 있는 현시대상을 보여 준다. 데릴로의 소설 속 인물들은 이 소음들로 끊임없이 방해받는다. 그러나 이 소음은 문명이 만들어 낸 쓰레기다.

　기계의 소음들이 곳곳에 산재해 있듯이 세계는 점점 쓰레기로 덮여 가고 있으며 우리도 이런 쓰레기에 익숙해지고 있다. 이것은 『언더월드』의 닉과 그의 동료 빅 심즈(Big Sims)의 대화를 통해서도 잘 드러난다.

> "그것은 어디서나 볼 수 있어요. 왜냐하면 어디에나 있으니까요."
> "하지만 이전에는 보지 못했는걸요."
> "당신은 이제 계몽된 거죠. 감사해야 될 거예요."
>
> "You see it everywhere because it is everywhere."
> "But I didn't see it before."
> "You're enlightened now. Be grateful." (*Underworld* 283)

　이들은 직업이 쓰레기 처리업체 관리자인 덕분에 자신들이 계몽되었다고 생각한다. 이런 맥락에서 본다면 이들의 대화 속에는 쓰레기에 대한 우리의 시각을 계몽하고자 하는 데릴로의 의도가 포함되어 있는 듯하다. 데릴로는 자신의 소설을 통해서 우리가 소비하는 모든 것이 쓰레기라는 것을 자각시키고 있다. 『화이트 노이즈』의 과도한 소비 생활은 『언더월드』에 이르러서는 더 이상은 감당할 수 없는 쓰레기를 초래한다. 이제 '우리는 어디에서나 쓰레기를 볼 수 있다.' 이것은 소비주의의 과잉으로 인해 초래된 처리될 수 없을 만큼의 쓰레기 자체를 의미하면서, 또한 이러한 소비 상품 자체가 이미 쓰레기일 뿐이라는 의미를 담고 있다. "아직 팔리지 않은 채, 진열대 위에서 빛을 내며 놓여 있을 때조차도 그 상품들이 쓰레기로 보이기"(saw products as garbage even when they sat gleaming on store shelves, yet unbought)(*Underworld* 121) 시작한다는 닉의 대사는 자본주의하에서 대량 생산된 상품들이 결국은 쓰레기에 지나지 않는다는 것을 극명하게 보여 준다.

이제 우리는 이 상품이 무엇으로 만들어졌는가에 관심을 갖기보다 "이것이 결국 어떤 종류의 쓰레기로 변할 것인가"(what kind of garbage will that make?)(*Underworld* 121)에 관심을 갖는다. 쓰레기에 대한 이러한 각성은 데릴로 자신의 각성으로부터 비롯되는데 이것은 『화이트 노이즈』와 비교해 볼 때 『언더월드』에서 차지하는 쓰레기의 비중이 아주 커져 있음을 통해 짐작할 수 있다. 이런 이유로 『언더월드』의 프롤로그를 장식하는 폴로 그라운드에서의 야구 경기는 열광하는 자이언츠 팬들이 내던진 일회용 컵들과 냅킨들 그리고 잡지에서 찢어져 나온 종이들과 같은 쓰레기들로 가득 차 있다.

관중들은 왼쪽의 양쪽 관중석에 서서 몸을 관람석 쪽으로 기울이고 있었다. 그들 중 일부는 종이들이나 찢어진 채점표들, 그리고 종이 성냥의 겉표지를 난간 너머로 내던지고 있었다. 거기에는 구겨진 종이컵들이 있었고 핫도그를 싸고 있던 밀랍을 입힌 작은 냅킨들이 굴러다니고 있었다. 움푹 들어간 야구 경기장 안에는 며칠 동안 묵어 있었던 세균덩어리로 가득 찬 티슈들이 굴러다니고 있었는데, 이런 모든 것들이 파프코 주위를 떠돌고 있었다.

People stand in both decks in left, leaning out the rows up front, and some of them are tossing paper over the edge, torn－up scorecards and bits of matchbook covers, there are crushed paper cups, little waxy napkins they got with their hot dogs, there are germ－bearing tissues many days old that were matted at the bottoms of deep pockets, all coming down around Pafko. (*Underworld* 16)

데릴로는 소설의 프롤로그에서부터 이미 넘쳐나는 쓰레기를 기술함으로써, 시작에서부터 쓰레기문제를 제기하고 있다. 시대의 급격한 변화 속에서 데릴로의 어린 시절 고향이면서 동시에 이 소설의 배경이 되고 있는 브롱스(Bronx) 역시 상당한 변화를 겪었던 것이 그의 이러한 관점을 유발시키는 데 일조하였다. 맥러플린이 증언하듯이, 1950년대에만 해도 아이들은 쓰레기를 가지고 놀거리를 만들었지만, 90년대 이후 브롱크스는 그 자체로서 하나의 쓰레기장이 되어 가고 있었던 것이다(20). 이러한 시대적 변화는 소설의 곳곳에서 나뒹굴고 있는 쓰레기의 모습과 더불어 1951년 브롱크스의 쓰레기 처리 사업의 민영화와 1974년 뉴욕시에서 있었던 쓰레기 파업이라는 역사적인 사실과 맞물리면서 그 극치에 도달한다. 이로써 거리는 온통 쓰레기와 쥐로 뒤덮이고 악취가 도시 전체를 뒤덮는다.

관중들이 내던지는 '쓰레기가' 마치 원자폭탄의 낙진처럼 "끊임없이 하늘에서 떨어지는"(the paper keeps falling)(*Underworld* 44) 장면을 서론에서 되풀이해 인용함으로써(*Underworld* 37, 38, 39), 데릴로는 우리가 살고 있는 도시와 세계 전체가 쓰레기로 뒤덮이고 있는 현실을 날카롭게 지적한다. 또한 이러한 모습은 이 경기를 관람하러 온 유명 인사들이 술에 취해 있는 모습, 그리고 그 유명 인사 중 한 명인 글리슨(Gleason)이 음식을 토해 내는 모습과도 연관된다. 아이라 네이들(Ira Nadel)은 이러한 글리슨의 모습을 "과도한 소비(그리고 과잉행동)를 하고는 쓰레기의 형태로 그 영양분들을 몸 밖으로 쏟아 내면서 그것들을 토해 내는"(he overconsumes(and overacts), throw it up, expelling the nutritious in the form of waste)(179) 행위라고 표현한다. 글리슨의 모습은 최근 커다란 사회적인 문제로 대두되고 있는 비만의 문제와도 연관되는데, 데릴로는 비만의 문제 역시 과소비와 연관 지음으로써, 과소비로 육체마저 쓰레기로 변해 가고 있음을 날카롭게 지적한다.

쓰레기에 대한 데릴로의 관심은 『화이트 노이즈』에 이어 『언더월드』에서 단순히 재활용되고 있는 듯하지만 사실 그 정도와 심각성에서는 훨씬 더 깊다. 데이비드 위겐드(David Wiegand)는 이것이 『언더월드』라는 소설의 제목이 내재하고 있는 중요한 의미 중 하나라고 말한다.

> 『언더월드』는 물론 무언가를 매립하는 것에 대한 소설이며 …… 자신들이 내버린 것들의 정적인 듯이 보이는 '지하 세계'를 만들고 있는 …… 지상 세계에 대한 소설이다.

> "*Underworld*",of course, is a novel about burying things …… about a surface world …… creating a seemingly static 'Underworld' of what it discards. (Wiegand)

『언더월드』라는 제목 속에는 이처럼 포스트모던 사회의 자본주의가 가져온 대량 생산과 대량 소비의 결과로 빚어진 엄청난 쓰레기가 매립되거나 버려져 있는 '지하 세계'의 의미가 포함되어 있다. 여기에서 쓰레기는 상품의 생산 과정에서 생겨나는 쓰레기와 소비 후 버려지는 쓰레기 모두를 포함하며, 더 나아가서는 인간쓰레기의 의미로까지 확대된다. 이런 이유로 위겐드는 『언더월드』가 쓰레기로 대표되는 지하 세계를 만들고 있는 지상 세계, 즉 우리 시대 자본주의 사회에 대한 이야기라고 단언한다. 그의 주장처럼, 『언더월드』에서 다루어지는 이야기는 마치 우리 시대와는 완전히 동떨어진 세계로서 이 시대의 어두운 면만을 다루고 있는 듯하지만, 사실 이 소설에서 드러나는 모습들은 우리 시대가 갖고 있는 또 하나의 모습임에 틀림이 없다. 다시 말하자면 이것은 우리 시대와 별개인 다른 세계가 아니라 우리 시대에 분명히 존재하고 있는 우리 사회의 한 모습이라는 점이다.

"1950년대에서 야구 경기는 연계성을 의미하며 이러한 연계성이 바로 삶 자체를 의미한다"(baseball in the 1950s means connection and that connection means life)(108)는 도널드 그레이너(Donald J. Greiner)의 표현에서 알 수 있듯이, 이 소설의 야구공은 소설 그 자체이다. 이 야구공은 이 소설의 또 다른 주요 허브이면서, 동시에 여러 가지 기의를 담고 있는 하나의 기표로서 제시되고 있다. 그리고 이것이 담고 있는 다양한 기의 중 하나가 쓰레기이다. 이런 이유로 카바들로는 이 소설을 시작하는 야구 경기에서 톰슨이 친 "홈런 야구공이 승리와 패배의 상징이 될 수도 있지만, 그것은 또한 하나의 값비싼 쓰레기에 지나지 않는다"(The ball may be a symbol of winning and losing, but it is also a piece of expensive, exquisite junk)(*Edge of Belief* 135)고 말하고 있다. 소설 속 인물들이 소유하기를 갈망하는 이 공이 결국 쓰레기일 뿐이라는 사실을 통해, 데릴로는 우리가 추구하는 상품들의 실체가 쓰레기임을 암시한다.

이런 의미에서 코워트는 이 공이 현시대가 갖고 있는 상품에 대한 망상적 욕망이나 동경을 보여 주며, 이 공 속에는 이것을 커넥터로 하여 "미신이나 편집증적 망상과 같은 하나의 형이상학적 연계성이 내포되어 있다"(the baseball subsumes …… the idea of a more genuinely metaphysical …… debased as superstition or paranoid delusion)(54)고 주장한다. 카바들로 역시 『언더월드』에서 야구공이 갖는 의미가 "일종의 흰 고래처럼 손에 잡히지는 않으나 소유하고 싶은 대상이긴 하나, 에이합 선장의 흰 고래에 대한 강한 편집증을 이끌어 낼 수 있는 거대한 고래가 아니라, 아무런 가치도 갖고 있지 않는 규모가 작은 한 수집가의 조그마한 수집품에 지나지 않는다"(The ball remains an elusive, chased object, a white whale of sorts, but a debased souvenir or a small scale collector's item, not the leviathan capable of inducing the epic of Ahab's monomania)(*Edge of belief* 135)고 단언한다. 결국 이 공이 갖고 있는 의미가 코워트의 표현처럼, "갈망의 대상이면서도 또 한편으로는 불운의 상징"(as an object of yearning, yes, but also as an emblem of bad luck)(60)이듯이, 우리 시대가 만들어 내고 있는 상품들 역시 긍정적인 영향을 미치면서 동시에 인간에게 불행을 가져오고 있다.

데릴로는 많은 돈을 지불하고 손에 쥔 공이 닉에게 그저 쓰레기에 지나지 않는다는 것을 보여 줌으로써, 우리 사회에 만연해 있는 소비주의와 그것의 무의미함이 어떻게 쓰레기와 연관되어 있는지를 보여 준다. 이것은 『화이트 노이즈』의 딜라가 정체불명의 약이고 아무런 효과도 없는 쓰레기에 지나지 않는 것과 같다. 이 약물은 그 약효나 제조 면에서 어떠한 명확성도 갖고 있지 않는 가짜이며 야구공과 마찬가지로 쓰레기나 다름없다. 이러한 이유로 카바들로는 딜라가 "사실상 쓰레기에 지나지 않는데, 왜냐하면 그 효과에 대해 어떤 것도 증명되지 못했기 때문이다"(in fact belongs with the trash because it proves ineffective)(*Edge of belief* 140)라고 단언한다.

데릴로는 인간이 집착하고 있는 소비 상품들이 결국 쓰레기일 뿐임을 보여 주면서, 나아가서 그 쓰레기를 위해 양심과 도덕을 내버린 인간들 역시 쓰레기임을 암시한다. 따라서 글리슨이 말하듯이, 데릴로는 자신의 소설을 통해서 이러한 대량 시장 자본주의(mass－market capitalism)라는 "사회적인 현상을 쓰레기를 통해 이해하고 있다"(he understands the phenomenology of this condition in terms of waste)(Gleason 142)고 하겠다. 이런 의미에서 데릴로의 소설은 "우리의 문화가 모두 소비하는 것에 대한 것이기에, 단 일 초 후면 모든 것이 쓰레기로 변해버린다"(Our culture is all about consuming, and a second later everything is turned into garbage)(Burger)는 강한 메시지를 담고 있다.

이것은 "즉각적인 정보와 끊임없는 미디어 아울렛, 산재하는 광고로 되어 있는 사이버 세계에서는 무엇이나 욕망의 대상이나 오락의 근원이 될 수 있으며, 그리고 나서는 너무도 빨리 이용되어 거의 바로 쓰레기로 변해 버린다"(22)는 맥러플린의 주장과도 일맥상통하는데, 그는 이에 대한 대표적인 예로 『언더월드』의 콘도몰로지를 들고 있다(22).

콘도몰로지는 본론 2장에서 논의한 소비주의 문화를 상징하는 쇼핑몰의 의미를 넘어서 쓰레기의 개념과도 연관되어 있다. 우선 콘돔이라는 것 자체가 일순간에 쓰레기가 되어 쓰레기통으로 버려지는 물건이라는 점에서 그러하다. 처음부터 "이것은 남성의 성기를 감싸도록 만들어진 기술"(This was technology they wanted to wrap around my dick)(*Underworld* 110)로서 쓰레기통의 역할을 하기 위해 만들어진 것이다. 이것은 남성의 몸에서 내버려지는 쓰레기를 담기 위한 용기의 역할을 할 뿐이다. 욕망을 채우기 위한 수단으로 성을 사용할 때 남성의 몸에서 나오는 정액은 아무런 의미를 갖고 있지 않는 쓰레기일 뿐이다. 따라서 쓰레기를 담는 콘돔 역시 쓰레기이다.

'화려한 조명' 속의 콘도몰로지가 화려한 소비주의를 의미한다. 콘도몰로지의 상품이 곧 쓰레기로 변하는 것이 필연적 결과라면 소비주의의 이면에는 항상 쓰레기가 존재함을 암시한다. 이것이 바로 데릴로가 묘사하고 있는 지하 세계이다. 화려한 조명의 쇼핑몰을 지상 세계로 본다면, 그 화려함을 벗은 이후 내버려지는 쓰레기들로 이루어진 세계를 "미국의 소비주의가 가져온 지하 세계"(the underworld of American consumption)(Duvall *{Super}marketplace* 260)로 표현하고 있다.

데릴로의 소설 『언더월드』는 그 제목이 내재하듯이 이미 소비가 가져온 쓰레기뿐만 아니라 환경파괴의 결과로 인간이 살 수 없는 곳으로 버려진 곳들, 나아가 우리 시대 자본주의 사회에서 살아남지 못한 인간쓰레기들이 모여 사는 빈민가에 이르기까지 이 모두를 포괄하고 있다. 데릴로는 "우리가 만들어 낸 것이 결국 우리에게로 돌아와서 우리를 소비하게 될지도"(what we create comes back to us consume us)(*Underworld* 791) 모른다는 공포를 느끼고 있다. 이제 인간은 자신이 내다 버린 이 쓰레기로부터 위협받고 있음을 인정해야 한다. 내가 맛있게 먹은 모든 음식들이 결국은 대장을 통해 대변이 되어 배설되듯이 내가 소비한 모든 것은 결국 쓰레기가 된다. 이것이 엄청나게 화려해 보이는 현대 소비주의의 마지막 모습이다. 그러나 사람들은 이 쓰레기라는 것이 결국은 내가 쓰고 버린 것들임을 여전히 망각하고 있다.

우리가 소비하고 있는 상품이 결국 모두 쓰레기에 지나지 않는다는 데릴로의 논리는 우리에게 소비의 의미를 다시 생각해 보도록 만든다. 소비를 불러오기 위해서는 생산이 뒷받침되어야 하고 생산을 위해서는 파괴가 불가피하다. 따라서 파괴와 생산과 소비는 서로 돌고 도는 것이라 할 수 있다. 산업혁명과 더불어 산업화와 공업화가 시작되면서 인간은 자연에 대한 정복을 시작하였다. 모더니즘의 개념에서 인간은 문명이고 이성이며 주체이자 과학이며 선(goodness)이므로 이에 대립되는 개념인 자연은 '이윤'이라는 것을 위해서 정복되고 희생되고 파괴되어야 했다. 화이트는 자신의 저서 『포스트모던 생태학』(Postmodern Ecology)에서 바로 이 점으로부터 우리가 잘 알고 있는 '생태적 위기'가 초래된다(17)고 밝히고 있다. 무분별한 개발로 인한 환경파괴가 초래한 이러한 생태적 위기는 쓰레기라는 문제로 더욱 가중되었다. 자연은 쓰레기로 몸살을 앓고 있으며 인간은 자신의 무분별한 행동이 가져온 결과에 의해 다시 자해를 하는 꼴이 되고 말았다. 고통을 겪고 있는 이러한 지구의 모습을 화이트는 "한때는 아름다운 생명이 사는 행성이었으나 지금은 단지 또 하나의 강간당한 희생물일 뿐"(once a beautiful biosphere but now just one more victim of rape)(235)이라고 비유하고 있다.

데릴로는 쓰레기의 심각성을 인지시키려는 첫 번째 시도로서 『화이트 노이즈』의 '독성가스 공중 유출 사건'을 보여 준다.

> 소비자 문제 편집자로 소개된 한 여성이 공중에서 유출된 독성가스에 접촉할 경우에 발생할 수 있는 의학적인 문제들에 대해 논의하기 시작했다 …… '경련, 혼수, 유산'

> A woman identified as a consumer affairs editor began a discussion of the medical problems that could result from personal contact with the airborne toxic event …… 'Convulsions, coma, miscarriage' (*White Noise* 121)

이 사건은 1980년대에 있었던 환경생태학에서의 잇따른 큰 사건들[15]을 연상시킨다. 레오나르드 오르(Leoanrd Orr)는 이 중에서도 특히 이 소설이 출판되기 1년 전인 1984년에 있었던 인도에서의 독성가스 유출 사건이 이 소설의 중요한 배경이 되고 있다고 증언하면서, 이 사건으로 인해 실제 2천 명 이상의 사망자와 십만 명 이상의 부상자들이 발생하였음을 밝히고 있다(14 – 15). 소설 속에 등장하는 독성가스의 유출은 인간의 테크놀로지가 발전할수록 그것의 부작용으로 만들어지는 쓰레기도 예측을 불허한다는 사실을 보여 준다. 즉 우리 시대가 창출하는 문명의 배후에는 엄청난 위협이 도사리고 있음을 경고하는 것이라 하겠다.

데릴로는 쓰레기가 초래한 생태학적 파괴와 그에 따른 결과를 개인적인 두려움의 단계로부터 사회 및 인류 전체적인 것으로 확대해 나가고 있다. 우선 개인적으로 ‘경련, 혼수, 유산’을 초래하는 “나이오딘 디(Nyodene D.)는 살충제의 제조 과정에서 생겨난 부산물들이 합해진 것이다”(Nyodene D. is a whole bunch of things thrown together that are byproducts of the manufacture of insecticide)(*White Noise* 131). 이것은 잭에게는 개인적인 공포감을 주고 사회적으로는 수많은 사람들을 죽음으로 이끌고 갈 수 있는 두려운 존재이다. 데릴로는 이 독성가스가 하나의 상품을 만들고 남은 찌꺼기들, 즉 생산 과정의 쓰레기라는 사실을 통해 쓰레기의 무서움을 암시한다. 따라서 그는 테크놀로지의 발달과 그 부산물의 관계를 통해 “원래의 상품은 바퀴벌레를 죽이지만, 그것의 부산물은 바퀴벌레 이외의 모든 것들을 죽이는”(The original stuff kills

---

15) 1986년 체르노빌 핵발전소의 용해, 1989년 알라스카 해안에서의 유조 탱크 유출, 그리고 1984년 인도의 보팔에서 유니온 카바이드(Union Carbide) 공장으로부터의 독성 가스 유출 사건 등이 그것이다.

roaches, the byproducts kill everything left over)(*White Noise* 131) 결과에 대해 경고하고 있다.

나이오딘 디는 그 자체로서 "완전히 새로운 유독성 쓰레기"(A whole new generation of toxic waste)(*White Noise* 138)로 변모한 채 인간을 위협하고 있다. 이것은 이 시대가 만들고 있는 많은 상품들이 그 원래의 목적을 위해 만들어지고 있다 하더라도, 그것을 만드는 과정에서 생겨나는 부산물이나 또는 버려지는 쓰레기를 통해 결과적으로 인간에게 더 많은 부정적인 영향을 끼치고 있음을 보여 준다.

하지만 정작 우리는 이러한 문제를 심각하게 받아들이고 있지 않다. 데릴로는 '독성가스 공중 유출 사건'(The Airborne Toxic Event) 이후 석양이 이전보다 훨씬 더 장관을 이루는 모습을 보여 줌으로써 이 사실을 확인시켜 준다. 다량의 질소가 함유된 것으로 묘사되는 독성가스는 분명 산업주의가 만들어 낸 쓰레기라 할 수 있으나, 아이러니하게도 이것이 원인이 되어 생겨나는 석양의 아름다움은 이전의 석양과는 또 다른 강렬한 아름다움을 선보인다. 쓰레기가 아름다움을 창조해 내는 순간(*White Noise* 325)이라 할 수 있다. 그리고 사람들은 위험성을 인지하지 못한 채 오염물질들이 만들어 내는 그 아름다움에 매료되어 있다. 아직도 우리는 소비주의와 산업주의가 만들어 내는 쓰레기에 내포되어 있는 엄청난 유독성을 실감하지 못한 채 낙관적 자세를 보이고 있다.

태초의 자연은 인간에게 필요한 것을 주는 존재였으며, 인간은 곡식을 재배하고 짐승을 사냥하고 필요한 땔감을 구하면서 자연과 더불어 살았다. 그러나 산업혁명이 서구 경제에 회오리바람을 불러 일으키면서, 인간은 자연을 향한 거친 도전과 약탈을 시작하였다.

더 좋은 집과 더 멋진 옷을 만들고 더 편리한 길을 만들기 위해 인간은 자연이 갖고 있는 더 많은 것들을 필요로 하기 시작했다. 그리고 새로운 과학의 힘을 기반으로 인간은 태초의 원시신앙 속에서 일종의 두려움과 숭배의 대상이기도 했던 자연에 대한 도전을 시작하였다. 마녀 사냥을 시작한 중세의 기사들처럼 인간은 문명이라는 이름으로 자연을 파괴하기 시작했다.

더 많은 자동차들이 편리하게 달리기 위해서 더 많은 도로가 필요했고, 더 많은 기차를 위해서는 더 많은 철로가 요구되었으며, 더 아늑한 삶을 위해서 더 많은 가옥들이 필요했다. 인간은 "자연이 문명을 가져다준다"(nature is the cause of culture)(White 5)는 사실을 망각하기 시작했고, 인간은 문명을 위해 자연을 파괴하기에 이르렀다. 빌 매키벤(Bill McKibben)의 표현처럼, 점점 더 "우리는 기후를 변화시키고, 지구 상의 모든 곳을 인간이 만든 것과 인공적인 것으로 만들고 있다"(we have changed the weather, we make every spot on earth man‒made and artificial)(54). 그리고 "우리는 자연이 지닌 독립성을 빼앗아 버렸지만, 정작 자연이 지닌 이러한 독립성 없이는 지구상에는 우리[인간]만이 남을 뿐 아무것도 존재하지 않을 것이다"(we have deprived nature of its independence …… without it there is nothing but us)(McKibben 54).

데릴로는 『언더월드』를 통해 인류의 미래가 이러한 생태적 위기로 인해 불안하다고 예고하고 있다. 그리고 그의 이러한 예견은 포스트모던 생태학적 관점과 많은 점에서 유사성을 가진다. 포스트모던 생태학을 한마디로 요약하자면 자연을 정복의 대상으로서가 아니라 함께 커뮤니케이션하고 공존해야 할 대상으로 보자는 것이다. 그러나 이러한 설명만으로 포스트모던 생태학이 이전의 생태학과 뚜렷하게 구별되지는 않는다. 이를 위해서 화이트는 포스트모던적 사고의 특징을 생태학과 접목시킴으로써 이에 대한 이해를 용이하게 만들어 준다.[16] 따라서 '인간'의 시각으로 자연을 보고 '인간'의 이익을 위해 자연이나 생태계를 파괴해 온 이전의 인간 중심의 관점 자체를 전복시키는 것이 포스트모던 생태학이라 하겠다. 모더니즘의 관점이 인간과 자연이라는 이분법적인 관점을 갖고 있었다면, 포스트모던 생태학은 이러한 이분법적인 관점을 거부하고 인간을 자연 속에 존재하는 하나의 개체로 이해한다. 그리고 생태계 자체를 인간을 위한 하나의 시스템이라기보다는 자연과의 '커뮤니케이션'을 위한 시스템으로 이해한다. 이것은 "인간 중심이거나 생태 중심이라기보다는, '중심적'이거나 '－의 도구가 되는' 것이 아니라 오히려 …… '커뮤니케이션을 나누는'"(not as anthropocentric or ecocentric, indeed not as 'centric' or 'instrumental' at all, but rather …… 'communicative')(Barret 231) 것으로 이해될 수 있다. 결국 포스트모던 생태학이란 인간을 생태계에서 우위를 차지하는 존재로서 또는 생태계와 별개의 존재로서 이해하고, 생태계란 인간을 위해서만 존재하는 것으로 이해했던 인간중심의 모던적인 사고를 철저하게 뒤집는 관점이라 하겠다.

　이러한 견해는 최근 프랑스의 새로운 페미니스트들의 견해와 공

---

16) 다니엘 화이트의 설명에 따르면, 포스트모던적 사고를 4가지의 특징으로 요약하고 있다. (1) 포스트모던적 사고는 논리적이라기보다는 은유를 불러일으킨다. (2) 그것은 기본적인 이분법을 거부한다. (3) 그것은 플라톤에서 시작하는 모던적 사고를 벗어나 특히 데리다의 차연(différance)와 같은 관념적 개념의 관점에서 발전한다. (4) 그것은 형이상학(metaphysics)이나 거대 서사, 양쪽 모두에 대해 회의적이다.
　그리고 이러한 포스트모던적 사고의 특징과 비교하여 포스트모던 생태학의 특징을 요약하고 있다. (1) 논리나 디지털 시스템에 의해서라기보다는 은유나 아날로그식 커뮤니케이션을 불러일으킨다. (2) 이분법에 도전한다. (3) "차연"으로 정의되는 사상들의 상호작용과 진화에 초점을 둔다. (4) 자연사와 문화사가 생존을 위해 발버둥치는 어떤 종이나 또는 인간 안에서 존재한다는 거대서사를 거부한다.

유되면서 에코페미니즘(ecofeminism)과도 상당 부분 일치하고 있다. 이러한 에코페미니즘적 견해는 포스트모더니즘적인 견해로 생태학을 보는 포스트모던 생태학에 페미니즘적인 견해를 덧붙인 것이다. 이들의 개념에 따르면 여성은 모두 어머니다. 그리고 자연 역시 모든 생명의 근원이므로 이들 또한 어머니라 할 수 있고 결국 여성과 자연은 동일한 개념으로 이해될 수 있다. 에코페미니스트들은 여성과 자연에 반대되는 개념으로 문명(culture)과 남성을 상징하며, 태초 이래로 여성과 자연을 정복하려고 해 왔던 존재로서 남성을 상징한다. 이에 대해 화이트는 '인공적인 것이 가미되지 않은'(inarticulate stuff)의 의미를 갖고 있는 '날것'(raw material)이 자연이며, 또한 남성이 자신의 후손들을 생산하는 바로 그 육체가 여성(women)인 것을 남성들은 인지하지 못하고 있다(28)고 주장한다. 따라서 이들은 오늘날의 전쟁이나 생태 파괴와 같은 문제들은 모두 남성의 정복욕과 남성 중심주의에서 나온 것이라고 주장한다.

남성 위주의 생태학적 해석에 대해 항의하는 에코페미니즘의 목소리는 포스트모던 생태학과 의미를 같이하면서, 나아가 '딥 에콜로지'(deep ecology)[17]로 불리는 좀 더 철학적인 접근의 생태학과도 의견을 같이한다. 미셸 지머만(Michael E. Zimmerman)은 딥 에콜로지와 일반적인 환경 운동과의 차이점에 대해 환경 운동이 인간 중심이라면 딥 에콜로지는 인간 중심이 아니라 자연세계를 향한

---

17) 딥 에콜로지는 1960년대에 아르네 네스(Arne Naess)가 환경적인 위기와 그것이 가져올 결과를 이해하기 위해 철학적 접근을 하면서 시작되었다. 원래 '생태학'(ecology)은 생물학(biology)에서 유래하였으며, 따라서 이것은 생물이 다른 생물들 및 주위환경과 어떤 상호작용을 하는가를 의미하는 용어이다. 그러나 이러한 생태학만으로는 '우리가 어떻게 살아야만 하는가'와 같은 철학적인 질문에 답할 수 없음을 깨달았으며 이를 위해서는 생태학적인 지혜(ecological wisdom)이 요구됨을 알았다. 이를 위해 딥 에콜로지는 '심오한 경험'(deep experience), '심오한 질문'(deep questioning), 그리고 '심오한 헌신'(deep commitment)에 초점을 맞추고 있다. 그리고 이것이 하나의 상호 연관된 시스템을 형성한다.

학문이라고 말하고 있다(Zimmerman). 그리고 이 점은 포스트모던 생태학과의 공통점이기도 하다. 이 두 생태학은 더 이상 자연을 인간과 결부시키거나 서로 대립시켜 이해하지 않는다. 자연을 자연으로서 그리고 인간과 연계선상에서 이해하는 게 바로 이 두 생태학의 공통점이자 핵심이다.

에코페미니즘과 딥 에콜로지, 그리고 포스트모던 생태학은 하나의 공통점을 갖고 있는데 그것은 바로 자연에 대한 변화된 관점인 것이다. 더 이상 자연은 인간보다 하위에 위치하거나 정복해야 하는 대상으로서가 아니라 인간과 함께 공존해야 하는 동반자라는 것이다. 자연과 인간이 함께 평등하게 공존해야 한다는 포스트모던 생태학적 주장은 남성과 여성 간의 평등, 유색인종과 백인 간의 인종적인 평등, 선진 세력들과 제3세력 간의 평등, 나아가서 문명과 문맹 간의 평등을 주장하고 있다. 이러한 포스트모던 생태학의 견해는 동양이나 아메리칸 인디언이 가졌던 전통적인 자연과의 교화감과 일치한다고도 볼 수 있다. 이들은 자연을 이용하면서도 함께 생존하고 존중해야 할 대상으로 삼았고, 그것을 파괴하면 어떤 재앙이 뒤따를지도 모른다고 확고히 믿고 있었다. 따라서 이러한 고대의 믿음은 자연이 인간보다 우위를 차지하거나 자연이 인간을 지배한다는 상하 지배논리에 의한 것이라기보다는 자연과 인간은 모두 하나의 네트워크 속에 속하는 허브일 뿐이라는 포스트모던 네트워크적인 이해와 일맥상통한다는 점에서 아이러니하다.

자연과 인간과의 대립에 관한 문제를 저습지(wetland)와 그렇지 않은 땅과의 대립 개념으로 이해하고 있는 로드니 제임스 기블렛(Rodney James Giblett)의 견해 역시 이러한 포스트모던 생태학적인 개념과 일맥상통한다고 할 수 있다. 인간의 역사 속에서 저습지는 언제부턴가 매립해서 개간지로 변화시켜야 할 대상으로 존재해 왔고, 이곳은 아무런 쓸모없는 곳이며 그 자체로서는 두려움과 악, 또는 질병의 근원으로 여겨졌다. 저습지 역시 인간 세계에서는 지하 세계와 같은 존재였다.

기블렛은 이러한 저습지가 바로 여성을 대변하고 있고 또한 자연에서 없어서는 안 될 생명의 근원을 탄생시키는 중요한 곳이라고 주장한다(85 – 86). 저습지는 아주 비옥한 물을 담고 있는데 그 속에서는 엄청나게 많은 생명들이 태어나고 살고 있다. 따라서 저습지의 물은 썩은 물이라든가 아니면 질병을 일으키는 오염된 물이 아니다. 이것은 문명의 한가운데를 흐르고 있는 하수도와는 다른 존재다. 저습지는 여성의 자궁과도 같은 존재다.

그러나 인간은 이것을 깨닫지 못하고 이곳을 매립하고 정복해야만 하는 대상으로 여겼다. 중세 때 이곳은 악령이 사는 곳으로 여겨졌고 산업주의가 발전해 가면서 이곳은 산업화를 가로막는 귀찮은 존재 정도로 여겨왔다. 저습지는 자동차가 지나가거나 또는 도로를 건설하는 데 있어 방해꾼이었다. 따라서 저습지는 이러한 산업화나 문명을 위해서 우선적으로 매립되어야 했다. 인간은 인간의 또 다른 이기심을 위해서 그리고 기계문명의 발전을 위해서 자연의 보금자리이자 여성의 자궁과도 같은 곳을 시멘트로 매립해 화석화해 버린 셈이다. 그리고 자연과 생명에 대한 이러한 파괴 행위들은 여러 가지 형태로 인간을 위협해 오고 있다.

데릴로는 인간이 초래한 첫 번째 재앙으로 앞에서 살펴보았던 쓰레기를 지적한다. 쓰레기가 생태계에 있어서 문제가 되는 것은 이것이 자연의 법칙에 위배되기 때문이다. 쓰레기 자체가 반드시 생태를 파괴하는 위협의 대상인 것만은 아니다. 그것이 어떤 쓰레기이며 얼마나 많은 양의 쓰레기냐가 문제이다. 쓰레기는 생명체와 우주의 역사와 더불어 시작된 것으로서 인간의 역사보다 훨씬 더 오랜 역사를 갖고 있다. 그 이전으로 거슬러 가서 우주 만물이 생성될 때, 그리고 지구라는 행성이 탄생하였을 때, 지구 역시 태초의 폭발의 결과로 생겨난 우주먼지—즉 쓰레기들—의 합으로 형성되었다. 따라서 쓰레기는 이제껏 다루어 온 것처럼 반드시 부정적이고 골칫거리인 것만은 아니다.

최근의 생태학에서 이것이 문제가 되고 있는 것은 양과 독성에서 점점 더 심각해져 가는 쓰레기를 자연이 더 이상 받아들이지 못하고 있기 때문이다. 자연적으로 발생하고 자연으로 회귀 가능한 쓰레기는 생태계에서 문제 될 것이 없다. 원래 자연의 모든 것은 죽음을 통해 쓰레기가 되고 그러한 쓰레기는 땅에 묻히고 썩어서 다시 새로운 생명을 위한 거름이 되어 왔다. 이때의 쓰레기는 문젯거리가 아니라 자연의 일부이고 자연이 거쳐 지나가는 하나의 과정과도 같은 것이며 선택이 아니라 필수 과정이다. 그러나 인간의 두뇌가 발달하면서 인간은 점점 더 많은 것을 탐하기 시작하였고, 이 과정에서 쓰레기는 자연스러운 하나의 과정이 아니라 인간과 자연을 위협하는 대상으로 변모하고 있다.

세계는 소비주의가 가져온 엄청난 양의 쓰레기를 처리할 방법에 골머리를 썩이고 있다. 이제 쓰레기는 단지 땅에 묻어 버리거나 미지의 땅에다 내다 버리는 것만으로 처리될 수 없는 심각한 문제가 되었다. 데릴로는 이러한 심각성을 "기자의 대형 피라미드보다 25배나 더 높게 쌓여 있는"(a mound of garbage 25 times bigger than the Great Pyramid at Giza)(Marchand M17) 쓰레기 매립지의 모습을 통해 우리에게 충격적으로 보여 준다. 그렇다면 이처럼 끝없이 계속되는 쓰레기에 대한 대안은 무엇인가? 데릴로는 소설 속에서 이러한 대안을 크게 두 가지 방법으로 제시한다. 이것은 닉과 클라라의 직업에서 쉽게 알 수 있듯이, 쓰레기를 매각이나 연소의 절차를 거쳐 없애 버리는 방법과 쓰레기를 재활용하는 방법이다.

쓰레기를 처리하는 첫 번째 방법은 닉의 직업에서처럼 쓰레기를 태워서 없애거나 또는 땅속 깊이 묻어 버리는 것으로서 아주 원시 시대 때부터 있어 왔던 방법이다. 그러나 현대에 이르러 문명의 이름으로 인간이 내버리는 쓰레기는 감당하기 어려울 만큼 많아져서, 소설 속의 항구를 떠도는 쓰레기 선박처럼 쓰레기는 소각과 매립으로 더 이상 감당해 낼 수 없는 처지에 이르렀다. 게다가 쓰레기를 소각하는 과정에서는 그와 더불어 발생하는 공기 오염의 문제가 대두되는데, 이와 관련된 공기 오염의 문제는 『화이트 노이즈』의 '독성가스 공중 유출 사건'을 통해 이미 확인되었다.

쓰레기를 매립하는 것은 소각과는 다소 다른 면을 갖고 있다. 닉은 쓰레기를 매립하는 모습을 "자신의 죽음과 매장을 위한 파라오"(a paraoh for his death and burial)(*Underworld* 111)의 의식에 비유함으로써 마치 종교적인 장엄함마저 불러일으킨다. 한 시대를 풍미하고 그 마지막을 화려하게 준비하려는 고대 이집트의 파라오의 죽음에 대한 의식은 자신의 일대기를 화려하게 마치고 땅속으로 매립되기를 기다리는 쓰레기의 모습과 유사하다. 이러한 쓰레기의 모습에서는 "손댈 수 없는 어떤 면모를 엿볼 수 있으며, 이제 쓰레기는 신성한 기운마저 갖고 있다"(waste has a solemn aura now, an aspect of untouchability)(*Underworld* 88). 수세기가 지난 후 파라오의 무덤이 다시 세상에 알려지고 고고학자들의 연구를 통해 그

파라오의 시대를 추측해 볼 수 있게 된다.

그러나 「In the Nick of Time」이라는 자신의 논문에서 조안느 개스(Joanne Gass)는 이러한 고대 유적의 가치도 "그것의 소유주가 이미 죽었기 때문에 얻어진 오래되고 진귀한 물품이라는 것"(old and rare items acquired because their owners have died)(121)을 제외하고는 아무런 가치가 없다고 단언한다. 다른 각도에서 본다면 이것 역시 "다른 세대가 내다 버린 쓰레기"(the cast-offs of another generation)(Gass 121)일 뿐이다. 하지만 이처럼 수세기 전 인류에 의해 버려지고 매장된 쓰레기들은 오랜 시간 후 후손에 의해 발굴된 후 연구를 통해 그 시대를 추측하게 만든다. 이로써 쓰레기는 다시 세상에 나오고 새로운 학설과 이론으로 태어나거나 박물관이나 연구실에서 새로운 시작을 맞이한다. 쓰레기의 재활용이자 또한 또 다른 네트워크의 시작이라 할 수 있다.

쓰레기를 소각하거나 매립하는 첫 번째 방법에 이어서, 쓰레기를 다루는 두 번째 방법은 소설 속의 클라라와 이스마엘을 통해 알 수 있듯이 쓰레기를 재활용하는 것이다. 쓰레기를 재활용하는 모습은 소설 전체에 걸쳐 집 안의 쓰레기를 재활용 규칙에 맞춰 분리하고 있는 세이 부부의 모습을 통해서, 그리고 전쟁에서 사용하고 내버려진 군용 전투기들을 예술작품으로 변모시킴으로써 쓰레기를 재활용하는 클라라의 모습을 통해서 반복적으로 암시된다. 이처럼 쓰레기를 재활용하는 것만이 우리가 생활 쓰레기 문제를 해결할 수 있는 가장 손쉬운 선택이다. 쓰레기를 재활용 수거함에 분리하여 집어넣음으로써 우리는 마치 쓰레기 문제를 다 해결한 양 안도한다. 이러한 모습은 『언더월드』의 세이 부부의 모습에서 잘 드러난다.

가정에서 우리는 시리얼 박스의 납지를 뜯어내었다. 우리 집에는 신문
지와 깡통들과 항아리 병들을 분리하는 통을 넣어 두는 재활용 창고가
있었다. 우리는 사용한 깡통과 병들을 헹구어 낸 후 각각의 재활용 통에
집어넣었다.

At home we removed the wax paper from cereal boxes. We had a
recycling closet with separate bins for newspapers, cans and jars. We rinsed
out the used cans and empty bottles and put them in their proper bins.
(*Underworld* 102 − 3)

데릴로는 이 부분을 소설의 앞부분(*Underworld* 89)에서 그대로
재활용함으로써 쓰레기와 재활용이라는 문제를 스스로 실천하고
있는 듯하다. 그는 이 내용을 단지 여기에서뿐만 아니라 소설의
후반부(*Underworld* 803 − 804, 806 − 807)에서도 재활용하고 있다.
그러나 이러한 재활용 분리수거를 통해 모든 쓰레기를 처리할 수
있는 것은 아니다. 게다가 재활용될 수 있는 쓰레기는 아주 소수
일 뿐이며, 쓰레기를 재활용하는 데 드는 비용과 다시 새로운 상
품을 만들어 내는 데 드는 비용을 비교하여 이윤이 되지 않을 경
우에는 그나마 재활용 쓰레기마저도 영원한 쓰레기로 남겨질 뿐이
다. 게다가 재활용이라는 처리 방법으로는 늘어만 가는 소비상품과
거기에서 남겨지는 엄청난 양의 쓰레기들을 감당해 내지 못한다.
결국 이렇게 재활용된 쓰레기 역시 궁극적으로는 다시 쓰레기로
남겨질 것임에 틀림이 없다.

일반인의 쓰레기 재활용 방법이 쓰레기 분리수거라면, 예술가의
방법은 쓰레기를 예술작품으로 변화시키는 것이다. 『언더월드』에
서 데릴로는 미국 로스앤젤레스(Los Angeles)의 와츠 타워(Watts
Tower) 및 브론즈 타워(Bronze tower) 등을 보여 줌으로써, 쓰레기
가 어떻게 예술품으로 변모하는지를 증명해 준다. 이러한 노력은

소설 속의 클라라와 이스마엘의 활동과 일맥상통한다. 클라라는 2차 대전에서 이용되고 버려진 군용기에 그림을 그림으로써 그것들을 예술작품으로 승화시킨다. 이러한 그녀의 행동은 쓰레기 관리업자인 닉의 직업과도 많은 부분에서 연관된다. 그러나 데릴로는 이렇게 만들어 낸 예술작품들 역시 종국에는 또다시 쓰레기로 버려지는 과정을 벗어날 수 없다는 점에서 쓰레기 문제는 인간에게 영원한 과제임을 암시한다.

클라라가 대중적이고 사회적인 명사로서 '지상 세계'를 대변하는 쓰레기 재활용 예술가라고 한다면, 이스마엘은 얼굴을 드러내지 않는 예술가로서 공공 지하철에 그라피티[18]를 그림으로써 어두운 지하 세계의 쓰레기를 예술품으로 승화시키는 인물이다. 그뿐 아니라 이스마엘은 '벽'이라고 불리는 빈민가의 벽에 죽은 어린아이들의 모습을 그리는데, 여기서의 빈민가는 자본주의 사회로부터 버려진 인간들의 집합소로 비유될 수 있다. 따라서 "벽이라는 이름은 일반적인 소외감에서 그렇게 불리는"(This area was called the Wall, partly for …… the general sense of exclusion) (*Underworld* 239) 것이라고 볼 수도 있다. 이스마엘은 이처럼 버려진 지하 세계를 예술화함으로써 대중의 이목을 끌고 이로써 또한 지하 세계를 재활용하고 있다고 하겠다. 그러나 이스마엘 역시 쓰레기와 같은 존재이며 그의 그림 역시 일반적으로 쓰레기 또는 빈민가를 대표하는 '낙서'일 뿐이다.

---

18) 인터넷 웹상에서의 그라피티(graffiti)에 대한 정의에는 "벽이나 교통기관들, 그리고 다른 공공 장소에 충동적이거나 불법적인 그림을 그리거나 글씨를 쓰는 것"을 의미하며, "이것은 전형적으로 외설적이거나 정치적이기는 하나, 또한 그 속에는 상당한 유모어나 지혜가 담겨져 있다"(⟨www.uncp.edu/home/canada/work/allam/1914–/language/s lang.htm⟩).

스프레이 페인트에서 전설 같은 존재이자 그라피티의 고수로서의 이
스마엘의 초기 경력 …… 약 20년 전 그는 유명한 문맨 157이었다. 그리
고 그는 자신의 서명이 어떻게 해서 모든 철로 위를 달리도록 그 도시의
모든 지하철에 그림을 그릴 수 있었는지에 대해 수녀들에게 이야기를 털
어놓았다. 그리고 에드가는 바로 이때가 십대의 그가 터널 속에서 남자들
과 섹스를 시작한 지점이라고 믿었다.

Ismael's early career as a graffiti master, a legend of spray paint. He
was the infamous Moonman 157, nearly twenty years ago, and he told the
nuns how he'd marked subway cars all over the city, his signature running
on every line, and Edgar believed this was where he'd started having sex
with men, in his teens, in the tunnels. (*Underworld* 245)

이스마엘이 표현하는 낙서 그림들 속에는 또 다른 의미가 내포
되어 있다. 그것은 우리가 일반적으로 쓰레기라고 인식하는 것이지
만, 이스마엘은 이러한 쓰레기 그림에 생명을 불어넣고 있다는 점
이다. 클라라는 쓰레기를 예술작품으로 변화시키면서 자본주의와
소비주의의 원칙을 따르고 사회적인 인기에 연연해하는 것으로 해
석될 수 있으며, 단지 버려지고 아무 쓸모없는 쓰레기를 변형시켜
좀 더 아름다운 색깔의 쓰레기를 만들고 있다. 이러한 과정에서
그녀의 쓰레기는 소비주의 사회에서 또 하나의 상품으로 변모한다.
그러나 이스마엘은 이와 다르다. 그 역시 지하철에 그려 놓은
그라피티들이 자신의 서명과 더불어 온 도시를 돌아다니는 것을 자
랑스레 쳐다보며 시민들의 반응에도 항상 관심을 갖지만(*Underworld*
433), 오히려 그의 그림에는 "뒷골목의 삶에 대한 이야기"(a story
of backstreet life)(*Underworld* 434)가 녹아 있고, 잊혀 버린 지하 세
계를 밖으로 표출해 내려는 숨은 의지가 담겨 있다. 화려한 도시
의 조명 반대편에 있는 어둡고 가난하고 버려진 이들의 의식이 그
라피티라는 형식으로 표현된 것이라고 한다면, 그의 그림이 온 도

시를 돌아다니는 것은 이러한 지하 세계의 모습을 지상으로 내보이고 그것을 잊고 있는 이들에게 자각을 일깨우려는 의지의 표출이라 할 수 있다.

더욱이 그라피티가 그려진 채 온 도시를 누비는 지하철은 연계성의 개념으로도 해석 가능한데, 여기서 지하철은 지상과 지하 세계를 연계하면서 도시의 어두운 곳과 밝고 화려한 곳을 연계해 주는 역할을 한다. 게다가 이것은 일직선상의 선로들이 평면적으로 연계되어 있는 것처럼 더 이상 상하의 구분이 존재하지 않는 포스트모던 네트워크의 특징을 잘 보여 준다.

그라피티가 갖는 중요성은 도시 빈민가 '벽'에 그려진 그림의 의미에서 한층 더 심화된다. 이곳의 그라피티는 단순히 벽에 그린 낙서가 아니다. 그것은 빈민가에서 죽어 간 아이들의 모습을 그림으로 승화시키고 거기에 날개를 달아 줌으로써 그들을 천사로 만들어 준다.

수녀들은 '벽'과 그 근처에 살고 있는 사람들, 즉 천식을 앓고 있는 아이들과 겸상 적혈구 질환을 앓는 어른들, 그리고 에이즈 환자들과 마약 중독이 된 아이들에게 먹을 것을 가져다준다. 그리고 매일, 또는 하루에 두 번, 또는 하루에 세 번이나 네 번, 그들은 이 기념비적인 벽을 통과하여 밴을 운전한다. 이것은 6층짜리의 무단 입주자들 주택의 측면에 위치해 있는데, 그라피티 화가들은 그곳에 사는 아이가 질병이나 학대로 인해 죽음을 당할 때마다 그 벽 위에다 천사 그림을 그리고 있다.

The nuns deliver food to people living in the Wall and nearby, the asthmatic children and sickle−cell adults, the cases of AIDS and the cocaine babies, and every day, twice a day, three or four times a day, they drive their van past the memorial wall. This is the six−story flank of a squatters' tenement on which graffiti writers spray−paint an angel every time a local child dies of illness or mistreatment. (*Underworld* 811)

‘벽’은 그 자체만으로도 쓰레기를 의미하는 곳으로서 지상의 사람들에게는 잊혀져 있거나 또는 허구와도 같은 공간이다. 그러나 아이러니하게도 그라피티 화가들은 이곳을 잊고 있지 않으며 오히려 이곳을 상기시키기 위해 그림을 그린다. 특히 이스마엘을 비롯한 그의 동료들이 그리고 있는 그림은 이곳에서 병으로 죽어 가는 아이들에 대한 그림이다. 이곳의 아이들은 문명의 이기심이 만들어 낸 희생양들이다. 데릴로는 이를 통해 인간이 만들어 낸 모든 쓰레기가 원래는 자연의 일부로서 소중한 가치를 지니고 있었던 것처럼, 이 아이들 역시 소중한 하나의 생명들이었음을 각성시키고자 한다. 이 아이들이 쓰레기가 아닌 것처럼, 인간이 만들어 내는 쓰레기 역시 포스트모던 생태 개념으로 이해하자면 원래는 소중한 자연의 일부였던 것이다. 단지 인간의 이기심이 이 모든 것에 독성을 만들어 냈고 결국은 자연과 인간 어디에도 속하지 못하는 골치 덩어리인 쓰레기로 만들 것이다.

인간은 자신의 능력을 넘어서고 있는 쓰레기 문제를 해결하기 위해 이것을 상품화한다. 데릴로는 핵폭탄으로 인한 피해자들이 모여 사는 곳이나 ‘벽’이 자본주의에 의해 관광 상품으로 변모하는 모습을 통해 이를 이해시킨다. 이러한 실례는 역사 속에서 찾을 수 있는데, 히로시마 원자 핵 피해 지역이나 버려진 옛 유적지가 관광 상품으로 변모되어 있는 것이 그것이다. 따라서 우리가 “여행하는 곳은 박물관이나 일몰과 같은 것이 아니라, 고문과 전쟁의 고색창연한 기억을 품고 있고 폭탄으로 날아가 버린 폐허이다”(travel somewhere not for museums and sunsets but for ruins, bomb-out terrain, for the moss-grown memory of torture and war)(*Underworld* 248). 이러한 관광지로의 변모는 쓰레기 처리장도

예외가 될 수 없다.

> 쓰레기를 개방된 곳으로 가져와야 한다. 사람들로 하여금 그것을 보고
> 그것에 대한 존경심이 생기도록 만들자. 쓰레기 처리 시설을 숨기려 들지
> 말자. 쓰레기를 위한 건축물을 세우자. 쓰레기를 재활용하는 건물을 화려
> 하게 꾸미고 자신들의 쓰레기를 들고 오도록 사람들을 초대하자 ······.
>
> Bring garbage into the open. Let people see it and respect it. Don't
> hide your waste facilities. Make an architecture of waste. Design gorgeous
> buildings to recycle waste and invite people to collect their own garbage
> ······. (*Underworld* 286)

인간은 차츰 늘어나는 쓰레기의 양에 위협을 느끼면서, 재활용을 할 수 있는 것은 모두 재활용하기 위해 고심하고 있다. 그중 하나가 이러한 쓰레기 처리장의 재활용이다. 내면보다 외형을 중요시하는 시대적 특성을 그대로 이용하여 그 외형을 꾸민 후, 그것을 상품으로 시장에 내놓는 것으로 문제를 해결하려 한다.

이러한 노력은 쓰레기를 재활용해 보려는 노력의 일환이라기보다는 오히려 모든 것을 상품화할 수 있다는 우리 시대 자본주의 논리의 일환으로 여겨진다. 쓰레기든 아니면 고대의 유적을 배경으로 한 역사이든 간에, 일단 상품으로 변모하면 그것은 소비자의 선택을 기다리게 된다. 그러나 우리는 상품으로 둔갑한 폐허를 소비(관광)하지만, "사실 거기에는 아무것도 볼 것이 없음"(there was nothing else, essentially, to see)(*Underworld* 343)을 확인할 뿐이다. 이와 마찬가지로 『화이트 노이즈』의 '미국에서 가장 사진이 많이 찍히는 헛간' 역시 쓰레기 재활용이라는 의미로 해석될 수 있다.

> 며칠 후 머레이는 미국에서 가장 사진이 많이 찍히는 헛간으로 알려져

있는 관광명소에 대해 물었다. 우리는 파밍톤 근처의 시골에까지 22마일을 달려갔다. 그곳에는 목장과 사과 과수원들이 있었다. 굽이치는 들판을 가로질러 하얀 울타리들이 길게 뻗어 있었다. 곧 표지판들이 나타나기 시작했다. **미국에서 가장 사진이 많이 찍히는 헛간**…… 임시 주차장에는 40대의 자동차와 한 대의 관광버스가 있었다. …… 노점의 한 남자가 좀 더 높은 위치에서 그 헛간을 찍은 그림엽서들과 슬라이드를 팔고 있었다.

Several days later Murray asked me about a tourist attraction known as the most photographed barn in America. We drove twenty − two miles into the country around Farmington. There were meadows and apple orchards. White fences trailed through the rolling fields. Soon the signs started appearing. THE MOST PHOTOGRAPHED BARN IN AMERIC A…… There were forty cars and a tour bus in the makeshift lot. …… A man in a booth sold postcards and slides − pictures of the barn taken from the elevated spot. (*White Noise* 12)

미국의 역사에서나 등장할 만한 이 헛간은 우리 사회에서는 쓸모없는 쓰레기에 지나지 않는다. 그러나 자본주의와 소비주의 논리가 맞닿으면서, 이것은 또 다른 가치 있는 상품으로 탈바꿈한다. 이로써 데릴로는 과거의 버려진 유물과도 같은 쓰레기가 어떻게 관광 상품으로 변모하는지를 보여 준다. 이곳을 찾는 관광버스의 모습을 통해서, 그리고 이곳을 사진으로 담은 엽서를 판매하는 모습들을 통해 또 다른 소비 사회의 일면을 확인시켜 준다. 재활용이 곧바로 또 다른 소비와 연계되는 순간이다.

이러한 모습은 『언더월드』에서 다시 재활용되고 있는데, 셰이 부부가 아이들을 데리고 '고대 유적지'(ancient ruin)를 보러 가는 장면이 그것이다.

고대의 폐허는 600년도 더 오래된 것으로, 유일하게 주요 골격부 하나만이 남아 있다. 그리고 다른 작은 부분들과 벽이었던 흔적이 흩어져 있

다. 우리는 늦은 오전의 열기 속에서 서 있었으며, 우리가 하나씩 이곳저
곳을 구경하기 전에 몇 분 동안 공원 관리인의 말을 들었다. 사실 거기에
는 볼 것이 없었음에도 불구하고 말이다.

The ancient ruin was over six hundred years old, a single major
structure with smaller scattered remains and a trace of a wall somewhere.
We stood in the late morning heat and listened to a park ranger for a
few minutes before we drifted off, one by one, although there was nothing
else, essentially, to see. (*Underworld* 342 – 343)

'더 이상 볼 것이 없다'라는 말 속에서 우리는 『언더월드』에서
가진 돈을 모두 주고 원하는 것[야구공]을 손에 쥐었지만 "이것으
로 무얼 하지?"(What do I do with it?)(*Underworld* 653)라고 묻는
찰스의 대사를 떠올릴 수 있다. 어렵게 먼 길을 달려왔지만 사실
볼 것이라고는 전혀 없는 폐허만이 남아 있을 뿐이라는 이야기는,
증명조차 되지 않은 과거에 대한 명성에 힘입어 어렵게 그 공을
손에 넣었지만 그것으로 할 수 있는 것은 아무것도 없다는 의미와
유사하다. 어쩌면 이것들은 모두 근본적으로는 어떤 의미를 지니고
있었지만, 이제는 그것을 알아주는 사람들이 없어지면서 껍데기만
남은 쓰레기로 변모해 버렸는지 모른다. 과거의 유적지는 그 원래
의 의미로서 과거 인류의 삶과 숨결을 느낄 수 있는 살아 있는 현
장이어야 하지만, 인간이 차츰 그것의 진정한 의미를 볼 수 있는
눈을 상실함으로써 그것의 진정한 의미마저도 사라져 가고 있다.

한 걸음 더 나아가, 이러한 유적지의 모습에 대해 데릴로는 한
고고학자의 입을 빌려 과거의 버려진 유적지들 또한 사실은 "쓰레
기로 인해 그 정착지를 떠난 것인데, 자신들이 버린 쓰레기로 둘
러싸여 더 이상 숨을 쉬거나 살 수 있는 공간조차 없어졌기 때
문"(the people abandoned the settlement because they were pushed

out by waste, because they had no room to live and breathe, surrounded by their own mounting garbage)(*Underworld* 343)이라고 말한다. 이처럼 인간은 자신이 사용한 것을 차츰 쓰레기로 만들어 왔다. 이에 대한 실례로서 과거에 번성하였던 지역이 지금은 쇠퇴하면서 사람들이 일자리나 교육을 위해 거주지를 떠남으로써 버려지는 주택을 들 수 있다. 이러한 주택들은 재활용조차 되지 못하고 폐가로 남는다. 재활용 역시 자본주의 논리에 따라 이윤이 남아야 성사되기 때문에, 넘쳐나는 폐가들은 더 이상 재활용의 가치마저도 상실한 채 방치된다.

데릴로가 우려하는 쓰레기로 남아 있는 건축물들의 음산한 모습은 미래 공상과학 영화들에서 쉽게 묘사되고 있다. 오래되어 부식된 수도관에서 떨어지는 물방울이 고여 있고 전기가 끊어지면서 빛조차 잃어버린 채 어둠 속에 갇혀 있는 공간들로서, 이제는 아무도 살지 않은 채 쥐나 부랑자들의 거취가 되거나 또는 범죄의 근원지가 되고 있다. 그러나 이것이 영화에서만 가능한 일은 아니다. 사람들은 오래된 건물을 부수고 새 건물을 짓는 것보다 다른 곳으로 이주하여 새로운 땅에 새 건물을 짓는 것이 이득이라고 판단하면, 낡고 오래된 건물들은 과감히 내버릴 것이다. 이로써 엄청난 쓰레기 건물들이 도시 곳곳에 흉물스럽게 버티고 서 있을 것이다.

이처럼 끊임없는 소비와 재활용, 그리고 거기에서 영원히 남게 되는 쓰레기가 우리 인류의 미래를 암울하게 만든다. 이런 이유로 개스는 "미국판 에덴은 진정한 황무지가 되고 있으며 …… 그리고 미국의 미래는 그 쓰레기를 어떻게 다루느냐에 달려 있다"(The American Eden has became a true wasteland …… and America's future lies in managing its waste)(126)고 주장하는데, 이것은 단지 미국의 미래에만 달려 있는 문제가 아니라 문명의 이름하에 개발되고 있는 모든 국가들의 문제라고 할 수 있다. 과거의 비옥한 지구는 차츰 개발과 파괴로 인해 황폐화되고, 이러한 과정에서 배출되는 쓰레기가 차츰 인간이 사는 곳까지 침범해 오고 있다. 이런 의미에서 이제 지구는 '떠돌아다니는 거대한 상점'을 넘어서 '떠돌아다니는 거대한 쓰레기더미'로 변모하고 있다. 그리고 인류의 미래는 이러한 쓰레기를 어떻게 해결하느냐에 달려 있다.

데릴로는 독자들로 하여금 지구 전체가 점차 쓰레기로 위협받게 될 미래를 제대로 인식할 것을 호소한다. 이것은 관광버스를 타고 '벽'을 구경하러 온 관광객들을 향해 "이것은 초현실이 아니야. 이것은 현실이야, 현실이라고. 당신네 버스가 초현실이지. 당신네들이 초현실이라고"(It's not surreal. It's real, it's real. Your bus is surreal. You're surrreal)(*Underworld* 247)라고 소리치는 그레이스 수녀의 절규 속에서 잘 드러난다. 사람들은 이것이 현실임을 잊고 있다. 엄청난 쓰레기와 원자폭탄의 폐허, 폼페이의 비극, 그리고 사회로부터 버려진 이들이 살고 있는 이곳 빈민가의 모습이 현실임을 망각한 채 그림엽서 속의 가상현실인 것으로 착각하고 있다. 이러한 사회에 대해 그레이스 수녀는 이 모든 것이 현실이며 그 사실을 알아야 한다고 절규하고 있다. 그러나 우리는 그런 그녀의 외침에도 아랑곳하지 않은 채 "한 관광객이 바람개비 하나를 사고는 다시 버스에 올라탈"(A tourist bought a pinwheel and got back in the bus)(*Underworld* 247) 뿐임을 목격한다. 사회는 아직도 쓰레기로 황폐해 가는 현실을 제대로 인식하지 못하고 있다.

그러나 데릴로는 소설 속에서 쓰레기 문제를 다루면서 이것을 반드시 부정적인 존재로만 보고 있지는 않다. 쓰레기가 '재앙'이

되는 것은 현시대에 이르러 그 양과 질에 있어서 인류와 생태계를 위협하기 때문이다. 따라서 데릴로는 쓰레기가 현실이자 인류의 미래임을 강조하면서, 쓰레기에 대한 올바른 인식을 가질 것을 제안한다.

데릴로는 우선 개인으로 볼 때 쓰레기가 그 개인의 과거를 보여 주는 것이며, 나아가서는 인간이 만들어 온 문명의 역사를 보여 주는 것임을 인지해야 한다고 암시한다. 『화이트 노이즈』에서 미지의 약에 대한 증거를 찾기 위해 가족들이 버려 놓은 쓰레기통을 뒤지는 잭의 모습에서 이런 면이 잘 드러난다. 악취가 코를 찌르는 쓰레기통을 뒤집어엎고는 그 속에 든 내용물들을 하나씩 꺼내면서 잭은 "이것이 우리들의 것이었던가? 이것이 우리에게 속해 있던 것인가? 우리가 이것을 만들어 냈던가?"(Was this ours? Did it belong to us? Had we created it?)(*White Noise* 258)라는 질문을 던지고 있다. 우리가 잊어버리고 있었을 뿐 쓰레기는 원래부터 우리의 것이었고 우리에게 속해 있었던 것이었으며 우리들이 만들어 낸 것들이다. 따라서 우리 일상의 쓰레기를 뒤져 보면 우리가 무엇을 먹고 무엇을 구입하여 사용하며 어떤 생활을 즐기고 있는지를 쉽게 알 수 있다. 이와 같이 쓰레기는 인류의 역사이기도 하다.

또한 데릴로는 쓰레기가 지닌 여러 가지 문제점에도 불구하고 인간의 역사를 이해하고 인간의 문명을 이해하고 또 그것을 발전시켜 나가기 위해서 인간이 이러한 쓰레기를 이용하기도 한다는 점을 상기시킨다. 왜냐하면 "쓰레기는 비밀의 역사이자 숨겨진 역사이며, 문자 그대로 고고학자들이 땅속으로부터 이전의 문화에 대한 역사를 파내는 방법이기"(waste is the secret history, the underhistory, the way archaeologists dig out the history of early cultures ······ literally from under the ground)(*Underworld* 791) 때문이다. 이때의 쓰레기는 우리의 발자취가 되며 쓰레기를 검토해 봄으로써 그것을 내버린 주체의 성격이나 취향 등을 알 수 있게 된다. 따라서 쓰레기는 새로운 이해관계를 생산해 주며 이러한 생산 소비의 네트워크의 마지막 단계가 아니라 새로운 네트워크로의 커넥터가 된다.

나아가서 쓰레기와 인간과의 관계는 확대되어 인류의 문명 전체와 연관된다. 우선 고고학이나 인류학과 같은 학문들은 과거 속에 버려져 있는 유물이라는 이름의 쓰레기를 통해 인류의 발자취를 추적한다. 위갠드(Wiegand)는 쓰레기와 문명과의 관계에 대해서, "문명은 그것이 창조한 것에 의해서가 아니라 그것이 내버린 것에 의해 만들어지고 파괴된다"(a civilization is defined and destroyed, not ⋯⋯ by what it creates but by what it throws away)(Wiegand)고 주장한다. 데릴로는 이러한 주장에서 한 걸음 더 발전시켜, "쓰레기가 먼저이고, 그것을 처리하기 위해 우리는 시스템이라는 것을 만들었다"(Garbage comes first, then we build a system deal with it)고 말하면서, 결국 문명이란 "쓰레기더미 위에서 건설되었다"(ends up in the dump)(*Underworld* 287 – 288)고 주장한다. 이런 이유로 카바들로는 "데릴로가 쓰레기로부터 무엇이 창조될 수 있는가, 즉 폐허로부터 무엇이 나올 수 있는가를 들여다보고 있다"(DeLillo now sees what may possibly grow out of the rubbish, what sort of crops may be harvested from the decay)(*Balance and Belief* 161)고 확언한다. 이러한 데릴로의 노력은 또 다른 쓰레기 재활용의 한 방법이 되고 있으며, 이렇게 재활용된 쓰레기가 문명을 만들어 내고 이것은 또다시 쓰레기를 만들어 냄으로써 끝없는 커넥터를 만들어 간다.

데릴로는 『언더월드』를 통해 쓰레기 문제를 전면에 내놓음으로 써, 이것이 인류와 생태계의 현재와 미래에 미칠 영향을 냉철하게 예언한다. 그리고 포스트모던 생태학적인 해석으로 자연과 인간과 쓰레기를 이해함으로써 그 해결책을 구하고자 한다. 자연이야말로 원초적 네트워크라 말할 수 있으며, 그것은 상하나 종속관계가 존 재하지 않는 포스트모던적인 네트워크이다. 이런 이유로 찰스 젱크 스(Charles Jencks)는 환경적인 문제가 모더니즘의 한계를 보여 준 다고 단언하면서, 생태학을 "본질적으로 포스트모던적인 학 문"(essential Post-Modern science)(58-59)이라고 단언한다. 그의 주장처럼 생태학에서는 "지구상의 모든 생물과 무생물들이 상호 연계되어 있거나, 또는 서로 결합될 수 있다"(all living and non- living things on the globe are interconnected, or capable of being linked)(58-59).

자연은 서로 끊임없는 네트워크로 연계되어 있다. 인간의 두뇌 를 움직이는 끊임없는 신경세포들의 조직이 그러하고, 나무의 생명 을 유지시켜주는 수많은 잔뿌리들이 서로의 조직에 서로를 연계시 키고 있는 나무뿌리의 구조가 그러하다. 『언더월드』라는 장편소설 이 하나의 야구공을 기본 허브로 하여 다양한 인물들과 이야기를 이어 주는 다양한 노드와 허브들로 서로 연계되어 있듯이, 인간이 살고 있는 우주 역시 이러한 네트워크의 개념으로 이해될 수 있다. 그러나 차츰 자연이라는 근원적인 네트워크를 파괴하면서 인간은 자본주의와 소비주의에 의한 경제체제로 인해 스스로를 위험으로 내몰고 있다. 인간에 의해 시작된 생태 위기는 이러한 자연이 만 들어 준 네트워크의 파괴에서 비롯되었다.

인간은 수많은 방법으로 생태계를 파괴하고 있다. 태초에도 인간은 소비를 필요로 했지만 자연과 전체 네트워크를 손상시킬 만한 것은 아니었다. 들뢰즈가 리좀의 구조에 대해 언급하고 있듯이, 자연 속의 네트워크는 "주어진 위치에서 부서질 수도 있고 그곳에서 떨어져 나갈 수도 있지만, 그것은 기존의 줄기를 찾거나 또는 다른 새로운 줄기를 찾아 거기에서 다시 시작할"([A rhizome] may be broken, shattered at a given spot, but it will start up again on one of its old lines, or on new lines)(9) 수 있는 것이었다. 하나의 노드가 손상을 입어도 전체 네트워크에는 손상을 주지 않을 만큼 거기에는 또 다른 노드와 허브들이 존재하고 있는 것이 이러한 네트워크의 특징이기 때문이다. 그러나 산업이 발전하고 생산과 소비가 급격히 늘어 가면서, 자연적 네트워크에 대한 파괴는 점점 더 강해져 왔다. 자연의 네트워크는 더 이상 재생할 기회를 얻지 못했다. 이로써 서로 거미줄처럼 강하게 연계되어 있던 생태계의 네트워크는 허물어지기 시작했다.

쓰레기에 대한 몇몇 긍정적인 해석에도 불구하고 데릴로의 소설 속에서는 인간이 쓰고 내다 버리는 쓰레기가 더 이상 내버릴 곳도 파묻을 곳도 찾지 못한 채 떠돌아다니고 있다. 그는 세계가 점점 더 쓰레기를 파묻을 곳을 찾지 못해 고민하고 있으며, 머지않은 미래에 인간은 자신이 사는 곳마저 쓰레기를 위해 내놓아야 할 지경에 이를지도 모른다고 경고한다. 인간에게 풍요를 가져다주던 자연은 차츰 파괴되어 쓰레기의 형태로 변하고 있다. 수백 년 동안 자리를 지켜 오던 자연은 인간의 개발로 인해 폐허가 되었다가, 다시 그곳에 도시가 들어서면서 화려한 조명을 받는가 싶더니, 차츰 낡고 더러워지면서 빈민가로 전락한 채 유지되다가, 결국에는 완전한 쓰레기로 버려진다.

쓰레기를 처리하는 방법을 찾아야 한다는 일념과 이것 역시 상품화될 수 있다는 또 다른 자본주의 논리에 힘입어, 인간은 쓰레기 재활용에 머리를 맞대고 있다. 그러나 모든 쓰레기가 재활용될 수는 없다. 게다가 재활용되어 사용된 쓰레기 역시 또다시 쓰레기로 남게 된다. 쓰레기를 둘러싼 이러한 순환은 끝없이 계속될 것이다. 또한 쓰레기가 버려지는 그곳은 언제나 자본주의가 가져온 어두운 '지하 세계'로 변한다. 그러나 이러한 '지하 세계'가 영원한 지하 세계로만 머물지는 않으며, 우리가 살고 있는 '지상 세계'와 무관할 수도 없다. 『언더월드』에서 데릴로는 그라피티가 그려진 채 도시의 곳곳을 돌아다니고 있는 지하철의 모습을 통해 이러한 지하 세계와 지상 세계의 연계성을 보여 준다.

모던 사회에서 지하 세계는 지하에 남아 있었다. 그러나 포스트모던 시대로 접어들면서 이 경계선이 무너지기 시작했고, 지하 세계는 더 이상 지하 세계로만 머물지 않고 지상으로 그 존재를 내보이기 시작했다. 그 결과 지하 세계에만 머물러야 하고 따라서 인간이 인식하지 못하는 곳에 머물러야만 했던 인간의 지저분한 배설물들이 지상으로 나오기 시작한 것이다. 데릴로는 지하철에 그리는 이스마엘의 그림들이 사회적으로 쓰레기로 치부되고 있으면서도 또 한편으로는 사회의 어두운 면을 보여 주는 지하 세계를 대변하는 것이라고 암시한다, 더불어 쓰레기를 담고 있는 지하철이 온 도시를 누비고 다니는 모습을 통해 더 이상 지하 세계가 지하에만 머무는 것이 아님을 보여 준다.

궁극적으로 데릴로는 인간과 자연과 쓰레기와 이로 인한 생태적 위기는 모두가 서로 무한한 네트워크로 연계되어 있음을 확인시켜 줌으로써, 인간의 이기심과 무관심이 전체 네트워크를 얼마나 위협할 수 있는가에 대해 우리에게 경고하고 있다.

(2) 핵폭탄

쓰레기와 그로 인해 야기되는 문제들은 생태계의 네트워크와 더불어 테크놀로지의 최절정에 있다고 할 수 있는 핵폭탄과 인터넷으로 확대된다. 그리고 이 모든 문제는 종국에는 '죽음'을 통해 다시 하나로 연계된다.

데릴로는 소설에서 인간이 만들어 낸 무기와 쓰레기가 밀접하게 연관되어 있음을 보여 준다. 양쪽 모두 인간의 이기심과 과욕에 의해 만들어졌다는 점에서 일치하며 또한 양쪽 모두 종국에는 인간을 포함한 지구 전체를 위협에 빠뜨릴 수 있다는 점에서 그러하다. 이런 이유로 데릴로는 『언더월드』에서 무기와 쓰레기 사이의 연계성을 다음과 같이 피력한다.

> 나는 무기와 쓰레기 사이에는 이상야릇한 연계성이 존재한다고 빅토르에게 말한다. 정확히 그것이 무엇인지는 모르겠다. …… 그는 하나가 다른 하나의 신비스러운 쌍둥이일지도 모른다고 말한다. …… 그는 쓰레기가 악마적인 쌍둥이라고 말한다. 쓰레기가 비밀의 역사이자 숨겨져 있는 역사이기 때문에, 고고학자들은 초기 문명의 역사라 할 수 있는 모든 종류의 뼈 무덤과 부서진 도구들을 말 그대로 땅 아래로부터 파내고 있는 것이다.

> I tell Viktor there is a curious connection between weapons and waste. I don't know exactly what. …… He says maybe one is the mystical twin of the other. …… He says waste is the devil twin. Because waste is the secret history, the underhistory, the way archaeologists dig out the history of early cultures, every sort of bone heap and broken tool, literally from under the ground. (*Underworld* 791)

쓰레기와 무기 사이에는 많은 유사성이 발견된다는 점에서 이 둘은 서로 부정적인 의미에서 보면 쌍둥이라고 주장하는 데릴로의 견해는 타당해 보인다. 그의 주장대로 이들은 양쪽 모두 비밀의 역사와 연관되는데, 이러한 비밀을 알아내기 위해서 고고학자들은 역사가 버려 놓은 쓰레기들을 파내고 연구한다. 쓰레기와 무기는 인간에게 알려지지 않은 지하 세계를 보여 준다고 할 수 있으며, 이것은 인간의 과거를 보여 주면서 동시에 인간의 미래를 위협하고 있다.

데릴로는 『언더월드』에서 현시대의 대량 살상무기들을 통틀어 일컫는 개념으로 핵폭탄을 들고 있는데, 이 시대의 전쟁 무기는 모두 핵무기로 연계되기 때문이다. 그러나 인간의 무기는 다른 동물들의 날카로운 이빨이나 발톱과 같은 자연적인 무기와는 다르다. 이것은 말 그대로 '인공적인'(artificial) 것이며, 인간은 자기 방어나 원초적인 배고픔을 채우기 위해서만 이것을 사용하지는 않는다. 인간은 차츰 즐거움과 약탈을 위해서 그리고 자신의 힘을 과시하기 위해서 점점 더 강한 무기를 생산해 왔다. 그리고 그 무기는 더 이상 외부로 향하지 않고 인간 스스로를 겨냥하고 있다. 이러한 위협은 단순히 인간만을 위협하는 것이 아니라 인간이 살고 있는 생태계 전체와 지구 전체를 위협하고 있다. 게다가 인간은 점점 더 강하고 더 위협적인 무기를 탐한 결과로 핵폭탄을 소유하기에 이르렀다.

핵은 우리 시대의 과학기술이 가져온 결정체이지만, 그것이 가져오는 위협은 인류에게 두려움의 대상이다. 특히 여기에서 유출되는 방사능은 쓰레기가 뿜어내는 독가스와도 같다. 핵은 폭탄이 되어 이미 일본에 투하된 역사가 있다. 그 결과 인류는 핵의 엄청난 위력을 실감했으며, 핵은 그것으로 끝나는 것이 아니라 그 찌꺼기가 불러오는 끝없는 위협을 감수해야 함을 실감하였다. 특히 '더러운 폭탄'(dirty bomb)이라 불리는 또 다른 형태의 핵폭탄은 아예 폭파 이후에 발생하는 강력한 방사능 물질의 전파력과 그것이 초래하는 질병과 공포와 혼란을 야기하기 위해 만들어진다.

이 폭탄을 효과적으로 이용하는 두 번째 방법으로는 투하하는 것이 아니라 공공장소의 쓰레기장과 같은 곳에 숨겨 두어 지나가는 사람들에게 심각한 정도의 방사능 물질 감염을 일으키는 것이다. 결국 이것은 "대량 살상 무기라기보다는 대중을 붕괴시키기 위한 무기"(not as a Weapon of Mass Destruction but rather as a Weapon of Mass Disruption)(<http://www.nrc.gov/reading − rm/doc − collections/fact − sheets/dirty − bombs...>)라고 할 수 있다. 이처럼 핵폭탄은 그 자체의 위력에 못지않게 그것이 폭파하면서 발산하는 방사능의 위험성 또한 엄청난 것임을 알 수 있다. 그러나 인간은 오히려 이러한 위험성을 이용하고 있다.

핵폭탄은 그것을 만들어 낸 인간을 송두리째 날려 버리고도 남을 위력을 갖고 있음이 여러 실험에서 드러나고 있다. 핵실험에 대한 미국과 다른 서방 세력들의 열기는 『언더월드』의 배경이 되고 있는 1949년 8월 29일 이후 계속된 소련의 원자폭탄 실험 성공이라는 뜻밖의 사건에서 기인한 것이기도 한데, 2차 대전의 종전과 더불어 나치주의자의 핵폭탄 소유에 대한 우려로 시작되었던 서방의 핵실험은 이로써 새로운 국면으로 치닫게 되었다. 열강들은 앞을 다투어 핵실험을 강행하고 더 강한 폭탄을 개발하기에 고심하면서, 누구에게 이 핵을 겨누고 있는지조차 잊어버린 채 인간은 자멸의 길을 걷고 있다.

이런 시대적인 배경과 더불어 루크 상트(Luc Sante)는 『언더월드』
가 "역사 속에 숨겨져 있는 …… 즉 어둠 속에서 벌어지고 있는
삶에 대한 이야기"(suggestion of life taking place in the shadows
…… beneath history)(4)라고 일컬으면서, "이 책 속에는 지옥과 역
사가 서로 겹쳐지는데, 이 양쪽 모두 핵무기에 의해 이루어지고
있다"(hell and history overlap in the book; both are determined by
nuclear weaponry)(4)고 서술한다. 이처럼 데릴로는 그의 소설 속에
서 앞에서 논의한 쓰레기와 더불어 테크놀로지의 절정이라 할 수
있는 핵을 다룸으로써 인류의 미래를 점치고 있다.

원자핵의 발견에 대해 윌콕스는, "원자는 자본주의가 가져온 완
벽한 생산품"(The atom becomes the perfect product of capitalism)(*Don
DeLillo's* 123)이라고 말하고 있다. 『언더월드』의 프롤로그를 장식하
는 자이언츠의 역전승과 더불어 소련의 핵실험 성공이라는 역사적
인 뉴스가 주는 의미는 2차 대전의 승리와 자본주의의 세력 확대
에 힘을 입어 '완전한 승리자'라고 자처하던 미국이 패배자로만 여
겨 왔던 소련에 역전패를 당했다(White 29)는 사실이다. 이 사건은
역사에서는 영원한 승자도 영원한 패자도 없다는 진리를 말해 주
며, 동시에 현시대에서 핵이 갖는 중요성과 그 위협을 보여 준다.
핵은 그동안 미국이 이루어 놓은 모든 자본주의의 성공을 하루아
침에 위협하고도 남을 엄청난 위력을 갖고 있다.

소련의 핵실험 소식은 여러 가지 의미에서 중요성을 갖고 있는
데, 그중 하나가 이를 계기로 지구 상의 모든 국가들은 누가 핵폭
탄을 소유하느냐 않느냐라는 새로운 냉전으로 돌입했다는 것이다.
이와 더불어 세계의 냉전은 "핵전쟁을 일으키느냐 또는 이것을 막
느냐 둘 중 하나의 편에 서는"(for either fighting or avoiding a

nuclear war)(<http://en.wikipe dia.org/wiki/Nuclear_weapon>) 새로
운 양상을 보인다. 그리고 이 전쟁의 첫 승리는 소련의 차지였다.
이를 계기로 미국과 다른 서방 강국들은 서로 앞 다투어 핵을 손
에 넣기 위한 전쟁에 돌입하였다.

『언더월드』의 야구 경기에서 자이언츠의 승리와 대조를 이루는
소련의 핵개발과 브뤼겔의 그림 '죽음의 승리'가 갖는 의미에 대
해, 필립 넬(Philip Nel)은 "두 차원에서의 현실, 즉 지역적인 승리
와 국가 차원에서의 패배, 나아가서 흥분에 들뜬 관중들과 원폭의
피해로 인해 대량 살상되는 모습"(two realities; a local victory and
national defeat; a euphoric crowd and a sense of mass death suggestive
of atomic death)(733)을 보여 준다고 설명한다.

이와 같은 맥락에서 데릴로는 '제이트'(ZEIT)와의 인터뷰에서
"나는 이 경기가 모든 미국인들이 그들의 기억 속에서 함께 공유
할 수 있는 마지막으로 축하할 만한 사건 중의 하나라고 여겼다.
그 이후에는 큰 재앙이 그러한 대중의 마음을 지배하게 되었다"(I
felt this game to be one of the last celebrated events all Americans
share in their memory. Later, catastrophes came to dominate the
public mind)(Burger)고 밝힌다. 데릴로가 단언하듯이 세계의 경쟁
적인 핵무기 개발이 인간에게 가져다줄 수 있는 미래란 재앙밖에
없다. 결국 『언더월드』는 르클레어의 표현처럼, '핵의 시대,' 즉
"정부가 땅 위에서 무기를 폭파시키면, 국민들은 대피소로 숨어 들
어가야"(*Underworld* is about the nuclear age–when governments
exploded weapons aboveground and citizens burrowed into bomb
shelters)(Leclair) 하는 그러한 시대에 대한 이야기를 담고 있다.

데릴로는 리차드 윌리엄스(Richard Williams)와의 인터뷰에서 우

리 시대에서 폭탄(bomb)이 갖는 의미에 대해 역설하고 있는데, 그는 "현재와 과거를 나누는 가장 큰 차이점은 폭탄"(the big difference between the before and the after is the bomb)(Williams)이라고 단언한다. 그는 역사상 인간은 무기를 만들 때마다 신성한 이름을 붙여 주려고 고심해 왔다는 사실을 통해서 인간이 무기에 얼마나 큰 의미를 부여하고 있는지를 알 수 있다고 주장한다. 덧붙여 데릴로는 그의 소설의 제목이 『언더월드』인 것과 연관 지어 "우리의 무기가 신성한 것이라면, 악마적인 역할을 하는 것은 우리의 쓰레기이다. 그리고 이것은 우리 지구의 지하 세계를 점령하기 시작하는데, 왜냐하면 우리는 그것을 묻어 버리는 것 말고는 아무것도 할 수 없기 때문"(if our weapons were godly, i's our waste that's demonic, and it begins to occupy the literal underworld of the planet, because burying it is all we can do)(Williams)이라고 말한다.

그러나 '우리의 무기가 신성하다'는 말을 인간의 무기가 신성하다는 의미로 받아들여서는 안 된다. 데릴로는 비록 실험실에서 만들어지는 무기가 그 자체로는 과학기술의 신성함을 의미한다 하더라도, 그것이 가져오는 결과[쓰레기]는 악마의 힘과 같다는 것을 강조한다. 데릴로는 특히 플루토늄(Plutonium)이라는 단어는 죽은 이들의 신이자 지하 세계의 지배자인 플루토(Pluto)에서 유래한 말임을 지적하고 있는데, 이러한 플루토늄의 유래 자체가 그것이 초래할 미래를 상징한다고 하겠다. 결국 플루토늄은 수많은 생명을 죽음의 지하 세계로 내몰면서 그 지하 세계에서조차도 끊임없이 연쇄적인 죽음을 불러일으키고 있다. 데릴로는 『언더월드』를 통해 이러한 인간의 비극이 다른 외부의 힘에 의해 발생한 것이 아니라 인간 스스로가 자처한 일임을 보여 주면서 더불어 이것이 가져올 미래의 비극적인 모습을 묘사하고 있다.

데릴로는 핵을 비롯한 인간의 무기가 가져올 비극성을 피터 브뤼겔의 '죽음의 승리'를 통해 연상시킨다. 원래 이 그림은 전쟁으로 인해 황폐해져 주검만이 나뒹구는 파괴된 세상의 모습을 담고 있지만, 소련의 핵개발이라는 역사상의 사실과 더불어 핵폭탄으로 인해 황폐해질 세상의 모습을 연상시키고 있다.

> 그는 두개골로 가득 찬 수송차를 살펴본다. 그는 통로에 서서 개들에게 쫓기고 있는 벌거벗은 남자를 바라본다. 그는 죽은 여인의 팔에 안겨 있는 아기를 갉아먹고 있는 말라빠진 개를 쳐다본다. …… 그렇다, 주검이 살아 있는 것을 덮친다.

> He studies the tumbrel filled with skulls. He stands in the aisle and looks at the naked man pursued by dogs. He looks at the gaunt dog nibbling the baby in the dead woman's arms. …… Yes, the dead fall upon the living. (*Underworld* 50)

'죽음의 승리'에서 묘사된 이런 끔찍한 모습은 구소련 시대의 것으로 소개되는 <운터벨트>(Unterwelt)라는 가상 영화에서 그대로 이어진다. 그러나 이 영화 속에서 등장하는 인물들은 오히려 '죽음의 승리' 이전의 모습이라고 할 수 있다. 왜냐하면 그들은 현재 살아 있는 인물들로 묘사되기 때문이다.

> 당신은 한 미치광이 과학자에 대한 영화 한 편을 보고 있는 듯하다. 그는 원자 광선총을 허리에 차고 흑백이 잘 구별된 여러 겹의 실험복을 걸친 채, 그 구조물을 지나다니고 있다. 지하 공간에 있는 칙칙한 방들을 사람들이 지나다닌다. 그들은 희생자들이거나 죄수들로서, 아마도 실험 대상들인 듯하다. 한 죄수의 얼굴을 힐끗 보니 그는 아주 심하게 기형이 되어 있는데, 그 모습은 충격적이라기보다는 오히려 우스꽝스럽다. 그는 비스듬히 기울어진 머리와 아주 좁은 턱, 그리고 지렁이처럼 앞으로 쑥

튀어나온 입을 갖고 있다.

> It seems you are watching a movie about a mad scientist. He sweeps through the frame, dressed in well-defined black and white, in layered robes, wielding an atomic ray gun. Figures move through crude rooms in some underground space. They are victims or prisoners, perhaps experimental subjects. A glimpse of a prisoner's face shows he is badly deformed and it is less shocking than funny. He has sloped head, shallow jaw and protuberant lips of an earthworm. (*Underworld* 429)

데릴로는 영화 속 사람들의 모습에 대한 정확한 원인을 밝히지는 않지만, 독자들은 이 사람들이 핵폭탄의 희생양임을 짐작할 수 있다. 그들은 직접 간접적으로 핵의 영향에 노출되었고 그 결과 자신들 세대뿐 아니라 다음 세대까지도 기형이라는 형태로 대물림할 것이다. 핵이 가져다주는 심각성은 바로 여기에 있다. 핵폭탄이 끊임없이 작은 원자들의 폭발로 이어지듯이, 유전적 기형 역시 세대를 이어 가면서 계속된다는 점이다.

데릴로는 이러한 핵의 위협에 대해 이것의 '습격을 당한' 사람들을 수용하고 있는 우즈베키스탄의 한 병원의 모습과 '기형 박물관'을 통해 재확인시켜 준다. 이곳은 브뤼겔의 그림과 <운터벨트>의 인물들이 그대로 살아 나온 듯한 모습을 하고 있다.

> 그는 우리를 기형 박물관이라는 곳으로 데려간다. …… 태아들로 가득 찬 전시 항아리들이 길게 줄지어 있는 방. …… 그중 몇몇 태아들은 하인츠 항아리 안에 보존되어 있다. 거기에는 머리가 둘 있는 것도 있다. 머리는 하나이지만 크기가 몸의 두 배인 것도 있다. 정상적인 머리를 가졌지만 잘못된 곳에 자리를 잡은 것도 있는데, 머리가 오른쪽 어깨 위에 붙어있기도 하다.

> He takes us to a place he calls the Museum of Misshapens. …… a

long low room of display cases filled with fetuses. ⋯⋯ The fetuses, some
of them, are preserved in Heinz pickle jars. There is two‐headed
specimen. There is the single head that is twice the size of the body.
There is the normal head that is located in the wrong place, perched on
the right shoulder. (*Underworld* 799)

‘충격적이라기보다는 오히려 우스꽝스러움’을 자아내었던 영화 속의 장면들은 카자흐스탄의 박물관과 병원에 이르면서 더 이상 ‘우스꽝스러울’ 수 없다. 데릴로는 세계열강들이 앞 다투어 자국의 이익을 위해 벌여 오고 있는 핵실험들로 인해 죄 없는 자연과 사람들이 희생을 겪고 있는 실상을 이 박물관과 병원의 모습을 통해 실질적으로 묘사하고 있다.

데릴로가 묘사하고 있는 기형아들은 모두 핵실험의 피해자들이다. 정확히 누구인지 알 수 없는 미지의 권력은 자신들이 파 놓은 지하 광산이 방사능 유출을 막기에 충분할 만큼 깊지가 않다는 것을 500번의 핵폭발 실험이 있은 후에서야 비로소 깨달았다. 이와 같은 방사능의 위협은 국제적으로 핵폐기물 사업을 하고 있는 빅토르(Viktor)의 안내로 방문하게 되는 한 병원에서 더욱 실감할 수 있다. 눈이 있어야 할 자리가 그저 피부로 덮여 있는 소년, 검사를 받기 위해 속옷 차림으로 기다리는 대머리의 아이들, 생김새는 정상적이지만 마치 초승달처럼 얼굴의 반쪽만을 갖고 있는 여인(*Underworld* 800)이 치료를 위해서 또는 연구를 위해서 이 병원에서 살고 있다. 오랫동안 이곳에서는 방사능이라는 말은 금기시되어 왔는데, 어쨌거나 이곳 주민들은 이것이 존재하는지조차 모르기 때문에 방사능이라는 말을 하지 않는다. 하지만 “이곳에는 알려지지 않은 질병들이 있음”(there are unknown disease here)(*Underworld*

800－801)에 틀림이 없다. 원인도 알지 못한 채 죽어 가는 이 환자들에서처럼, "방사능은 보이지 않은 채 조용히 그리고 아주 치명적인 상태로, 보이기도 하고 보이지 않기도 하면서"(radiation is seen and unseen, quietly invisible and profoundly lethal)(Nel 731) 이미 오랫동안 우리의 삶을 위협해 오고 있다.

데릴로는 '죽음의 승리'와 영화 <운터벨트> 그리고 기형 박물관과 이름이 알려지지 않은 병원에 이르기까지 유사한 증상과 재앙으로 고통을 받고 있는 사람들의 모습을 되풀이해서 보여 줌으로써, 이 시대의 핵과 거기에서 나오는 방사능이 얼마나 무서운가를 재확인시켜 준다. 이로써 인간은 자신들이 어떤 일을 겪고 있는지조차 모른 채 고통을 겪고 있는데, 이것은 핵으로 인해 인간을 비롯한 지구 전체의 생명들이 겪게 될 고통이기도 하다. 데릴로는 인간의 테크놀로지가 발전하면 할수록 이러한 박물관과 병원의 수는 더욱 증가해 나갈 것임을 암시하면서, 결국 이러한 문명이 인간을 비롯한 지구 전체를 기형으로 만들어 갈 것임을 비관한다.

그러나 카자흐스탄의 마을 사람들이 방사능이 존재하는지를 모르기 때문에 그것을 말하지 않는 것처럼, 우리도 이것의 존재와 그 위협을 정확히 모르기 때문에 그것을 말하지 않을 뿐이다. 사실 현대인들이 느끼는 죽음에 대한 막연한 공포의 원인이 여기에 있는지도 모른다. 이런 이유로 데릴로는 윌리엄스와의 인터뷰에서, 『언더월드』는 "폭탄 아래에서 함께 살아온 지난 40년에 대한 감춰진 역사"(the underhistory of those 40 years－living together under the bomb)(Williams)라고 말하고 있다. 데릴로는 인류의 역사 속에서 잊혀 왔고 감추어져 왔던 파괴의 역사를 소설로 쓰고 있다.

소설 속 인물들은 핵폭탄에 대한 막연한 두려움을 갖고 있지만,

핵에 대해서 정확하게 아는 것은 아무것도 없다. 그리고 그 배후
에는 우리가 알지 못하는 복잡한 음모가 서로 꼬리를 문 채 단단
하게 얽혀 있다.

빅토르가 닉을 데리고 가는 곳은 지도에도 나와 있지 않은 곳이
다. 이곳은 지상 세계에 존재하지 않는 지하 세계라 할 수 있는데,
이러한 세계가 얼마나 많은지 그리고 이것이 누구에 의해 설립되
고 유지되는지 정확히 알 수 없지만, 세계사가 이러한 지하 세계
에서 일어나는 일들로 이루어진다는 것은 분명하다.

대중에게는 비밀로 되어 있는 이 같은 세계에서는 무슨 일인가
가 음모처럼 벌어지고 있는데, 그중 대표적인 것이 핵실험이다. 데
릴로는 역사적으로 빈번하게 행해지고 있는 세계 각국의 핵실험을
제아무리 지하 세계에서 일어나는 일로 파묻어 버리려 해도 끝내
인간에게 악영향을 미칠 수밖에 없음을 암시적으로 보여 준다. 핵
실험이 인간이 살지 않는 사막지역이나 바다 해양 속에서 또는 지
구 대기층에서 벌어지고 지도상에는 나타나지도 않는 곳으로 표기
된다고 하더라도, 그것은 엄연히 지구에 속해 있는 곳이거나 지구
의 머리 위거나 발아래인 것이다. 아무리 지하 세계라 하더라도
지하 세계는 지상과 서로 연계되어 있고 따라서 전혀 상관없는 다

른 세계가 될 수는 없다. 결국 이곳 지하 세계에서 행해지고 있는 위험한 행위는 그 땅 위에 집을 짓고 그 땅에서 나는 물을 마시고 그 공기를 마시며 살고 있는 우리 인간의 목숨을 위협할 수밖에 없다. 우주는 하나로 연계되어 있기 때문이다.

> 그 도시의 남서쪽에 있는 실험 장소에서 500개의 핵폭발이 있었다. 그리고 …… 그들이 지하 폭발을 위해서 파 두었던 광산 수직갱은 방사능의 위험 수위가 유출되는 것을 막을 정도로 충분하지는 못했다.

> Five hundred nuclear explosions at the test site, which is southwest of the city …… the mine shafts they dug for underground detonations were not deep enough to preclude the venting of dangerous levels of radiation. (*Underworld* 799)

'지하 폭발을 위해 파는 수직갱의 깊이는 언제나 충분하지 못한' 결과를 가져오고, 인류와 지구 전체에 비극적인 영향을 미치고 있다. 아무리 깊이 파묻어도 방사능의 유출을 막기에는 역부족이고 그 방사능은 인간과 자연에 엄청난 영향을 미친다. 그러나 그 영향을 받고 있는 인간은 그것의 정확한 원인조차 알지 못한 채 고통을 겪고 있다. 자신이 '방사능'에 노출된 것도 모른 채 인간은 자신이 원인 모를 질병으로 죽어 가고 있다고 여긴다. 데릴로는 과학과 기술이 발전함에 따라 인간은 알지도 못하는 수많은 위험 물질들의 위협에 시달리면서도 그것의 정체조차 알지 못한 채 살아가는 현대인들의 비극을 보여 준다.

데릴로는 핵이 그 자체로서 내적 혹은 외적으로 하나의 거대한 네트워크임을 보여 준다. 핵폭탄이 폭발하고 거기에서 나오는 방사능 물질로 끊임없이 인간과 자연이 파괴되는 모습이 꼬리에 꼬리를 물고 일어나는 과정에서 그 외적인 네트워크를 읽을 수 있다고 한다면, 핵 자체의 조직구성이 바로 이러한 네트워크의 산물이며 핵의 파괴는 곧 네트워크 파괴로서 이해될 수 있다. 더 작은 원자핵으로 분열하면서 발생하는 엄청난 열과 에너지를 이용한 것이 핵폭탄의 원리이므로, 이것은 끊임없이 더 작은 단위로 연결되는 네트워크의 원리에서 시작된다. 아이러니하게도 자연의 네트워크인 생태계를 파괴함으로써 인간의 재앙이 시작된 것처럼, 인간은 한 걸음 더 나아가 이보다 더 복잡한 핵이라는 네트워크를 파괴함으로써 인간과 자연과 지구 전체를 송두리째 위험에 빠뜨리고 있다.

데릴로는 핵실험 과정이나 폭발에서 유출되는 핵폐기물 역시 자본주의의 생산과 소비 과정에서 배출되는 쓰레기와 마찬가지로 해석하고, 핵폐기물을 처리하는 방법을 제시하고 있다. 첫 번째 방법은 쓰레기 처리와 마찬가지로 매립 또는 소각이다. 하지만 핵폐기물의 경우에는 그 정도에서 차이가 난다. 우선 매립의 경우 가능한 한 깊이, 그리고 거기에서 뿜어 나올 방사능이 통과하지 못하도록 최대한의 보호 장치를 취한 이후에 매립해야 한다. 그러나 그 매립은 언제나 충분하지 않다. 그래서 데릴로는 『언더월드』에서 이러한 방사능에 노출된 지하 세계를 보여 주는 것이다. 쓰레기를 아무리 깊이 파묻어도 충분하지 않는(*Underworld* 791) 것처럼, 윌콕스는 우리가 "방사능 폐기물을 아무리 깊이 파묻는다 해도, 그것의 치명적인 영향은 되돌아온다"(No matter how deep radioactive waste is buried, its pernicious effects return)(*Don DeLillo's* 124)고 단언한다.

단순한 매립에 만족할 수 없게 되자 인간은 이것을 파괴하기로 한다. 여기에서 무기와 쓰레기의 직접적인 연관성이 생겨나는데,

양쪽 모두 '죽이기'(kill)의 의미가 내포되어 있다는 점에서 그러하다. 데릴로는 쓰레기를 악마에 비유하면서 이러한 "악마를 죽이기"(kill the devil)(*Underworld* 791) 위해 핵폭탄을 사용하는 인간의 모습을 냉소적으로 비웃고 있다.

데릴로는 핵 방사능에 노출된 쓰레기나 위험한 물질이 내포된 쓰레기를 더 강력한 핵폭탄으로 날려 버리는 국제적인 사업을 하는 소설 속 인물로서 빅토르를 등장시킨다. "그들은 준비된 현금을 받고 핵폭발을 판매한다"(they sell nuclear explosions for ready cash)(*Underworld* 788). 그러나 그렇게 폭파시켜 버린 핵폐기물은 또 다른 핵폐기물을 남길 뿐이다. 폭발로 인해 생겨난 핵 쓰레기는 쓰레기에서 또 다른 쓰레기로 끊임없이 변모해 가고, 더 아래로 더 아래로 내려갈 뿐(그 안에 있는 어떤 것 안에 있는 어떤 것 안에 있는 어떤 것. 아래로 아래로 아래로. 밑으로 밑으로 밑으로 (something inside something else inside something else. Down, down, down. Under, under, under)(*Underworld* 736) 결코 사라지지 않는다. 이것이 바로 핵폐기물이 갖고 있는 가장 큰 두려움이다. 게다가 이 과정에서 생겨난 더 큰 방사능은 하나의 비밀처럼 주변의 살아 있는 모든 것을 죽음에 대한 공포로 몰아넣는다. 그리고 여기에서 피해를 입은 인간을 포함한 자연은 또 다른 형태의 쓰레기가 된다.

데릴로는 일반 쓰레기의 재활용과 마찬가지로, 핵으로 인한 쓰레기도 재활용되고 있음을 보여 준다. 그 첫 번째가 버려진 유적지를 관광 상품으로 재활용하듯이, 핵으로 폐허가 된 곳을 관광지로 만드는 것이다. 그 대표적인 예가 히로시마인데, 이것은 '역사'가 곧 상품이 되는 순간이기도 하다. 나아가 핵으로 인한 쓰레기의 재활용은 핵 방사능의 피해를 입은 사람들의 유해나 기형으로 태어난 태아들의 시신을 모아 둔 박물관을 만들어 이 역시 관광지로 상품화하는 것이다.

데릴로는 또 다른 재활용의 방법으로 방사능을 이용한 질병 치료를 들고 있다. 사람들은 질병을 치료하기 위해 우라늄 광산에 모여드는데, 이곳은 연방정부에서 정한 안전수치보다 몇백 배나 높은 방사능이 나온다(*Underworld* 806). "쓰레기가 위험하면 할수록 그것은 더욱 영웅시될 것이다. 방사능에 노출된 땅 …… 다음 세대가 되면 우리는 신성한 땅으로서 이곳을 보러 올 것이다. 플루토늄 국립공원 …… 호흡 마스크를 착용하고 보호 의복을 걸친 관광객들"(The more dangerous the waste, the more heroic it will become …… we'll come to see it as sacred in the next century. Plutonium National Park …… Tourists wearing respirator masks and protective suits)(*Underworld* 289)에 대해 이야기하는 쓰레기 고고학자 제스(Jesse)의 말을 빌려, 데릴로는 핵폭탄과 그 피해 지역을 관광지로 재활용하는 시대상을 비웃는 듯하다. '보호장비를 착용'하는 행동을 통해 그것의 위협을 인지한 듯하지만 사람들은 이것 또한 현실이 아닌 또 하나의 시뮬라크라로 인식하고 있다. '보호 장비' 속에 들어 있음으로써 인간은 안전하다고 느끼지만, 실제 그것의 위력 앞에서는 아무런 소용이 없다는 것을 사람들은 망각하고 있다.

이런 이유로 데릴로는 폭탄의 위력이 이제 종교의 힘마저도 굴복시키려 드는 시대상을 고발한다. 이것은 에드가 수녀가 인터넷 안에서 발견하는 섬광이 하느님[19]이 아닌 핵폭탄의 것임에서 암시된다.

---

19) 본 연구서에서 '하느님'은 영어의 'God'에 해당하는 용어이다. 영어의 God는 개신교에서는 '하나님'으로 통용되며, 가톨릭에서는 '하느님'으로 통용된다. 데릴로는 가톨릭의 영향을

보석들이 그녀의 눈에서 굴러 나오고 그녀는 하느님을 본다.
아니, 잠깐만, 미안해요. 그녀가 본 것은 소련의 폭탄이에요. 역사상 가장 큰 것, 1961년 북극해 위에서 폭발한 그 장치 말이지요.

The jewels roll out of her eyes and she sees God.
No, wait, sorry. It is a Soviet bomb she sees, the largest yield in history, a device exploded above the Arctic Ocean in 1961. (*Underworld* 826)

에드가 수녀가 하느님으로 착각한 것은 다름 아닌 핵폭탄의 폭발 과정에서 나오는 섬광이다. 데릴로는 이를 통해 인간이 만들어 낸 무기가 하느님과 종교의 힘마저도 굴복시키고 화려한 빛을 발산하고 있음을 암시하면서, 인간이 만들어 내는 테크놀로지의 위력이 신의 전지전능함마저도 위협하고 있음을 암시한다.

핵은 분명 인간의 테크놀로지의 놀라운 힘을 보여 주는 최고의 상품이다. 하지만 "모든 테크놀로지가 결국 폭탄에 귀착되는"(all technology refers to the bomb)(*Underworld* 467) 것처럼, 다른 소비 상품들과 마찬가지로 이것은 그 자체의 위협적인 성질과 여기에서 생겨나는 쓰레기라는 문제마저도 갖고 있다. 그리고 그 위험성은 다른 어떤 폭탄보다도 과히 위압적이어서, 인간이 핵실험을 한 그 날로부터 인류의 죽음에 대한 공포는 시시각각 인류의 자멸을 재촉하면서 우리 주위를 맴돌고 있다.

받은 작가이며, 그의 소설에서도 가톨릭적인 인물이나 배경이 주로 등장하고 있기 때문에 본 연구서에서는 '하나님'이라는 용어 대신에 '하느님'이라는 용어를 사용하고자 한다.

(3) 인터넷

　데릴로는 에드가 수녀가 핵무기의 위협을 확인할 수 있는 곳으로 실제의 세상이 아니라 인터넷 세상을 보여 준다. 핵폭탄을 자연스럽게 인터넷과 연계시킴으로써 그는 핵이 끊임없는 작은 핵으로 결합되어 있듯이 인터넷 역시 "끊임없는 연계망으로 장비되어 있음"(the endless fitted links)(*Underworld* 251)을 보여 준다. 이로써 전혀 연계성이 없어 보이는 이 두 가지를 서로 연결시키고 있다.

　우선 사전적인 용어 정의에서 알 수 있듯이, 인터넷(internet)이라는 개념 자체에 "컴퓨터 이용자들이 온 세계의 컴퓨터와 연계할 수 있도록 해 주는 컴퓨터 네트워크의 의미"(computer network which allows computer users to connect with computers all over the world)(Sinclair 820)가 담겨 있다. 현재 시점에서 본다면 인터넷을 통한 전 세계적인 상호연계성(Thomson 179)이 성공적으로 이루어진 듯하다. 인터넷은 전자공학이 가져온 최고의 걸작이라 할 수 있으며, 자본주의와 소비주의 그리고 여기에서 나오는 쓰레기까지를 모두 포괄하는 거대한 웹이다. 이 속에는 모든 것이 서로 연계되어 있고 모두 하나가 될 수 있으면서도 또한 완전히 분열되어 있는 각각의 파편으로 남을 수도 있다.

> 디지털 기술이 사운드와 이미지와 데이터를 포함하여 모든 종류의 메시지를 한데 묶는 것을 허락하면서, 네트워크는 중심부들을 통제하지 않고서도 그것의 노드들과 의사커뮤니케이션을 나눌 수 있도록 형성되었다. 디지털 언어의 보편성과 커뮤니케이션 시스템의 네트워크 논리로 인해 수평적이고 전 지구적인 커뮤니케이션을 가능하게 하는 기술적인 상황이 창조되었다.

인터넷의 기술이 발전하고 나머지 미디어의 영역까지도 포함하면서 이 속에서 더 이상 중심부의 개념을 찾기란 모호해졌지만, 이것이 거대한 연결망으로 연계되어 있음은 분명하다. 따라서 인터넷은 외견상으로는 파편화되어 있고 이종적이고 탈중심화되어 있지만, 톰슨이 제시하듯이, 이러한 차이와 파편화를 만들어 내는 핵심 기술들은 본질적으로 서로 협력하고 표준화되어 있는(199) 우리 시대의 네트워크를 대변한다고 할 수 있다. 인터넷을 이용하는 사람들은 각자 아무런 연관성도 없는 개인들로서 이러한 개인들은 서로 다른 이유와 목적을 가지고 인터넷을 이용한다. 그들이 찾고 있는 목적지도 모두 다르다. 컴퓨터라는 장비 자체도 모두 별개의 것이며 정보를 담고 있는 저장소들도 모두 다른 곳에 위치한다. 다시 말해서 모두 파편화되어 있다고 하겠다. 그러나 이렇듯 완전히 분리된 정보와 그것을 담고 있는 저장소들이 정해진 규칙에 따라 각자의 정보를 나누고 서로 협력하고 있다. 이것이 바로 인터넷의 기본 구조이며 또한 포스트모던 네트워크의 구조이기도 하다.

시간과 공간의 개념 변화와 더불어 '떠돌아다니기'(surfing)의 개념은 인터넷 구조를 쉽게 설명해 준다. 이것은 오늘날의 아이들이 인터넷을 이용하는 모습을 묘사하는 죠셉 지오바니(Joseph Giovanni)의 글에서 잘 드러난다.

오늘날의 아이들은 단순한 동그라미와 세모 네모에서 전체성과 통일
성을 보지 않는다. 우리들에게 있어서 통일성은 시각적이고 개념적인 체
계를 의미하지만 이 아이들은 인터넷을 떠돌아다니면서 고정된 어떤 연
관성이 아니라 움직이는 중심들을 이해한다.―그들은 보다 복잡한 세계
를 이해한다. 멈춤 버튼을 치고 화면을 정지시킨 후 그것을 들여다보면
서, 현재란 무슨 일이 일어났는가 하는 과거와 앞으로 다가올 미래를 암
시한다는 것을 이해한다.

Children today don't see wholeness and coherence in simple circles and
rectangles and squares. Coherence for us means visual and conceptual
order, but these kids surfing the net understand moving centers rather
than fixed points of reference—they see a more complex world. You hit
the pause button, freeze the frame, look at it and see that the present
implies what came after and what will come after. (B10)

지오바니는 어른의 시각을 모더니즘의 개념으로 해석하여, 세계
를 어떤 중심과 정해진 틀에 의해 이해했다고 설명한다. 반면에
아이들의 시각을 포스트모던적인 것으로 해석하여, 고정된 하나의
틀로서 세계를 이해하는 것이 아니라 '움직이는 중심들'로 이해한
다. 인터넷을 떠돌다 보면 과거와 현재와 미래를 동시에 들여다보
는 것이 가능해지는데, 즉 과거와 미래가 공존하는 현재라 할 수
있다. 더 이상 공간이나 시간이 우리를 제약하거나 구속하지 않는
다. 시간과 공간의 제약이 사라진 것도 포스트모던 네트워크를 가
능하게 해 준 중요한 원동력이 되고 있다.

시간과 공간에서의 새로운 개념은 『언더월드』의 마지막 부분에
서 묘사되고 있는 "진정한 기적 …… 모든 사람들이 한꺼번에 모
든 곳에 존재할 수 있는"(real miracle …… when everybody is
everywhere at once)(*Underworld* 808) 사이버 공간에서 재확인된다.
데릴로는 이러한 사이버 공간을 진정한 기적이라고 부른다. 기적이

일어난 것처럼 과거와 현재와 미래까지를 포함한 세계의 모든 정보와 사람들이 한자리에 존재할 수 있는 곳이 이곳 사이버 공간이다. 수많은 커넥터들이 서로 연계된 채 엄청나게 복잡한 구조로 연계되어 있다. 거기에는 시간도 공간도 존재하지 않은 채 끝없는 연결만이 존재할 뿐이다.

인터넷은 우리 시대의 기술과 초월성의 결합이라고 볼 수 있는데, 데릴로는 이것은 기적과도 같은 것이라고 묘사하고 있다. 인터넷 안에서는 시간이나 공간의 제약이나 구속 따위는 존재하지 않는다. 사실 그 안에서는 남녀나 연령도 존재하지 않는다. 그것은 진정한 의미에서의 나의 정체성도 요구하지 않는다. 무한한 시뮬라크라와 하이퍼리얼리티가 존재할 수 있고 가능할 수 있는 곳이 인터넷이다. 이러한 무한정의 시뮬라크라가 수없이 많은 커넥터와 노드들로 연계되어 있는 곳이기도 하고, 우리 시대의 과학과 네트워크 기술이 만들어 낸 기적의 공간이기도 하다.

그러나 이러한 기적은 진정한 의미에서의 기적이라 할 수 없으며 인터넷의 연계성은 자연적인(natural) 연계성과는 거리가 멀다. 그러나 이 시대의 미아가 되어 버린 인간들은 인터넷이라는 기적에 희망을 걸고 있다. 개스의 표현을 빌리자면, 정체성의 상실과 쓰레기와 핵의 위협에 쫓기어 인간은 점점 "사이버 공간 속으로 도피해 버린다. 그러면 우리의 고립은 완벽한 것이 된다"(we move into cyberspace – our isolation from nature is complete)(128).

생태계의 네트워크와 더불어 인간 사회를 연계해 주던 여러 가지 형태의 사회 네트워크에도 변화가 생겨났다. 인간을 엮어 주는 네트워크는 아무런 내적인 결속력도 지니지 않은 채 껍데기만 남게 되었다. 이것은 『화이트 노이즈』에서 잭 가정이 붕괴된 모습을 통해서, 그리고 『언더월드』에서의 셰이 부부의 외도로 인한 부부 결속력 파괴와 더불어, 알버트와 클라라 부부의 붕괴된 모습을 비롯하여 소설 속 많은 인물들의 붕괴되고 고립된 모습들을 통해 찾아볼 수 있었다.

이러한 붕괴는 인간의 기본 윤리의 부재와 더불어 발생한 것이기도 하다. 그리고 인간 사회 내에서 네트워크가 파괴됨으로써 생태계 네트워크도 붕괴되고, 이로써 인간으로 하여금 새로운 가상의 네트워크로 도피할 것을 종용한다. 이것은 새로운 희망의 땅을 찾아 떠났던 초기 미국 이주자들에게 아메리카 대륙이 미국의 꿈(American dream)이었던 것처럼 이제 미국인들만이 아니라 전 인류는 인터넷이라는 새로운 꿈을 찾아 끝없이 떠돌고 있다. 이런 의미에서 인터넷은 우리 시대의 '새로운 개척지'(new frontier)가 되고 있다(Gass 127).

인터넷이라는 새로운 개척지로의 이동은 더 넓은 미지의 세계로의 여행이라기보다는 오히려 안으로 그리고 더 좁은 세계로의 이동을 의미한다. 이것은 『언더월드』의 시작이 야구 경기장인 데 비해서 이 소설의 마지막은 에드가 수녀가 찾은 인터넷 웹 사이트라는 점에서 암시되고 있다. 이를 통해 데릴로는 인간이 머물렀던 과거의 네트워크가 폴로 그라운드와 같은 넓고도 개방적인 공간이었다고 한다면, 이 시대의 인류가 머무르고 있는 공간은 이 소설의 마지막을 장식하고 있는 좁고 폐쇄적이고 기계적인 인터넷임을 암시한다. 또한 그는 소설의 마지막에서 인터넷상의 웹 사이트들이 '수소폭탄(H-bomb) 홈페이지'를 통해 연계되어 있음을 보여 줌으로써 이러한 기계적 네트워크가 오히려 파괴적인 성향을 갖고 있음을 암시한다. 이것은 수소폭탄이 갖고 있는 파괴력만큼이나 전체 네트워크를 다시 파편으로 붕괴시키고 있다.

소설의 시작과 끝을 보여 주는 두 공간을 통해 데릴로는 『언더월드』라는 소설의 구성이 밖에서 안으로 그리고 큰 것에서 작은 것으로의 이동이며 모던에서 포스트모던으로의 이동임을 보여 준다. 이런 이유로 캐틀린 피츠패트릭(Kathleen Pitzpatrick)은 '사이버'가 '항해하다'라는 의미임을 강조하면서 "뉴욕 폴로그라운드라는 통제된 장소로부터 컴퓨터 스크린이라는 끝없는 사이버 공간으로의 이동은 레니 브루스가 줄곧 애기해 왔던 것, '지리학은 내부로 그리고 작은 곳으로 이동해 왔다'는 것을 증명해 보여 준다"(Traveling from the regulated space of the Polo Ground in New York to the limitless cyberspace of the computer screen proves what Lenny Bruce knew from the start: that 'geography had moved inward and smallward')(197)고 피력한다. 그리고 이것이 인류의 역사가 변하고 있는 방향이다.

인간은 이제 점점 더 내부로 그리고 점점 더 작은 곳으로 이동하고 있다. 그러나 그곳은 바깥의 세계보다 훨씬 더 넓고 더 많은 것을 소유하고 있으며 훨씬 더 실제적이다. 자본주의와 소비주의 그리고 쓰레기라는 끊임없는 '재 – 활용'(re – cycle)으로 인간을 점점 더 파괴의 나락으로 추락시키는 현실 속에서 인간은 드디어 인터넷이라는 하나의 비상구를 찾은 듯하다. 그러나 어렵게 도달한 이곳 역시 또 하나의 쓰레기더미일 뿐이다. 폴 글리슨(Paul Gleason)의 주장처럼, "웹은 쓰레기더미와 유사한데, 왜냐하면 그곳은 모든 것이 서로 연계되어 있는 곳이며 또한 영원히 생명을 유지할 수 있는 곳이기 때문이다"(the Web is similar to the garbage dump because it is a place where everything is connected and where eternal life is possible)(141).

이러한 주장은 개스의 주장과도 일맥상통하는데, 그녀는 데릴로의 닉과 『위대한 개츠비』(*Great Gatsby*)의 닉 캐러웨이(Nick Carraway)와의 유사성을 들면서 소설 속의 이 두 인물이 찾게 되는 것이 결국 쓰레기더미일 뿐임을 강조한다(118). 닉 캐러웨이가 찾아 나선 서부(West)가 결국 황무지(wasteland)일 뿐이듯이 닉이 강박적으로 추구했던 홈런 볼 역시 아무짝에도 쓸모없는 쓰레기일 뿐이다. 이것은 『화이트 노이즈』의 잭과 아내 바베트가 많은 대가를 지불하고서라도 손에 넣고자 했던 딜라가 쓰레기 같은 약물일 뿐인 것과 일치한다. 『위대한 개츠비』에서의 황무지가 '잃어버린 세대'(Lost Generation)의 정서적인 황폐함을 보여 주는 것처럼, 데릴로의 소설 속 인물들이 찾게 되는 것들도 결국 쓰레기일 뿐이다. 이를 통해 데릴로는 현대인들의 정서적인 황폐함을 보여 주고자 한다. 인터넷은 이러한 현시대를 사는 우리의 정신적 황폐함을 보여 주는 절정이라 할 수 있다.

인터넷은 화면상에 끊임없이 들락거리는 '스팸메일'이나 상업성 광고 또는 음란 광고들로 가득 차 있는데, 이런 이유로 데릴로는 인터넷 역시 또 하나의 쓰레기라고 말한다. 인터넷은 자본주의와 소비주의의 결정체라 할 수 있는데, 이곳에는 소비주의를 대표하는 수많은 사이버 대형 마트가 존재한다. 따라서 모든 경계를 뛰어넘는 엄청난 규모의 판매와 소비가 이루어지고 있으며 그 모든 과정이 네트워크를 통해 이루어지고 있다. 인터넷은 그 자체로서 거대한 포스트모던 문화의 전형이라 할 수 있다. 인터넷에는 판매하지 않는 것이 없다. 모든 것이 상품이 될 수 있다는 자본주의 논리가 그대로 실현되고 있다. 여기서는 인간의 성과 지식과 사고마저도 모두 상품으로 탈바꿈된 채 판매되고 있다. 한마디로 인터넷에서 상품이 될 수 없는 것은 아무것도 없다.

그러나 인터넷에서 판매하는 대부분의 상품은 사실상 쓰레기에 지나지 않는다. 인터넷상에서 떠돌고 있는 이야기들도 그러하다. 이것은 『화이트 노이즈』에서 슈퍼마켓 계산대를 차지하고 있는 싸구려 잡지들과 일맥상통하는데, 양쪽 모두 값싼 이야깃거리들을 다루고 있는 쓰레기에 지나지 않는다. 이런 이유로 인터넷은 그 자체로서 쓰레기를 가득 싣고 전 세계를 돌아다니는 쓰레기 선박 (*Underworld* 289)과 다를 바 없다.

인터넷은 우리가 알고 있는 일반 쓰레기와는 분명 다르다. 우선 눈에 보이고 냄새나는 쓰레기더미가 없다. 그리고 핵폐기물처럼 위험성도 없어 보인다. 따라서 파묻거나 폭파시켜야 될 필요성도 없다. 결국 이제껏 우리가 염려해 왔던 생태계 파괴와도 별로 연관성이 없어 보인다. 인터넷은 깨끗해 보이고 안전해 보인다. 이러한 장점으로 현시대를 사는 우리는 모두 인터넷의 웹 안에 갇히고 말았다. 그러나 인터넷 역시 자본주의가 가져온 하나의 거대한 상품이며, 결국 이것이 갖고 있는 외형은 상품을 감싸고 있는 화려한 포장지와도 같을 뿐 그 안은 쓰레기 더미로 가득 차 있다는 것이 데릴로의 주장이다.

인터넷은 테크놀로지 발달의 절정에서 이루어졌다는 의미에서 우선 핵폭탄과도 일맥상통한다. 인터넷은 핵이 갖고 있는 위험성도 그대로 갖고 있다. 한편으로 이것은 핵보다 더한 위험성을 갖고 있다. 핵이 갖고 있는 위험성은 일단 그것을 터뜨리지 않으면 그 끊임없는 연계의 고리에 걸려들 염려가 없다. 그러나 인터넷은 그렇지 않다. 인터넷은 이미 우리 삶의 많은 부분을 차지해 버렸고, 우리는 이러한 링크에 속하지 않으면 정체성 자체를 찾을 수 없는 위험에 노출되어 버렸다. 예를 들자면, 내 이름 석 자가 경찰청이나 시청의 웹상에 등록되지 않으면, '나'라는 존재는 살아 있어도 살아 있지 않는 존재가 되어 버리는 것과 유사하다. 바로 이것이 인터넷의 위협이고 기계문명에 모든 것을 맡겨 버린 인간이 겪어야 할 운명이다.

우리는 이제 하루라도 인터넷을 검색하지 않으면 안 되는 중독 증세를 보이고 있다. 이런 이유로 개스는 현실을 피해 사이버 공간으로 도피한 현대인들이 완벽하게 그 속에 고립되어 버린다(128)고 기술한다. 그러면서도 그것이 마약이나 방사능만큼이나 위험스러울 수 있다는 생각은 하지 않는다. 오히려 이곳에서 '평화'를 얻으려 하고 있다. 왜냐하면 이곳에는 어떠한 위협도 존재하지 않으며 '영원한 삶'이 존재하기 때문이다. 이것은 마치 딜라라는 약물을 통해 평화를 얻으려 했던 『화이트 노이즈』의 글래드니 부부나 마약에 의존하던 『언더월드』의 조지의 행동과도 일맥상통하며, 나아가서 미디어에 의존함으로써 자신의 고립감으로부터 벗어나려 했던 『리브라』의 리의 행동과도 연계된다. 그러나 데릴로는 이들의 행위가 모두 실패로 끝나 버린 것처럼 인터넷에 의존하여 평화를 얻으려는 노력 역시 실패할 것이라고 예언한다.

데릴로는 결국 인터넷이 핵폭탄과 마찬가지로 이 시대에서 또 하나의 '지하 세계'임을 암시한다. 인터넷의 세계에서는 누구든지 깊이 몸을 숨길 수 있다. 패스워드나 아이디(ID)와 같은 것은 진정한 의미의 '나'와는 무관하다. '나'는 철저히 지하 세계에 남겨 두고 사이트 이곳저곳을 기웃거릴 수 있는 곳이 바로 인터넷이다. 따라서 우리는 웹 안에서 세계 모든 곳을 돌아다닐 수 있고 그 모든 것과 연계될 수 있지만, 아이러니하게도 다른 한편으로 우리 각자는 철저히 혼자일 뿐이다. 인간은 인터넷 웹 속에서 자연의 존재를 잊어버린다. 왜냐하면 이곳에는 가상의 현실인 하이퍼리얼리티만이 존재하기 때문이다. 이곳에서 인간은 더 이상 생태계니 환경이니 핵폭탄이니 하는 것들을 걱정할 필요가 없다. 그저 깊은 '지하 세계'에 몸을 숨기면 모든 것으로부터 '도피할 수' 있다. 말 그대로 이곳에서 인간은 도나 해러웨이(Donna Haraway)의 '사이보그'(cyborg)가 되어 간다. 결국 인터넷은 인간을 자연의 일부가 아닌 자연과 완전히 동떨어진 존재로 만들고 있다.

인터넷에서는 모든 것이 서로 연계되어 있어서 소속감을 주고 위안을 받을 것이라고 인간은 기대하지만 그것은 인간을 인공적으로 연계해 줄 뿐이며 실질적으로 여기에 연계되어 있는 개개인은 모두 파편처럼 떨어져 있어서 더한 고립감을 느낄 뿐이다. 따라서 인터넷상의 인간은 독방에 갇힌 채 다른 방의 죄수들과 전화선을 통해 속삭이고 있는 꼴이다. 다른 점이 있다면 이 전화선은 다중

선이어서 수도 없이 많은 인물들과 한꺼번에 또는 교대로 전화통화가 가능하다는 것뿐이다.

여기에서 더 나아가 데릴로는 인터넷이 '죽음'의 의미마저도 왜곡시킨다고 주장한다. 이것은 에드가 수녀의 죽음과 인터넷에서의 부활을 통해 잘 드러난다. 그녀는 자신이 죽음으로써 천국에 있을 것이라고 기대하지만 자신이 인터넷 웹 안에서 부활해 있음을 발견한다. 그리고 이곳에서 자신의 또 다른 반쪽이라 할 수 있는 후버를 만난다. 사실 이곳에서는 누구든지 만날 수 있다. 데릴로는 에드가 수녀가 천국이 아닌 인터넷으로 부활한 사실을 통해 인터넷이 우리 시대가 만들어 낸 하나의 기적과도 같은 존재임을 일깨워 준다. 그는 무엇이든지 존재하고 또한 모든 것이 서로 연계되어 있고 불가능한 것은 하나도 없어 보이는 인터넷이 포스트모던 사회의 기적이라고 말한다. 어쩌면 에드가 수녀 역시 하느님보다 이러한 전자 매체의 힘을 더 믿고 있었는지도 모른다.

이런 의미에서 에드가 수녀의 죽음은 이제 더 이상 실재일 수 없다. 그저 그녀의 죽음은 인터넷을 끝없이 돌아다니는 망령일 뿐이다. 데릴로는 그녀의 죽음과 부활을 통해 죽은 자들에 대한 소문이나 이야기들이 인터넷상에 수도 없이 돌아다니는 시대상을 비유하는 듯하다. 이제 죽음마저도 자연 생태계의 범주에서 벗어나 기계문명 속에 갇히고 있다.

네트워크라는 용어는 '생태계' 속에 담겨 있는 개념에서처럼 원래 '자연적인' 의미의 네트워크를 포함한다. 그러나 포스트모던 시대에서의 네트워크의 개념은 이러한 자연적인 네트워크의 개념과는 다소 차이를 둔다. 생태계의 네트워크가 보여 주듯이 자연의 네트워크는 자연발생적이며 언제나 균형을 이루고 있고 파괴적이지 않은 데 비해서, 우리 시대가 보여 주는 기계와 문명에 의한 네트워크는 인위적이고 스스로 파괴적인 성향을 갖고 있다. 이러한 모습은 작게는 사회의 기본 구성원인 인간 개개인의 고립과 소외로부터 시작하여, 가족 구성원들의 파편화된 모습들, 그리고 나아가서는 사회 전체의 기계문명과 소비주의가 가져온 인류 전체와 생태학적 세계 전체에 대한 파괴 성향으로 이어진다.

인간이 태초부터 지니고 있었던 하나의 특징이라 할 수 있는 인간과 자연과 우주와의 네트워크는 우리 시대에 이르면서 인간과 기계와 그것이 만들어 낸 모든 잡다한 상품들과의 네트워크로 변모하였다. 이러한 네트워크는 이전의 질서정연하고 안정적이던 네트워크의 구조를 복잡하고 혼란스러우며 중심을 갖고 있지 않은 포스트모던적인 네트워크로 변화시켰다. 이러한 이유로 비평가 스티브 베스트(Steve Best)와 더글라스 켈리너(Douglas Kelliner)는 '자연적인' 네트워크와 '인위적인' 네트워크가 가져오는 결말에 대해서 다음과 같이 결론짓고 있다.

> 네트워크는 '자연적인' 현상이라 할 수 있는데 그것은 자연의 조직을 복제하고 있으며, 따라서 성장과 발전을 가져올 수 있다. 이에 반해 인공적인 조직체 형태들은 아마도 퇴화하고 죽어 갈 것이다.
>
> Presumably networks are 'natural' phenomena, replicating the organization of nature and are thus capable of growth and development, while artificial organizational forms presumably degenerate and die. (382)

여기에서 베스트와 켈리너가 말하는 네트워크는 자연적인 네트워크를 의미하며, 따라서 네트워크는 생태계에서와 같이 성장과 발전을 가져오지만, 인간에 의해 만들어진 인공적인 네트워크는 오히려 파괴적이어서 결국은 죽음을 초래한다. 이러한 두 가지의 네트워크 안에서 데릴로는 서로 다른 결말을 가져올 두 네트워크 사이의 차이를 보여 주면서, 최종적으로는 자연적인 네트워크가 갖고 있는 질서와 균형을 다시 추구하기를 희망하고 있다.

이러한 '자연스러움'에 대한 그의 갈망은 달리기에 대한 잭의 느낌 속에 잘 드러나 있다.

> 나는 수년 동안 달리기를 한 적이 없었기 때문에, 이 새로운 매트 위에서 나의 육체를 인지할 기회가 없었다. 따라서 나의 발아래에 있는 딱딱하고 가파른 세상을 인식하지 못했다. 내 육체의 부피가 떠다니는 것을 느끼면서, 나는 모퉁이를 돌아서 속도를 내었다. 위와 아래와 삶과 죽음.

> I hadn't run in many years and didn't recognize my body in this new format, didn't recognize the world beneath my feet, hard-surfaced and abrupt. I turned a corner and picked up speed, aware of floating bulk. Up, down, life, death. (*White Noise* 186)

잭은 실제로 땅 위에서 달리기를 하고 흙을 밟으면서 또 다른 자신을 발견할 수 있었다. 이것은 러닝머신 위에서 달리기를 하거나 또는 게임 속에서 누군가를 통해 간접적으로 달리기의 경험을 갖는 것과는 다르다. 이 속에는 '위와 아래와 삶과 죽음'이 모두 들어 있다. 왜냐하면 자연은 그 속에 모든 것을 포함하고 있고, 그 모든 것을 포함하면서 서로 연계시켜 주기 때문이다. 사실, 잭이 "달리기를 통해서 이처럼 강렬한 느낌을 받을 수 있는 것은 그가 이제껏 디지털 매트릭스 속에서만 많은 경험을 해 왔기 때문이며, 또한 텔레비전이나 컴퓨터, 그리고 자동 조작을 통해서 현실로부터 분리되어 있었기 때문이다"(this unfamiliar exercise feels so stimulating because he has been experiencing life too much in the digital matrix,

separated from reality by television, computers, and automation(156)
라고 스필마처는 말한다.

잭의 이러한 발견은 기계를 비롯한 전자 매체의 세계 속에 수없이 노출되어 있는 현대인들에게 널리 적용될 수 있으며, 앞에서 언급한 '자연적인' 네트워크와 '인위적인' 네트워크의 차이와도 연계된다. 그리고 이러한 차이에서 데릴로는 다시 한번 인위적이고 복잡하며 무질서한 네트워크에서 빠져나와 자연적인 네트워크가 주는 안정적이고 질서정연한 네트워크로 돌아가기를 기원하고 있다.

이러한 주장이 문명을 포기하거나 기계의 도움을 버리고 다시 태초의 자연의 세계로 돌아가자는 것은 아니다. 그럴 수도 없을 뿐 아니라 그것만이 해결책이 될 수는 없기 때문이다. 단지 여기에서의 '자연적인'이라는 용어의 의미는 보다 인간과 자연에 충실하자는 의미를 내포하고 있다. 자연적인 네트워크는 그 자체로서 끊임없는 생성과 소멸을 만들어 가면서 자기 발전적이고 자기 보존적이다. 예를 들자면, 자연 생태계 속의 쓰레기라 할 수 있는 죽음은 그 자체로서 다시 생명의 시작으로 이어졌고, 파괴의 개념이 아니었다.

그러나 우리 시대의 인위적인 네트워크 안에서의 죽음은 그렇지 않다. 소모하고 남은 상품을 상품의 죽음으로 해석해 볼 때, 이러한 상품의 죽음은 엄청난 양의 쓰레기를 만들었고, 그것은 새로운 네트워크에 연계되지 못하고 인간에게도 자연에도 처리하지 못할 과제로 남겨졌다. 인간이 만들어 낸 최고의 작품이라 할 수 있는 핵무기나 인터넷도 자연적인 흡수를 도모하기에는 과도한 파괴와 쓰레기를 만들어 낸다. 이제 인간은 '자연적인' 네트워크에서 멀리 떨어져 나와 버렸으며, 인간 스스로에게서조차도 멀어져 버리는 결과를 낳고 있다.

　인터넷의 사이버 세계에 익숙해진 현대인은 차츰 죽음이 "삶으로부터 자연스럽게 흘러가는 하나의 과정임"(as an experience that flows naturally from life)(*White Noise* 100)을 망각하고 있다. 이런 의미에서 현실 세계의 죽음은 사이버 세계와 반대되는 개념으로 해석될 수 있다. 따라서 현시대에서 죽음의 개념이 어떻게 해석되고 있는지에 대해 고찰해 봄으로써 이 둘의 의미도 새롭게 해석해 볼 수 있겠다.

　데릴로는 생명의 탄생이 경이롭고 자연스러운 것이라면 생명의 죽음 역시 숭고한 것이며 자연스러운 것임을 상기시키고자 한다. 하지만 그레고리 베이트선(Gregory Bateson)이 주장하는 것처럼, "우리는 일상의 죽음이라는 단순한 현실을 부정하고 사후 세계에 대한 환상을 만들거나 심지어 부활에 대한 환상을 만들어 낼 것을 갈망한다"(we eager to deny the simple reality of ordinary dying and to build fantasies of an afterworld and even of reincarnation)(140). 사후 세계나 부활과 같은 종교적인 믿음과 관련된 죽음의 의미는 인간에게 부정적이라기보다는 긍정적인 영향을 미친다. 문제는 죽음을 회피하거나 끝없이 연장해 보려는 욕망이다.

　그러나 우리가 더 많은 것을 연구하면 할수록 죽음에 대한 공포는 증가할 뿐이며, 지식과 기술이 발전할수록 새로운 종류의 죽음과 연계될 뿐이다. 그리고 "죽음은 마치 바이러스처럼 적응을 한다"(Death adapts, like a viral agent)(*White Noise* 150). 왜냐하면 이것이 자연의 법칙이기 때문이다. 즉 인간이 죽음으로부터 벗어나기 위해 갖은 노력과 연구를 거듭하여 새로운 과학과 의학을 발전시킨다 하더라도 죽음은 바이러스와도 같아서 그러한 환경에 다시

적응을 하고는 자신의 영역을 지키려 할 것이다. 오히려 죽음은
자신의 영역을 지키는 것으로 끝내는 것이 아니라 자신의 영역을
확장시켜 나가려 할지도 모른다. 과학과 의학이 제아무리 발전한다
해도 인간의 죽음은 여전히 우리 주위를 맴돌고, 때로는 더한 위
협으로 우리를 압박하고 있는 것도 이런 이유에서이다.

죽음이란 가장 자연스러운 한 과정이므로 이것을 회피하려는 것
은 우리가 속해 있는 자연의 법칙을 또다시 파괴하는 것이 될 뿐
이다. 삶과 죽음은 서로 연장선에 놓여 있고 따로 떼놓을 수 없는
두 개념이다. 데릴로는 죽음에 대한 자신의 믿음을 티베트인들의
죽음에 대한 이해를 통해 잘 드러내고 있다.

"죽음과 환생 사이에는 어떤 전통적인 상태가 존재한다고 티베트인들
은 믿지요. 기본적으로 죽음은 기다리는 시기이지요. 곧 신선한 무덤이
그 영혼을 받아들일 것이고요. 한편 영혼은 출생과 더불어 잃어버린 신성
함의 일부를 채우지요."

"Tibetans believe there is a transitional state between death and rebirth.
Death is a waiting period, basically. Soon a fresh womb will receive the
soul. In the meantime the soul restores to itself some of the divinity lost
at birth." (*White Noise* 37)

티베트인들의 신앙은 환생을 믿느냐 안 믿느냐의 문제가 아니다.
죽음은 또 다른 삶을 위한 또 다른 문일 뿐이다. 이러한 믿음 속
에서 우리가 할 일은 "그저 자동문으로 걸어가는 것뿐이다"(we
simply walk toward the sliding doors)(*White Noise* 38). 믿음 속에 두
려움과 공포는 존재하지 않는다. 이러한 맥락에서 데릴로는 인간이
죽음을 두려워하고 슬퍼하는 이유는 "다른 동물들은 알지 못하는
것을 인간만이 알고 있기 때문이라"(because we know what no

other animals knows)(*White Noise* 99)고 말하고 있다. 여기에서 다른 동물들이 알고 있지 못하는 것은 바로 '우리가 죽어야 한다'는 사실과 '어두운 무덤 속에 들어가야 한다'는 사실이다. 점점 더 인간은 자연의 섭리를 두려움의 존재로서 그리고 나아가 물리쳐야 하는 적의 개념으로 이해하고 있다. 결국 죽음에 대한 이러한 이해가 인간에게 더한 고통과 슬픔과 좌절을 가져다준다.

『화이트 노이즈』의 마지막 부분에서 잭은 자신이 살해하려 했던 밍크를 다시 병원으로 데리고 가서 목숨을 구해 준다. 잭의 마음이 변한 것이다. 이것은 삶과 죽음이라는 문제와 더불어 또 다른 해석이 가능하다. 즉, 밍크가 총에 맞아 괴로워하는 것을 보는 순간 잭의 죽음에 대한 공포는 삶에 대한 공포로 전환된다. 그러나 여기에서 삶에 대한 공포란 죽음이 삶보다 낫다든지 삶이 공포스럽다는 의미는 아니다. 삶과 죽음은 하나의 연계선상에 존재하는 것인데, 만약 이러한 죽음이라는 것을 없애 버리고 계속된 삶만이 존재한다면 거기에는 더한 공포가 존재할 것이라는 의미일 것이다. 그렇다면 그러한 깨달음을 얻는 순간 밍크를 살려 주는 것은 무슨 의미인가? 이것은 잭이 드디어 삶과 죽음의 문제를 인간의 손으로 해결해서는 안 된다는 것을 깨달았음을 의미한다. 따라서 이것은 잭이 죽음에 대한 공포로부터 도피하기 위해 다른 사람의 목숨을 빼앗는다는 것이 무엇을 의미하는가를 깨닫는 순간이면서, 또한 잭이 처음으로 자연의 근본적인 도리를 깨닫는 순간이기도 하다.

이처럼 인간의 삶은 모두 죽음과 연계되어 있으며, 따라서 인간과 우주와 생명체와 무생물조차도 모두 연계시켜 주는 것이 바로 이러한 죽음이라 할 수 있다. 왜냐하면 생명이 있거나 없거나 모든 것은 그 끝이 존재하기 때문이다. 데릴로의 표현처럼 "죽음은 공기 속에 늘 존재한다"(death is in the air)(*White Noise* 151). 결론적으로 죽음은 자연 그 자체이며 자아 그 자체이고 생명 그 자체이며 나아가 삶 그 자체이다. 언제나 삶 속에는 죽음이라는 본질을 갖고 살아가므로 삶 자체가 또 죽음이라 할 수 있다. 이러한 죽음에 대한 자각은 자아에 대한 자각일 수 있다.

"당신은 새롭고도 강렬하게 자신을 보게 되지요. …… 처음으로 친숙한 환경 바깥에서, 홀로, 뚜렷하게, 전체로서. 우리가 이 복잡한 과정에 부여한 이름이 바로 공포이지요."
"공포란 더 높은 단계에까지 상승된 자기 인식이란 말이군요."
"바로 그거예요."
"그럼 죽음은요?" 내가 말했다.
"자아, 자아, 자아죠."

"You see yourself in a new and intense way. …… as if for the first time, outside familiar surroundings, alone, distinct, whole. The name we give to this complicated process is fear."
"Fear is self − awareness raised to a higher level."
"That's right, Jack."
"And death?" I said.
"Self, self, self." (*White Noise* 229)

공포가 대상을 새롭게 깨닫게 하는 순간이고 죽음이 자아라고 한다면 죽음을 직면한 그 급박한 순간에 인간은 드디어 자아를 깨닫게 됨을 의미한다. 이러한 죽음의 순간은 인간에게는 경이로운 순간임에 틀림이 없다. 따라서 예널트는 죽음을 두려워하는 것은 자아를 두려워하는 것으로 이해된다(Yehnert)고 말한다. 이런 의미에서 데릴로는 우리의 삶이 더 아름답고 더 중요한 의미를 가지기 위해서라도 죽음은 "우리에게 필요한 하나의 경계선"(the boundary we need)(*White Noise* 228)으로서 존재해야 한다고 충고한다.

죽음으로부터 탈출하려는 다양한 시도에도 불구하고, 정작 죽음에 대한 공포가 없다면 인간은 자아를 발견할 수도 없으며 삶 자체의 의미도 찾지 못할 것이다. 왜냐하면 죽음이 있음으로써 삶이라는 것이 의미를 갖게 되며 그 한계가 생겨나기 때문이다. 죽음이 없다면 삶조차도 존재하지 않는 것이 된다. 인간이 자연의 한 부분이듯이 죽음 또한 우주의 한 부분이다. 죽음은 인간이 자연의 상태로 돌아가는 관문과도 같은 것이다. 따라서 이러한 자연스러움을 인공적인 것으로 바꾸려는 시도 자체가 잘못된 것이다. 잭이 '오래된 공동묘지'(The Old Burying Ground)에서 가장 평안함을 느끼는 이유는 인간의 자연스러운 죽음이 인간을 공포로 이끌고 가는 것이 아니라 오히려 평화롭게 해 주기 때문이다.

잭은 우리를 지배하고 있는 끊임없는 화이트 노이즈로부터 벗어나, 그리고 인간의 생명을 끊임없이 위협해 오는 갖가지 위험물들과 테러에 대한 공포들로부터 벗어나 공동묘지에서 진정한 마음의 평화를 느낀다.

> 나는 교통 소음으로부터, 그리고 강 건너의 공장에서 들려오는 소리들로부터 벗어나 있었다. …… 나는 한 장소에 머문 채 죽은 자들에게 내려올 평화를 느끼기를 고대하면서, 깊게 숨을 내쉬었다.

> I was beyond the traffic noise, the intermittent stir of factories across the river. …… I breathed deeply, remained in one spot, waiting to feel the peace that is supposed to descend upon the dead. (*White Noise* 97)

"평화는 통합적으로 죽음과 연계되어 있고"(peace is integrally connected to death)(Wallace), 인간의 궁극적인 평화는 죽음으로써 그 매듭을 짓고 있다. 따라서 죽음에 대한 인간의 거부는 영원한 평화를 포기하는 것과도 같다. 이러한 모습은 에드가 수녀가 죽은 후 인터넷 웹 사이트를 떠돌고 있는 모습에서 다시 한 번 확인된다. 이곳에는 평화나 안식과 같은 것은 전혀 찾아볼 수 없다. "끊임없는 바이러스의 위협"(perennial threat of virus)(*Underworld* 825)과 끊임없이 들어오는 광고물과 음란물, 그리고 이야기들과 소음들. 그 속에서 인간은 영원한 안식을 포기한 채 또 다른 쇼핑을 하고 있다. "우리는 죽는 게 아니라 쇼핑을 한다"(Here we don't die, we shop)(*White Noise* 38).

이 시대를 사는 우리는 이제 죽음으로써 평화를 얻을 수 있는 권리마저도 전자 매체에 빼앗긴 채 끊임없는 소음과 공포로 초조해하고 있다. 이런 의미에서 데릴로가 이 소설의 마지막을 '평화'(peace)라는 단어로 매듭짓는 것을 여러 가지 의미로 해석할 수 있다.

우선 그는 『화이트 노이즈』에서 『언더월드』에 이르기까지의 소설을 통해 보여 준 다양한 사회적 특성들로써 이러한 평화를 구할 수는 없음을 암시한다. '평화'라는 짧은 단어로서 긴 소설의 마지막을 일축해 버림으로써, 마치 그는 '기계나 전자 매체들이 가져다 주는 편리함 속에서 평화를 얻을 수 있다고 생각하느냐'라고 우리에게 반문하고 있는 듯하다.

또 한편으로 데릴로는 인터넷 사이트를 끊임없이 방황하고 있는 에드가 수녀의 모습과 대조를 이루는 이 '평화'라는 단어를 통해 진정한 평화를 기원하기도 한다. 그는 가상의 세계에서 방황하고 있는 인물이 다름 아닌 하나의 보수적인 종교를 대변하는 수녀라는 점을 통해, 종교마저도 이러한 기계문명 속에서 길을 잃어버린 현시대 모습을 보여 주는 듯하다. 이런 의미에서 그가 말하는 '평화'는 가톨릭의 미사 전례의 마지막에서 신부가 모든 신도들에게 전하는 '모든 이들에게 평화'라는 메시지를 의미하기도 한다. 하느님이 전하는 모든 말씀의 궁극적인 목표가 모든 이들의 평화를 이루는 것이듯이, 데릴로 역시 현대인들이 더 이상의 방황을 매듭짓고 진정한 평화를 얻기를 기원하고 있는 듯하다.

데릴로는 우리가 궁극적으로 추구해야 할 것이 상업화된 성으로부터 소비광고로부터 그리고 현실이 아닌 가상의 네트워크로부터 벗어나는 일임을 암시한다. 즉 이 모든 쓰레기들로부터 벗어나 진정한 '평화'를 얻는 것이 현대인들의 궁극적인 과제임을 상기시키고 있다.

Ⅲ. 네트워크 너머의 평화

　이제까지 현존하는 미국의 대표적인 포스트모던 작가인 데릴로의 대표작이라고 할 수 있는『화이트 노이즈』,『리브라』,『마오2』,『언더월드』의 네 작품을 중심으로 네트워크 지배 아래의 현대 사회를 고찰해 보았다. 데릴로는 현대 사회에 이르러 테크놀로지가 발달함으로써 기계가 인간의 자리를 대신하고, 개인의 정체성이 동시대가 만들어 낸 미디어의 지배를 받고, 나아가 개인이 소비하는 물건이나 개인의 정보를 보여 주는 서류와 데이터가 그 주인의 정체성을 대신하는 '실재'가 되어 버렸음을 보여 주었다. 아울러 그는 이러한 것들이 자아의 진정한 정체성을 보여 주지는 못한다는 사실 또한 확인시켜 주었다.

　현 시대를 규정하는 데 동원되는 다양한 특성들로 인해 사회 구성원들은 안정적인 네트워크에 연계되거나 위안을 받는 것이 아니라, 오히려 쓰레기와 핵폭탄과 같은 훨씬 더 위험한 결과들에 위협을 받고 있다. 우선 소비주의와 자본주의의 발달이 가져온 쓰레기의 문제는 생태 파괴와 연관되어 오히려 인간과 자연의 생명을 위협하는 존재로 변하기 시작했고, 자아를 잃고 방황하는 개인들이 만들어 낸 인간쓰레기들은 사회를 더욱 혼란스럽게 만들기 시작했다.

　이러한 모든 쓰레기는 만물이 서로 연계되어 있다는 아주 기본적인 생태계의 원리를 무시한 결과로 해석되며, 이러한 위협은 핵폭탄에서 극에 달한다. 쓰레기가 자본주의와 소비주의의 최후의 형태이자 동시에 이것들의 부산물이라고 한다면, 핵폭탄은 동시대의 과학과 테크놀로지가 이루어 낸 걸작이라고 할 수 있다. 그러나

이 역시 완벽한 네트워크 구조를 이루고 있지 못하다. 왜냐하면 폭탄으로서 완벽하다면 쓰레기와 같은 부산물은 존재하지 않아야 함에도 불구하고, 오히려 이것은 더욱 위험한 핵폐기물을 남기기 때문이다. 따라서 데릴로는 이 역시 또 하나의 쓰레기일 뿐임을 강조한다.

데릴로는 우리 시대를 네트워크 사회라고 할 때 그 정점의 자리를 차지하고 있는 것이 인터넷이라고 말한다. 개인과 사회와 그 사회가 만들어 낸 핵폭탄과 쓰레기에 이르기까지 없는 것이 없는 곳이 바로 인터넷이며, 이곳에서는 지구와 우주에 존재하거나 존재하지 않는 것까지 포함하여 모든 것이 서로 연계되어 있다. 그러나 인터넷 역시 완전한 네트워크를 형성하지는 못한다. 우선 그 속에서 끊임없이 발생하는 쓰레기 메일의 위협이 그 첫 번째며, 이처럼 완벽해 보이는 네트워크 역시 쓰레기가 가져오는 바이러스의 번식에 의해서 파괴될 수 있다는 것이 그 두 번째다.

데릴로의 소설을 통해 살펴본 것처럼, 인간의 약점을 보완하고 인간의 고립감을 달래 줄 것으로 우리가 기대하는 인터넷 역시 자본주의가 만들어 낸 또 하나의 소비상품이며, 그 자체로서 엄청난 쓰레기를 만들어 내고 있을 뿐이다. 완전한 네트워크라고 우리가 인정하는 인터넷 속에서 인간은 또다시 파편화된 노드로 떠돌아다니고 있다.

'결국에는 모든 것이 하나로 연계되어 있다'라는 네트워크의 개념에 비추어 데릴로의 소설을 고찰해 봄으로써, 우리는 현시대가 만들어 내고 있는 많은 형태의 네트워크들이 결국에는 다시 인간을 위협하는 형태를 취하고 있음을 확인하였다. 이와 더불어 우리 시대가 만들어 낸 네트워크의 개념은 자연적인 네트워크의 개념

위에 인위적인 개념이 더해지면서 더욱 복잡하고 불안정한 형태를 취하게 되었으며, 그 결과 이러한 네트워크 속에서 각각의 노드와 허브는 안정된 자리를 차지하고 있다기보다는 오히려 불안과 동요를 경험하고 있음을 확인하였다.

네트워크 시대라고 인정받는 현대 사회는 네트워크를 만들고 이용하는 데 급급했을 뿐 인위적인 네트워크가 유발하는 부정적인 영향에 대해서는 안일하게 대처해 왔다. 이런 의미에서 데릴로가 보여 주는 네트워크 사회는 이러한 부정적인 의미에서의 사회이다. 그러나 그는 인위적 네트워크를 붕괴시키거나 거부하고 자연적 네트워크로 돌아가자고 주장하지는 않는다.

앞에서 논의한 바와 같이, 『언더월드』의 마지막을 장식하는 '평화'라는 단어는 체념을 담고 있는 부정적인 의미로 해석될 수 있는 반면에 희망을 담고 있는 긍정적인 메시지로도 해석될 수 있다. 평화에 대한 다중적인 의미 속에서 본서는 데릴로가 평화라는 메시지를 상기시킴으로써 궁극적으로는 모든 어둠 속에서도 희망의 빛을 잃지 않고자 하는 것으로 해석하였다. 그렇다면 이러한 평화는 어떻게 얻을 수 있을까? 데릴로는 이에 대한 명확한 해답을 내놓고 있지 않다. 그의 소설을 통해 유추해 볼 수 있는 것은 적어도 인터넷의 웹상으로 퍼져 나가는 평화라는 말(word)을 통해서만은 그것을 구할 수 없다는 것이다. 인터넷상에 '평화'라는 말이 수없이 떠돌며 스크린을 가득 채운다 해서 평화가 찾아드는 것은 아니다. 데릴로는 이를 통해 인터넷을 비롯한 인간이 만들어 낸 가상의 세계가 인간의 평화를 위한 해답이 될 수 없음을 시사한다.

데릴로가 던져 주는 평화의 의미를 네트워크의 개념으로 해석해 볼 수 있는데, 이것은 『화이트 노이즈』의 마지막 장면에서 잘 드러난다. 잭은 슈퍼마켓 계산대에서 스캐너가 상품 코드를 읽는 것을 보면서 "이것은 파장과 방사의 언어, 또는 죽은 자들이 살아 있는 것과 대화를 나누는 방법이야"(This is the language of waves and radiation, or how the dead speak to the living)(*White Noise* 326)라고 생각한다. 잭의 이러한 깨달음은 모든 것이 서로 연계되어 있다는 네트워크의 개념을 보여 주면서, 살아 있는 것들의 세계와 죽은 것들의 세계가 완전히 분리되어 있지 않다는 사실을 깨닫게 됨을 의미한다(LeClair, *Closing the Loop* 26 - 27).

그렇다면 지금껏 논의해 온 바와 같이 삶과 죽음은 모두 연계되어 있고 지하 세계와 지상 세계도 모두 연계되어 있다는 네트워크의 개념을 통해 데릴로가 궁극적으로 전하고자 하는 메시지는 무엇일까?

네트워크의 개념을 통해 데릴로는 어느 한쪽을 포기하고 다른 한쪽을 선택하거나 또는 어느 한쪽으로 도망가는 것은 아무런 의미가 없음을 말하고자 한다. 그는 오히려 이 모든 것을 다시 껴안을 준비가 필요함을 역설한다. 그가 암시하고 있듯이, 이 시대를 사는 우리에게 궁극적으로 필요한 것은 죽음의 공포를 없애 줄 약물도 아니고 이것을 잊기 위한 과도한 소비주의도 아니다. 이런 모든 근심을 한꺼번에 날려 버릴 엄청난 위력의 핵폭탄이나 인터넷이라는 가상의 세계는 더더욱 아니다.

『화이트 노이즈』의 결론 부분에 이르러 잭은 밍크에게 "사랑이 죽음보다 강하다고 믿느냐?"(Do you believe that love is stronger than death?)(*White Noise* 284)라는 질문을 던진다. 그리고 밍크는 "죽음보다 강한 건 아무것도 없다"(Nothing is stronger than death)(*White Noise* 284)라고 대답한다. 이에 대해 카바들로는 데릴로가 두 인물의 대화를 통해 "삶이 죽음보다 더 강하다"(life is stronger than death)(*Balance and Belief* 56)는 결론을 유도한 것이라고 해석한다. 그러나 카바들로의 해석만으로는 부족한 면이 있다. 오히려 데릴로가 이러한 메시지를 통해 삶과 죽음을 비교하고 있다기보다는 더 궁극적으로 우리가 모두 알고 있으나 망각하고 있는 어떤 힘을 얘기하고 있는 것으로 해석하는 편이 훨씬 더 설득력이 있다.

그렇다면 데릴로가 말하고자 하는 그 어떤 힘은 무엇일까? 데릴로가 궁극적으로 말하고자 하는 것은 사랑이다. 그는 현대 사회에서 우리가 다시 찾아야 하는 것이 기계문명에 빼앗겨 버린 인간의 따뜻한 가슴이자 실재인 사랑임을 보여 주고자 한 것이다.

잭이 밍크에게 던지는 '사랑이 죽음보다 강하다고 믿느냐?'라는 질문 속에는 잊어버리고 있었던 사랑의 의미를 일깨워 주려는 저자의 의도가 숨겨져 있다고 볼 수 있다. 결국 우리 시대를 살고 있는 인간의 모든 문제를 근원적으로 해결할 수 있는 방법은 바로 인간과 자연에 대한 사랑이다. 우선 자기 자신에 대한 사랑, 그리고 가족에 대한 사랑에서 시작하여 인류 전체와 모든 생명에 대한 사랑이 저변에 깔려 있다면 더 이상 인간은 자신이 살고 있는 지구와 우주를 파괴하지 않을 것이고 죽음을 두려워하지도 않을 것이다.

이러한 근원적인 사랑은 나의 죽음이 우주 만물을 형성하는 근원이 되고 나의 후손들에게 자리를 내주는 것으로 이해하도록 도와주고 이로써 죽음도 받아들이게 만들 것이다. 따라서 데릴로가 말하고자 하는 사랑은 삶과 죽음과 생명과 무생물 모두가 서로 끝없이 연계되어 있다는 것을 깨닫는 보다 광범위한 의미에서의 사랑이다. 이것은 종적인 네트워크의 우두머리로서 다른 하위의 존재들에게 베푸는 사랑이 아니다. 모든 네트워크의 중심으로서의 내가 나와 연계되어 있는 다른 노드들에게 인정을 베푸는 사랑도 아니다. 이것은 나 역시 복잡한 우리 시대 네트워크의 한 노드일 뿐임을 인정하는 데서 출발한다. 이것은 자아와 타자를 동등한 노드로서 인정한 데서 출발하는 사랑이다. 결국 데릴로는 자신의 소설을 통해서 우리가 살고 있는 세계와 인류는 물론이고 그것과 연계되어 있는 자연과 우주 모든 것에 대한 이러한 사랑만이 인류가 평화를 누릴 수 있고 또한 살아남을 수 있는 유일한 방법임을 강하게 시사한다.

이런 의미에서 『화이트 노이즈』의 잭 부부가 궁극적으로 찾고자 했던 것은 딜라라는 약물이 아니라, 진정으로 자신들의 외로움을 달래 줄 수 있는 서로 간의 진정한 관심과 사랑이다. 또한 『리브라』에서 리가 저격한 대상은 케네디가 아니라, 자신의 존재를 알아주지 않고 아무런 관심도 기울이지 않는 세상에 대한 저격이다. 『마오2』의 빌 역시 현대 사회에서 인간의 정신세계를 채워 주는 것이 서로에 대한 사랑이 아니라 기계문명임을 인지함으로써 붓대를 꺾는다. 그리고 『언더월드』에서 모든 이들이 쫓고 있는 야구공은 그저 야구공이 아니라, 그 야구공을 구입함으로써 채워질 수 있는 어떤 것을 의미한다.

이처럼 이 시대를 살고 있는 우리들은 모두 무언가를 갈망한다. 우리가 잃어버린 무언가, 그리고 우리가 갖고 있어야 할 무언가를 끊임없이 추구한다. 그리고 어떠한 물질이나 다른 행위로도 채워지지 않는 이것은 분명 자연과 인간에 대한 진정한 사랑과 관심이다. 이때의 사랑은 살아 있는 어떤 것, 즉 따뜻한 가슴을 말한다. 하느님이 창조한 모든 것들과 동등한 위치에서의 따뜻한 시선과 느낌이 데릴로가 말하는 사랑이다. 그리고 일생을 사랑 속에서 후회

없이 산 사람은 죽음 앞에서 평화로움을 느낀다. 이것이 바로 '사랑이 죽음보다 강한' 이유다.

데릴로는 결국 사랑만이 인간에게 평화를 가져다줄 수 있는 유일한 무기임을 시사한다. 그리고 그가 수많은 바이러스의 공격과 공포 속에서도 '평화'를 갈망하고 그것에 대한 기대를 잃지 않는 것처럼, 사랑을 통해 평화를 찾으려는 욕구만이 인류의 유일한 희망임을 암시한다. 이를 통해 그는 인간의 마음속에 평화와 사랑을 향한 갈망이 존재하는 한 인류의 미래가 어둡지만은 않을 것임을 예견한다.

서영철. "On Postmodern Ecology." 『새한 영어 영문학』 44, 1: 71-99.

Aaron, Daniel. "How to read Don DeLillo." Introducing Don DeLillo. Ed. Frank Lentricchia. Durham and London; Duke UP, 1991. 67-81.

Aronowitz, Stanlet. "Reflections on Identity." The Identity in Question. Ed. John Rajchman. NY and London; Routledge, 1995. 111-146.

Barabási, Albert-László. Linked. NY: Plume, 2003.

Barret, Laura, and Daniel R. White. "The Re-Construction of Nature: Postmodern Ecology and the Kissimmee River Restoration Project." Critical Studies, "From Virgin Land to Disney World: Nature and Its Discontents in the USA of Yesterday and Today." Rodopi, 2001. 229-250. 13 Sep. 2005 <http://www.ingentaconnet.com/content/rodopi/crst/2001/...>.

Bateson, Gregory. *Mind and Nature*. New York: Bantam, 1980.

Baudrillard, Jean. *The Illusion of End*. Trans. Chris Turner. Stanford UP, 1995.

________. *Simulacra and Simulation*. Trans. Shela Faria Glaser. Ann Arbor: Michigan UP, 1994.

Bawer, Bruce. "Don DeLillo's America." *The New Criterion* Ⅳ. 8 April 1985. 34-42. 7 Jan. 2005 <http://galenet.galegroup.com/servlet/LitR?...>.

Begley, Adam. "on DeLillo: The Art of Fiction CXXXV." *The Paris Review* 128. (Fall 1993): 274-306.

Best, Steve. and Douglas Kelliner. "evin Kelly's Complexity Theory: The Politics and Ideology of Self-organising Systems." *Democracy &*

Nature 6.3(2000): 375−399.

Bloom, Allan. *The Closing of American Mind.* New York: Simon & Schuster, 1987.

Boyd, William. "The Course of True Life—William Boyd Reviews *Underworld* by Don DeLillo." *Guardian Unlimited.* 1 November 1998. 7 Jan. 2005

<http://books.Guard ian.co.uk/reviews/generalfiction/o,96505,oo.html>.

Burger, Jörg. "Mr. Paranoia." *Die ZEIT.* Hamburg: ZEIT magazine 42(8 Oct. 1998). 7 Jan. 2005

<http://www.perival.com/delillo/burger_interview.html>.

Cain, William E. "Making Meaningful Worlds: Self and History in *Libra.*" *Critical Essays on Don DeLillo.* Ed. Hugh Ruppersburg and Tim Engles. New York; G. K. Hall, 2000. 58−69.

Cantor, Paul A. "Adolf, We Hardly Knew You." *New Essays on White Noise.* Ed. Frank Lectricchia. Cambridge UP, 1991. 39−62.

Castells, Manuel. *The Rise of the Network Society.* 2nd Ed. MA: Blackwell Publishing, 2000.

______. *The Network Society: A Cross−cultural Perspective.* MA: Edward Elgar Publishing, 2004.

______. *The Power of Identity.* 2nd Ed. MA: Blackwell Publishing, 2004.

Chambers, Iain. *Migrancy, Culture, Identity.* London and New York: Routledge, 1994.

Commoner, Barry. *The Closing Circle: Nature, Man, and Technology.* New York: Knopf, 1971.

Cowart, David. "Shall These Bones Live?" *Underwords—Perspectives on Don DeLillo's Underworld.* Ed. Joseph Dewey. Newark: Delaware UP, 2002. 50−67.

Crowther, Hal. "Clinging to the Rock." *Introducing Don DeLillo.* Ed. Frank Lentricchia. Durham and London: Duke UP, 1991. 83−98.

Deleuze, Gilles, and Felix Guattari. *A Thousand Plateaus: Capitalism and Schizophrenia.* MN: Minnesota UP, 1987.

DeLillo, Don. *White Noise*. NY: Penguin, 1985.

______. *Libra*. NY: Penguin, 1988.

______. *Mao II*. NY: Penguin, 1991.

______. *Underworld*. NY: Scribner Paperback Fiction, 1997.

______. "The Power of History." *New York Times*. Sunday 7 September 1997. 7 Jan. 2005 <http://www.nytimes.com/Library/books/090797article3.html>.

Dunn, Robert G. *Identity Crises: A Social Critique of Postmodernity*. MN: Minnesota UP, 1998.

Duvall, John N. "Excavating the *Underworld* of Race and Waste in Cold War History: Baseball, Aesthetics, and Ideology." *Critical Essays on Don DeLillo*. Ed. Hugh Ruppersburg and Tim Engles. NY: G. K. Hall, 2000. 258−281.

______. "The (Super)Marketplace of Images: Television as Unmediated Mediation in DeLillo's *White Noise*." *Bloom's Modern Critical Interpretations −Don DeLillo's White Noise*. Ed. Harold Bloom. PA: Chelsea House Publishers, 2003. 169−194.

Elie, Paul. "DeLillo's Surrogate Believers." *Commonweal* 124. 19(7 Nov. 1997): 19−22. 7 Jan. 2005 <http://galenet.galegroup.com/servlet/LitRC?locID=sant95918&frmhyp=...>.

Ferraro, Thomas J. "Whole Families Shopping at Night." *New Essays on White Noise*. Cambridge: Cambridge UP, 1991. 15−38.

Frow, John. "The Last Things Before the Last: Notes on *White Noise*." *Introducing Don DeLillo*. Ed. Frank Lentricchia. Durham: Duke UP, 1991. 175−192.

Gass, Joanne. "In the Nick of Time: DeLillo's Nick Shay, Fitzgerald's Nick Carraway, and the Myth of the American Adam." *Underwords—Perspectives of Don DeLillo's Underworld*. Ed. Joseph Dewey, Steven G. Kellman, and Irving Malin. Newark: Delaware UP, 2002. 103−113.

Gauntlett, David. *Media, Gender and Identity: An Introduction*. NY: Routledge, 2002.

Giblett, Rodney James. *Postmodern Wetlands: Culture, History, Ecology*. Edinburgh: Edinburgh UP, 1996.

Giovanni, Joseph. "The Future Pulls Into the Station." *New York Times*. National Edition. 4 December 1997. B1, B10.

Gleason, Paul. "Don DeLillo, T.S. Eliot, and the Redemption of America's Atomic Waste Land." *Underwords—Perspectives of Don DeLillo's Underworld*. Ed. Joseph Dewey, Steven G. Kellman, and Irving Malin. Newark: Delaware UP, 2002. 130 – 143.

Goodheart, Eugene. "Some Speculations on Don DeLillo and the Cinematic Real." *Introducing Don DeLillo*. Ed. Frank Lentricchia. Durham: Duke UP, 1991. 117 – 130.

Grant, Iain Hamilton. "Postmodernism and Science and Technology." *The Routledge companion to Postmodernism*. Ed. Stuart Sim. London: Routledge, 2002. 65 – 77.

Greiner, Donald J. "Don DeLillo, John Updike, and the Sustaining Power of Myth." *Underwords—Perspectives of Don DeLillo's Underworld*. Ed. Joseph Dewey, Steven G. Kellman, and Irving Malin. Newark: Delaware UP, 2002. 103 – 113.

Holstein, James A. and Jaber F. Gubrium. *The Self We Live By: Narrative Identity in a Postmodern World*. NY: Oxford UP, 2000.

Horrocks, Christopher. *Baudrillard and the Millennium*. London: Cox & Wyman, 1999.

Jencks, Charles. *What is Post –Modernism?* Academy Editions. London: St. Martin's Press, 1989.

Kavadlo, Jesse. *Don DeLillo: Balance at the Edge of Belief*. NY: Peter Lang, 2004.

______. *Balance and Belief in Don DeLillo's recent fiction*. NY: Fordham UP, 2001.

Kelly, Kevin. *Out of Control: The New Biology of Machines, Social Systems and the Economic World*. Perseus Books Group; Reprinted Edition, 1995.

Kerridge, Richard, and Neil Sammells. *Writing the Environment —Ecocriticism & Literature*. Zed Books, 1998.

Knight, Peter. "Everything is Connected: *Underworld*'s Secret History of Paranoia." *Critical Essays on Don DeLillo*. Ed. Hugh Ruppersburg and Tim Engles. NY: G. K. Hall, 2000. 282 – 301.

______. "Everything is Connected." *Conspiracy Culture: From Kennedy to The X – Files*. London: Routledge, 2000.

Leclair, Tom. "An Underhistory of Mid – Century America: A Dantean Novel, To Be Talked about for Years to Come." *The Atlantic Online* 12 Jan. 2005

<http://www .theatlantic.com/issues/97oct/delillo.htm>

______. "Closing the Loop: White Noise. *Bloom's Modern Critical Interpretations—Don DeLillo's* White Noise." Ed. Harold Bloom. Chelse House Publishers, 2003. 5 – 33.

Mandel, Ernest. *Late Capitalism*. London: Verso Books, 1978.

Marchand, Philip. "When Garbage and Paranoia Rule: DeLillo's 11th Novel Encapsulates Our Entire Cold War History to Sublime Effect." *The Toronto Star*. Saturday Second Edition. 4 Oct. 1997. M17.

McClure, John A. "Postmodern Romance: Don DeLillo and the Age of Conspiracy." *Introducing Don DeLillo*. Ed. Frank Lentricchia. Durham: Duke UP, 1991. 99 – 116.

McKibben, Bill. *The End of Nature*. Harmondsworth: Viking Penguin, 1990.

McLaughlin, Robert L. "Shots Heard round the World." *American Book Review* 19.2(1998): 20, 22.

McMinn, Robert. "*Underworld*: Sin and Atonement." *Underwords*. Ed. Joseph Dewey, Steven G. Kellman, and Irving Malin. Newark: Delaware UP, 2002. 37 – 49.

Moses, Michael Valdez. "Lust Removed from Nature." New Essays on White Noise. Ed. Frank Lentricchia. Cambridge: Cambridge UP, 1991.

Nadel, Ira. "The Baltimore Catechism; or Comedy in Underworld." Underwords. Ed. Joseph Dewey, Steven G. Kellman, and Irving Malin. Newark: Delaware UP, 2002. 176 – 198.

Nel, Philip. "A Small Incisive Shock: Modern Forms, Postmodern Politics, and the Role of the Avant – garde in Underworld." Modern Fiction Studies 43.3(1999): 724 – 752.

Orr, Leonard. Don DeLillo's White Noise: A Reader's Guide. NY: Continuum, 2002.

Osteen, Mark. American Magic and Dread: Don DeLillo's Dialogue with Culture. Pennsylvania: Pennsylvania UP, 2000.

Parrish, Timothy L. "Pynchon and DeLillo." Underwords—Perspectives of Don DeLillo's Underworld. Ed. Joseph Dewey, Steven G. Kellman, and Irving Malin. Newark: Delaware UP, 2002. 79 – 92.

______. "From Hoover's FBI to Eisenstein's Unterwelt: DeLillo Directs the Postmodern Novel." Modern Fiction Studies 45. 3 (1999): 693 – 723.

Passaro, Vince. "Dangerous Don DeLillo." The New York Times. 19 May 1991. 7 Jan 2005 < http://www.nytimes.com/books/97/03/16/lifetimes/del – v – dangerous.html?oref = regi>.

Pitzpatrick, Kathleen. "The Unmaking of History: Baseball, Cold War, and Underworld." Underwords—Perspectives of Don DeLillo's Underworld. Ed. Joseph Dewey, Steven G. Kellman, and Irving Malin. Newark: Delaware UP, 2002. 131 – 144.

Rothstein, Mervin. "A Novelist Faces His Themes on New Ground." Conversations with Don DeLillo. Ed. Thomas DePietro. Mississippi: Mississippi UP, 2005. 20 – 24.

Sante, Luc. "Between Hell and History." The New York Reviews. 6

Nov. 1997. 4－7.

Sarup, Madan. Identity, Culture and the Postmodern World. Athens: Georgia UP, 1996.

Salyer, Gregory. "Myth, Magic and Dread: Reading Culture Religiously." Bloom's Modern Critical Views: Don DeLillo. Ed. Harold Bloom. PA: Chelsea House, 2003. 33－50.

Sinclair, John. Collins Cobuild English Dictionary for Advaned Learners. Ed. John Sinclair. Harper Collins, 2001.

Spielmacher, Mark Stephen. Technologized Subjects in the Novels of Thomas Pynchon and Don DeLillo. Canada: Waterloo UP, 1998.

Tanner, Tony. "Afterthoughts on Don DeLillo's Underworld." Raritan. 17.4(Spring 1998): 48－72. 7 Jan. 2005 <http://0－weblinks3.epnet.com.iii1.sonoma.edu:80/...>.

Taylor, Victor E., and Charles E. Winquist. Encyclopedia of Postmodernism. London: Routledge, 2001.

Thomson, David. Tracing the networks of postmodernity: media and technology in the novels of Martin Amis and Don DeLillo. British Columbia UP, 2001.

Wallace, Molly. "'Venerated Emblems': DeLillo's Underworld and the History－Commodity", Critique 42.4(Summer 2001): 367－84. 7 Jan. 2005 <http: //www. highbeam.com/Library/doc3.asp?DOCID...>.

Watson, Nigel. "Postmodernism and Lifestyles(or: You Are What You Buy)." The Routledge companion to Postmodernism. Ed. Stuart Sim. London: Routledge, 2002. 53－64.

White, Daniel R. Postmodern Ecology: Communication, Evolution, and Play. NY: State University of New York Press, 1998.

Wiegand, David. "We Are What We Waste; Don DeLillo's Masterpiece Fits a Half－Century of Experience Inside a Baseball." San Francisco Chronicle 12 Jan. 2005 <http://sfgate.com/ cgi－bin/article.cgi?file＝/chronicle/archive/1997/09/21/>.

Wilcox, Leonard. "Don DeLillo's Underworld and the Return of the Real." Contemporary Literature 43.1(2002): 120 − 137.

______. "Baudrillard, DeLillo's White Noise, and the End of Heroic Narrative." Bloom's Modern Critical Interpretations − Don DeLillo's White Noise. Ed. Harold Bloom. PA: Chelsea House Publishers, 2003. 97 − 115.

Will, George F. "Review of Libra by Don DeLillo: Shallow Look at the Mind of an Assassin." Washington Post. 22 Sept. 1988, A25.

Williams, Richard. "Everything Under the Bomb." The Guardian. 12 Jan. 2000
<http: //books.guardian.do.uk/reviews/generalfiction/0,612196807,00.html>.

Yehnert, Curtis A. "'Like Some Endless Sky Waking Inside': Subjectivity in Don DeLillo." Critique 42.4(Summer 2001): 357 − 67. 7 Jan. 2005
<http://o − search.epnet.com.iii1.sonoma.edu/login.aspx?direct...>.

Zimmerman, Michael E. "Deep Ecology and Ecofeminism: The Emerging Dialogue." Reweaving the World. Ed. Irene Diamond and Gloria Orenstein. San Francisco: Sierra Club Books, 1990. 13 Sep. 2005<http://www.dhushara.com/book/renewal /voices2/deep.htm>.

<Six Degrees of Separation>. Dir. Fred Shepisi. MGM, 1993.

<The Net>. Dir. Irwin Winkler. Columbia Pictures, 1995.

"Fact Sheet on Dirty Bombs. U.S." Nuclear Regulatory Commission. 23 Jan. 2006<http://www.nrc.gov/reading − rm/doc − collections/fact − sheets/dirty − bombs...>.

"Nuclear Weapon". 21 Jan. 2006
<http://en.wikipedia.org/wiki/Nuclear_weapon>.

"Rama" 20 Nov. 2006<http://en.wikipedia.org/wiki/Rama>.

"The Hydrogen Bomb Homepage" 21 Jan. 2006
<http://www.biderberg.org/hbomb .htm>.

박선정

▌약력

한국방송통신대학교 영어영문학과 졸업
부산 경성대학교 영어영문학과 석사(1999)
부산 경성대학교 영어영문학과 박사(2007)
현재 경성대학교 영어영문학과 초빙외래교수

▌주요논문 및 저서

「White Noise에 나타난 포스트모던 양상」(석사 논문)
「돈 드릴로의 『언더월드』와 포스트모던 생태학」
「포스트모던 페미니즘과 The French Lieutenant's Woman」(공동연구)
「네트워크 사회와 정체성: 돈 데릴로 소설을 통해 본 개인 정체성의 변화」

포스트모던 사회와
네트워크의 세계:
현대 사회를 향한 돈 데릴로의 시선

초판인쇄 | 2009년 2월 27일
초판발행 | 2009년 2월 27일

지은이 | 박선정
펴낸이 | 채종준
펴낸곳 | 한국학술정보㈜
주　소 | 경기도 파주시 교하읍 문발리 513-5 파주출판문화정보산업단지
전　화 | 031) 908-3181(대표)
팩　스 | 031) 908-3189
홈페이지 | http://www.kstudy.com
E-mail | 출판사업부 publish@kstudy.com

등　록 |
가　격 | 26,000원

ISBN　978-89-534-1254-5 93840 (Paper Book)
　　　　978-89-534-1255-2 98840 (e-Book)